表現の中の「うばすて」

——〈姥捨・姨捨・棄老・親（姑）殺し〉

若菜 信子

同時代社

表現の中の「うばすて」――〈姥捨・姨捨・棄老・親（姑）殺し〉／目次

はじめに

今なぜ「姥捨」か。

二〇〇七年の日本の平均寿命は女性が八五・八八歳、男性が七九・一九歳となり、高齢者（六五歳以上）の占める割合は二一・五七％で、年少人口（〇～一四歳）の一三・六二％よりも多い。経済的には公的年金の依存率が国民所得比一〇・七％（二〇〇六年度）となり、現在の人口構成から考えるとこのまま少子化が進めば五〇数年後には高齢者が人口の五割に達する。その時代の経済を考えることは難しいが、老人の扱いをどうするのかによって、国のあり方は大きく変わるだろう。

さて、日本人は長い間、「君には忠」、「親には孝」・「敬老」の規範を背負わされていた。

第二次大戦後、「君には忠」の規範は主権在民の下に否定された。「親には孝」・「敬老」の規範はどうなったのか。戦争直後の貧しい暮らしの中で老人を抱えて苦悩する小説や映画があった。しかし経済が復興し高度成長期に入ると、老人は家族と同居したり、施設に入ったり、都会に子どもが出た後、老夫婦で地方で暮らしたり、都市でも老人だけで暮らす家庭も増えている。

この間に、老人に対する規範はうやむやに消えつつあり、その結果、現在の老人は様々な危険に曝されている（振り込め詐欺、暴言、暴行、引ったくり、強盗、殺人被害など）。

敬老の規範が否定された老人はどのような存在か。働けない、役に立たない、弱い、汚い、呆けた、金食い虫、邪魔な存在、つまり「姥捨・棄老」の存在だ。

この認識の老人政策ならば、金を掛けない、長生きをさせない制度を考えるであろう。後期高齢者医療制度や杜撰な年金管理にこの考えは入っていないか。

高齢者の問題を考えるとき、現実の高齢者をみること、現代の先進諸国のあり方をみることは重要である。

しかし、今回、私は日本の過去から現在までの老人の扱いについて表現化したものを通して追求する。

日本には「親孝行」・「敬老」の規範にそぐわない「姥捨」・「姨捨」・「親棄て」・「棄老」など老人排除を扱う表現作品が少なからずある。これらの作品が表現しているものは何かを明らかにする事を、高齢者問題を考える第一歩として、本書のテーマとした。

どんな話があるのか、出来るだけ多く集めることからはじめる。古典文学、昔話・昔語り・お伽噺、現代文学・エッセイ・映画などの表現作品をもとに考えたい。それらの歴史的背景、地域的な広がり、種類、題名、内容、数、対象、表現する人、影響など多面的に探り、実際の老人の生活はどのようなものであったかについて考える。

また、高齢女性を遺棄する「姥捨」・「姨捨」がこれらの作品を代表する位置にあるのは何故か、実際の高齢女性の生活はどのようであったか、「姥捨・棄老」は実際にあったかについても考える。

近現代表現では、現代小説の中で棄老をどのように描いているか、現実の棄老とは何か、「姥捨・姨捨」を言葉としてどのように利用しているか、また呆けた老人を抱えた家族の苦悩、老人の孤独、社会の中での孤立、老人排除、老人施設、終末医療なども取り上げる。

第一章　古典文学の中の「棄老」「姨捨」

第一節　外国の説話が元になっているもの

棄老の説話は日本だけにあるのではなく、世界にある。エジプトにも、ローマにも、ドイツにもある。遊牧の民は、近代になっても棄老を行っていたという。

ここで取り上げる外国から伝わってきたというのは、主にインド、中国、朝鮮からである。儒教の「論語」は応神天皇の代に伝来したといわれ、また「仏教」はインドから中国を経由して、六世紀中頃百済の王権から倭国の王権へ伝えられたという。初めは政治権力の中心に伝来したものが、様々な説話と共に拡がっていったのであろう。棄老の説話もその中に含まれていたものと思われる。初めて日本の文学の中に現れたものは万葉集で、棄老説話の一部分が謡われており、儒教の「孝子伝」の中から既知の説話として使っている。

〔1〕孝孫原穀の話

『萬葉集四』の棄老　巻第一六　三七九一「竹取の翁」の長歌

＊〔『萬葉集四』新日本古典文学大系四　校注者・佐竹昭広他　岩波書店　二〇〇三年一〇月　一五

頁〕

昔老翁有りき。号けて竹取の翁と曰ひき。この翁、季春の月に丘に登りて遠望し、忽ちに羮を煮る九箇の女子に値ひき。百嬌儔なく、花容匹なし。時に娘子等、老翁を呼びて嗤ひて曰く、「叔父来たれ。この燭火を吹け」といひき。ここに、翁「唯々」と曰ひ、漸くに趍き徐に行き、座上に著き接はりき。良久しくして娘子等、皆共に咲ひを含み相推譲して曰く、「阿誰かこの翁を呼びつる」といひき。尓乃ち竹取の翁謝して曰く、「非慮の外に偶神仙に逢ひ、迷惑の心敢へて禁むる所なし。近狎の罪、希はくは贖ふに歌を以てせむ」といひ、即ち作りし歌一首短歌を幷せたり

みどり子の　若子髪には　たらちし　母に抱かえ　褨襁の　はふこ髪には　木綿肩衣　ひつらに縫ひ着　頸つきの　童髪には　結ひ幡の　袖付け衣　着し我を　にほひよる　児らがよちには　蜷の腸　か黒し髪を　ま櫛もち　ここにかき垂れ　取り束ね　上げても巻きみ　解き乱り　童になしみ　さ丹つかふ　色なつかしき　紫の　大綾の衣　住吉の　遠里小野の　ま榛もち　にほほし衣に　高麗錦紐に縫ひ付け　刺部重部　なみ重ね着て　打麻やし　麻績の子らあり衣の　宝の子らが　打ったへは　綜て織る布　日ざらしの　麻手作りを　信巾裳成者之寸丹取為支屋所経　稲置娘子が　妻問ふと我におこせし　彼方の　二綾裏沓　飛ぶ鳥の　明日香壮士が　長雨忌み　縫ひし黒沓　刺し履きて　庭にたたずめ　罷りな立ちと　障ふる娘子が

ほの聞きて　我におこせし　水縹の　絹の帯を　引き帯なす　韓帯に取らせ　わたつみの　殿の甍に　飛び翔る　すがるのごとき　腰細の　取り飾らひ　まそ鏡　取り並め掛けて　己が顔かへらひ見つつ　春さりて　野辺を巡れば　おもしろみ　我を思へか　さ野つ鳥　来鳴き翔らふ　秋さりて　山辺を行けば　なつかしと　我を思へか　天雲も　行きたなびく　かへり立ち道を来ればうちひさす　宮女　さす竹の　舎人壮士も　忍ぶらひ　かへらひ見つつ　誰が子そとや　思はえてある　如是所為故為　古　ささしき我や　はしきやし　今日やも児らに　いさにとや　思はえてある　如是所為故為　古の　賢しき人も　後の世の　鑑にせむと老人を　送りし車　持ち帰りけり　持ち帰りけり

〔前文の意味〕

昔老翁がいた。名を竹取の翁と云った。この翁が暮春、即ち三月に丘に登って遠くを望んだところ、丁度その時吸い物を煮ている九人の女子に出逢った。その美しさは比べるものがなく、花のような容姿はくらべるべきもない。時に娘たちが老翁を呼んで笑って「叔父さん、来て焚き火を吹いて下さい」と云った。そこで翁は「はいはい」と云って、そろそろと出かけて行って一座にまじった。暫くして娘子たちは皆ほほゑんで、互いにゆづりあって、「誰がこのぢいさんを呼んだのか」と云った。そこで竹取の翁は謝って云ふには、「思いがけずはからずも神仙に逢い、惑うた心をしひておさへる事が出来ません。あまりに馴れ馴れしくし過ぎた罪をつぐなふのに歌をもってしませう」と。そして作った歌一首と短歌。

［歌の意味］

赤ん坊の幼児には母に抱かれ、幼児の着物を着て這ひまはる頃には、木綿で作ったちゃんちゃんを総裏に縫って着。髪が頸まで垂れた少年の頃には絞り染めの袖の付いた着物を着た自分であるを、美しい紅顔の少女たちと同年輩では、黒い髪を櫛でかう掻き垂れ、それを取り束ね、上げて巻いてみ、また解き乱して振り分け髪にもしてみ、美しい色合いになじんだ、紫の大きい織り模様の衣、住吉の遠里小野の榛で色づけた着物に、高麗錦を紐に縫ひつけ（刺部重部）並べ重ね着て、麻績の子らや寶の子らが、打った栲をどんどん織りのばした布や日に曝した麻の手織りの布を、褶のように脛巾にこしらへ、稲置娘子が求婚の為に私に贈った遠方で出来た二色の綾のくつ下、また飛鳥の壮子がどんな長雨をも防ぎ止めて、しみ込ませないように縫うた黒沓をさし穿いて庭にたたずみ、又佐伯娘子がほのかに聞いて、私に贈ってくれた水縹の色の絹の帯を、引き帯のやうに韓風の帯に採用し、海の神の宮殿の屋根に飛び翔るじが蜂のやうな細腰にとりよそほって、鏡を並べ懸けて、自分の姿を映し見ながら、春になって野邊を廻れば、おもしろく私を思うからか、野の鳥も来て鳴きながら飛び翔るし、秋になって山邊を行くと、なつかしと私を思ふからか、天雲も行きたなびいている。帰り立って路を来ると、宮仕への女や舎人の男も、ひそかにふりかへり見ながら、「どこの息子さんだらう」と思はれてゐた。昔は華やかだった私が、けふは、まあ、あはれにも、あなた達に「あんたなんか知らないよ」と思われてゐる。こんなに扱われてゐたので、古の賢人も、後の世の手本にしょうと、老人を棄てる為に送る車を、また持ち帰った事よ。持ち帰った事よ。

男の歌であるが、衣服や髪型、自分の美しさをきらきらと歌っている。花や鳥や雲までもが自分を褒めそやしていると述べている。そんな自分が年老いて汚くなったからとて馬鹿にするのではない、老人を大切にする人こそが賢い人なのだと、諌めている。

ここでは若い頃、どんなに自分が素晴らしかったかについて、髪型や衣服について語っていて、武勇に優れていたとか、教養や地位が優れていたとか、金や権力を持っていたとかではない。男の価値が美であったのは、相手が娘たちだったからなのか。

傍点の部分が中国の棄老説話である「孝子伝」原穀（谷）の話の一部である。今昔物語集にこの話があるのでそれを紹介する。

『今昔物語集二』の棄老　巻第九　震旦厚谷、謀父止不孝語第四五

＊〔『今昔物語集二』新日本古典文学大系三四　校注者・小峯和明　岩波書店　一九九九年三月　二七六頁〕

今昔、震旦ノ□代ニ厚谷ト云フ人有ケリ。楚ノ人也。

其ノ父、不孝ニシテ、父ノ遅ク死スル事ヲ常ニ厭フ。而ル間、厚谷ガ父、一ノ輿ヲ造テ、老タル父ヲ乗セテ、此ノ厚谷ト共ニ此レヲ荷テ、深キ山ノ中ニ将テ行テ、父ヲ捨置テ家ニ返ヌ。其ノ時ニ厚谷、此ノ祖父ヲ乗セタリツル輿ヲ家ニ持返タリ。父、此レヲ見テ厚谷ニ云ク、「汝ヂ、何ノ故ニ其ノ輿ヲバ持返ルゾ」ト。厚谷、答テ云ク、「人ノ子ハ、老タル父ヲバ輿ニ乗セテ山ニ棄ツル者也ケリト知ヌ。然レバ、我ガ父ヲモ老ナム時ニ、此ノ輿ニ乗セテ山ニ棄テム。而、更ラニ輿ヲ造ラムヨリハ」ト。

父、此レヲ聞テ、「然ラバ、我モ老ナム時、必ズ被棄レナムズ」ト思テ、怖レ迷テ、即チ山ニ行テ、父ヲ迎テ将返ニケリ。其ノ後ハ、厚谷ガ父、老父ニ孝養スル事不愚ズ。此レ偏ニ、厚谷ガ謀ニ依テ也。

然レバ、世挙テ厚谷ヲ誉メ感ズル事無限シ。祖父ノ命ヲ助ケ、父ニ孝養ヲ令至ムル、此ヲ賢キ人ト可云シトナム語リ伝ヘタルトヤ。

［意味］

中国の楚に厚谷という人がいた。父は不孝で祖父を輿に乗せて山に棄てに行く。厚谷はその輿を持ち帰る。父が理由を聞くと、貴方が老いたときに棄てるため使うという。父は自分が老いたときのことを考え、反省し祖父を連れ帰りその後は孝行した。世の中の人は厚谷を祖父の命を助け、父には孝養をさせた孝孫であると誉めた。

注釈に原拠の「孝子伝」では孝孫の名は「原穀（原谷）」であると書いてある。更に日本の仏教説話から二つ紹介する。

『私聚百因念集 中』の棄老　（一〇）原谷事孝祖父事

＊〔『私聚百因縁集中』古典文庫第二六七冊　編集発行・吉田幸一　一九六九年九月　一三頁〕

楚ノ人孝孫原谷者至孝アルヒト也其ノ父不孝之ノ心甚乃猒愚父使原谷作轝祖父令送於山中原谷後將轝還父大怒曰何故將此凶物還荅云何父後老タラハ復棄之不能更作事也頑父悔誤更往於山中迎父率朝夕供養為孝子此乃孝孫之礼也故是圍門孝養スレハ上下無怨也云云

特に解説はなく、内容は「今昔物語集」と同じで、孝孫の名前は原谷となり原拠の「孝子伝」に近い。置いてきた轝《こし》を父親は凶物といっている。

『沙石集』の棄老　巻第三（六）小児ノ忠言事

＊〔『沙石集』日本古典文学大系八五　校注者・渡邊綱也　岩波書店　一九八三年四月（一九六六年）一五五頁〕

漢朝ニ元啓ト云者アリケリ、年十一ノ時、父、妻ガ言ニ付テ、年タケタル親ヲ山ニ捨ムトス。元啓頻ニイサムレドモ不用シテ、（以下略）

この作品では孝孫の名前は「元啓」になっている。一一歳の時、父が自分の妻に言われて年を取った元啓の祖父を捨てに行く事になった。元啓は棄てに行く前に両親を諌めるが聞き入れられない。この部分は「今昔物語集」「私聚百因縁集」にはない。輿を持ち帰ろうとして山で、父に親不孝を気づかせ、そのまま祖父を連れ帰る話になっている。

この作品は、還俗した僧が五歳の子どもを膝の上に乗せて、この子は不覚の者で、まだ母親としか寝ないと言う。すると幼児に、父もまだ母と寝ると言い返されたのが、おかしかったという話の後に続いている。

この幼児は父に恥をかかせたが、父親が女色を行わなくならなければ、元啓の父に劣ると思うと、作者は言う。幼児がそれを分かっていったかどうかは分からないが、賢い下地なくしては俄に菩薩には成り難い、と作者は言っている。

孝孫の名前は原穀、原谷、厚谷、元啓と異なっているが、父親が邪魔になった男が輿（轝）に父親を乗せて山に捨てる、棄老説話である。その男の息子が輿を持ち帰ることにより親不孝を止めさせ、祖父の命を助けるという二重の孝行話になっている。

「私聚百因縁集」は住信編で、世俗の見聞の狭い人々の悟道と救済を願って集述したものである。また「沙石集」は無住道暁著で、卑俗な説話を例に仏教の要旨を理解させようとする啓蒙的な仏教説話集である。ともに中世・鎌倉時代に仏教を広げるために書かれたものである。

「今昔物語集」と「沙石集」の孫は祖父を棄てさせまいと父を諫り、父親に悟らせ孝行させる。孫はもともと孝孫である。日本の昔話では、無邪気な息子の行為によって父が自ら悟るという設定が多い。

〔2〕棄老国の話

『枕草子』の棄老（二二六段）社は

＊〔『枕草子』新日本古典文学大系二五　校注者・渡辺実　岩波書店　二〇〇三年五月（一九九一年）二六五頁〕

昔おはしましける帝の、たゞ若き人をのみおぼしめして、四十になりぬるをば失はせ給ければ、人の国のとをきにゆき隠れなどして、さらに宮この内にさるもののなかりけるに、中将なりける人の、いみじう時の人にて、心などもかしこかりけるが、七十ちかき親二人を持たるに、かう四十をだに制することに、まいておそろしとおぢさはぐに、いみじく孝なる人にて、とをき所に住ませじ、一日に一度みではえあるまじとて、みそかに、家のうちの土をほりて、その内に屋をたてて、籠めすへて、いきつゝ見る。人にも公にも、失せ隠れにたるよしをしらせてあり。などか、家に入りゐたらん人をば、知らでもおはせかし。うたてありける世にこそ。

この親は、上達部などにはあらぬにやありけん、中将などを子にて持たりけるは。心いとかしこう、よろづの事しりたりければ、この中将も若けれど、いと聞えあり、いたりかしこくて、時の人におぼすなりけり。

唐土の帝、この国の帝をいかではかりて、この国うちとらんとて、つねに心みごとをし、あらがひごとをしてをそり給けるに、つやつやと丸にうつくしげに削りたる木の、二尺ばかりあるを、「これが本末、いづかた」と、問ひにたてまつれたるに、すべてしるべきやうなければ、帝おぼしわづらひたるに、いとおしくて、親のもとにいきて、かうかうの事なんあるといへば、「たゞ疾からん河に、たちながら、横様になげいれて、返りて流れんかたを末と印してつかはせ」教ふ。まいりて、我しりがほに、さて心み侍らんとて、人と具してなげいれたるに、先にしていくかたに印をつけて、つかはしたれば、まことにさなりけり。

又二尺ばかりなる蛇の、ただおなじ長さなるを、「これは、いづれかおとこ、女」とたてまつれり。又さらに人え見しらず。例の、中将きて問へば、「ふたつをならべて尾のかたに、細きすはえをしてさしよせんに、尾はたらかざらんを女としれ」といひける。やがてそれは内裏のうちにて、さしけるに、まことに一つはうごかず、一つはうごかしければ、又さる印つけて、つかわしけり。

ほど久しくて、七曲にわだかまりたる玉の、中とをりて左右に口あきたるがちいさきをたてまつりて、「これに緒をとをして給はらん。この国にみなし侍事なり」とてたてまつりたるに、「いみじからんものの上手、不用なり」とそこらの上達部、殿上人、世にありとある人いふに、又いきてかくなんといへば、「大なる蟻をとらへて、二つばかりが腰に細き糸をつけて、又それにいますこし太きをつけて、あなたの口に蜜をぬりて見よ」といひければ、さ申て、蟻をいれたるに、蜜の香をかぎて、まことにいととくあなたの口より出でにけり。さてその糸のつらぬかれたるを、つかはしてける後になん、猶日の本の国はかしこかりけりとて、後にさる事もせざりける。
　この中将をいみじき人におぼしめして、「なにわざをし、いかなる官位をか給べき」とおほせられければ、「さらに官もかうぶりも給わらじ。たゞ老たる父母のかくれ失せて侍、たづねて宮こに住ます る事をゆるさせ給へ」と申ければ、いみじうやすき事とてゆるされければ、よろづの人の親、これをきゝてよろこぶ事いみじかりけり。中将は、上達部大臣になさせ給てなんありける。

〔意味〕
　昔いた帝は若い人ばかりを大切にして、四〇歳に達した人を殺してしまったので、老人は遠い他国に行って隠れなどして、都にはいなかった。中将には七〇近い親が二人いたが、遠くには住ませられないと、家の中に土を掘って屋を立て隠していた。
　唐の帝が日本の帝を謀って国を取ろうと、難題を出してきた。①丸く削った二尺ほどの木の元末はどちらか。②二尺ばかりの同じ長さの蛇の雌雄はどちらか。③七曲がりの玉に緒を通せ。我が国では誰でも出来るぞと言った。
　これらの難題はみな解けず、中将の隠した親だけが解き（難題の答①早い川に立ったまま流れに直角に投げ入れて反転して流れていく方が末とせよ。②二匹を並べ尾の方に細い木の枝を刺し寄せ尾の動かない方を雌とせよ。③大きな蟻を見つけて、腰に細い糸をつけその糸にもう少し太い紐を付けて、一方の口に蜜を付けてみなさい）国を救う。帝が褒美をやろうとすると、老いたる父母が

都に住む事を許して欲しいと願い、許される。多くの人の親も是を聞いて喜んだ。中将は上達部大臣になった。（以下略）

この作品は、様々な社の話の中で、蟻通明神の縁起を語る説話の一部分である。これについては次節で説明する。

棄老国の説話をもう一つ挙げる。

『今昔物語集一』の棄老　巻第五　七十余人流遣他国国語第三十二

＊〔『今昔物語集一』新日本古典文学大系三三　校注者・今野達　岩波書店　一九九九年七月　四七〇頁〕

今昔、天竺ニ七十ニ余ル人ヲ他国ニ流遣ル国有ケリ。其国ニ一人ノ大臣有リ。老タル母ヲ相具セリ。朝暮ニ母ヲ見テ、孝養スル事無限シ。如此クシテ過ル間ダニ、此ノ母既ニ七十余リヌ。「朝ニ見テ夕ニ不見ヌソラ尚不審サ難堪シ。何況ヤ、遙ナル国ニ流遣テ永ク不見ザラム事ト、更ニ可堪キニ非ズ」ト思テ、子ノ大臣、蜜ニ土ノ室ヲ堀テ、家ノ角ニ隠シ居ヘツ。家ノ人ソラ此ヲ不知ズ、況ヤ世ノ人知事無シ。

カクテ年ヲ経ル程ドニ、隣ノ国ヨリ同様ナル牝馬二疋ヲ遣セテ云ク、「此ノ二疋ガ祖子ヲ定メテ可注遣シ。若シ不然ズハ、軍ヲ発シテ七日ノ内ニ国ヲ亡サム」ト云タリ。其時ニ、国王此ノ大臣ヲ召テ「此ノ事ヲ何ガ可為キ。若シ思ヒ得タル事有ラバ申セ」ト仰セ給フ。大臣ノ申サク、「此ノ事輙ク可申キ事ニ非ズ。罷出デ、思ヒ廻シテ可申シ」ト云テ、心ノ内ニ思ウ様フ、「我ガ隠シ置タル母ハ、年老タレバ、如此ノ事聞タル事ヤ有ラム」ト思テ、忽ギ出ヌ。

忍テ母ノ室ニ行テ「然々ノ事有ル。何様ニカ可申スベキ。若シ聞給タル事ヤ有ル」ト云フニ、母答テ云ク、「昔シ若カリシ時ニ、我レ此ノ事ヲ聞キ、。同様ナル馬ノ祖子定ムルニハ、二ノ馬ノ中ニ草ヲ置テ可見シ。進テ起テ食ヲバ子ト知リ、任セテノドカニ食ヲバ祖ト可知ベシ。カク様ニゾ聞キ、シ」ト云フヲ聞テ、還リ参タルニ、国王ウ、「何ガ思ヒ得タル」ト問給フニ、大臣、母ノ言ノ如ク、「カク様ニナム思ヒ得テ侍ル」ト申ス。国王「尤モ可然シ」ト宣テ、忽ニ草ヲ召テ二ノ馬ノ中ニ置テ見ルニ、一ハ起キ食フ、一ハ此ガ食ヒ棄タルヲノドカニ食フ。此レヲ見テ、祖子ヲ知テ、各札ヲ付テ返シ遣シツ。

其ノ後亦、同様ニ削タル木ノ漆塗タルヲ遣テ、「此レガ本末定メヨ」トテ奉レリ。国王此ノ大臣ヲ召テ亦、「此ヲバ何ガ可為キ」ト問給へバ、大臣前ノ如ク申シテ出ヌ。母ノ室ニ行テ亦、「然々ノ事ナム有ル」ト云ヘバ、母ノ云ク、「其レハ糸安キ事也。水ニ浮ベテ見ルニ、少シ沈ム方ヲ本ト可知ベシ」ト。大臣返リ参テ亦、此ノ由ヲ申セバ、即チ水ニ入レテ見給フニ、少シ沈ム方有リ。其方ヲ本ト付テ遣シツ。

其ノ後亦、象ヲ遣テ、「此ノ象ノ重サノ員計ヘテ奉レ」ト申シタリ。其の時ニ国王、「如此ノ云ヒ遣スルハイミジキ態カナ」ト思シ煩テ、此大臣ヲ召テ、「此レハ何ガ可為ベキ。今度ハ更ニ難思得キ事也」ト宣ヘバ、大臣モ、「実ニ然カ侍ル事也。雖然モ罷リ出デテ思ヒ廻テ申シ侍」

ト云ヒテ出ヌ。国王思ス様、「此ノ大臣、我ガ前ニテモ可思得キニ、カク家ニ出ツツ思ヒ得テ来ルハ、頗ル不心得ヌ事也。家ニ何ナル事ノ有ルニカ」ト思ヒ疑ヒ給フ。

而ル間、大臣還リ参ヌ。国王、此ノ事ヲモ「難心得クヤ有ラム」ト思給テ「何ゾ」ト問給ヘバ、大臣申シテ云ク、「此モ聊ニ思得テ侍リ。象ヲ船ニ乗セテ水ニ浮ベツ、沈ム程ノ水際ニ墨ヲ書テ注ヲ付ツ、其ノ後象ヲ下シツ、次ニ船ニ石ヲ拾ヒ入レツ、象ノ乗テ書ツル墨ノ本ニ水至ル。其ノ時ニ石ヲ量リニ懸ツヽ、其ノ後チニ石ノ数ヲ惣テ計タル数ヲ以テ象ノ重サニ当テ、、象ノ重サハ幾ク有ルト云フ事ハ可知キ也」ト申ス。国王此レヲ聞テ、其ノ言ノ如トク計テ、「象ノ重サ幾ナム有ル」ト書テ返シ遺シツ。

雠ノ国ニハ、三ノ事難知キヲ善ク一事不替デ、毎度ニ云ヒ返シタレバ、其ノ国ノ人無限ナク褒メ感ジテ、「賢人多カル国也ケリ。オボロケノ有才ナラム者ハ可知クモ非ヌ事ヲ、カクノミ云ヒ当テ、遺スレバ、賢カリケル国ニ雠ノ心発テハ、返テ被謀テ被罰取ナム。然レバ互ニ随テ中善カルベキ也」。年来挑ナミツル心永ク止メテ、其ノ由ヲ牒通ハシテ中吉ク成ヌレバ、国王此ノ大臣ヲ召シテ宣ハク、「此ノ国ノ恥辱ヲモ止メ雠ノ国ヲモ和ラゲツル事ハ、汝、大臣ノ徳ニ依テ有ル事也。我レ無限ク喜ビ思フ。但シ如此ノ極メテ難知キ事ヲ善ク知レル、何」ト。

其ノ時ニ大臣、目ヨリ涙ヲ出ツルヲ袖シテ押シ巾テ国王ニ申サク、「此ノ国ニハ住古ヨリ、七十ニ余ヌル人ヲバ他国ヘ流シ遣事定レル例也。今始タル政ニ非ズ。而ルニ己レガ母、七十ニ罷余テ、今年ニ至ルマデ八年ニ満ヌ。朝暮ニ孝養セムガ為ニ、蜜に家ノ内ニ土ノ室ヲ造テ置テ候ツル也。其レニ、年老タル者ハ聞キ広ク候ヘバ、若シ聞キ置タル事ヤ候フトモ罷出デツ、問ヒ候テ、其ノ事ヲ以テ皆申シ候シ也。此ノ老人不候ザラマシカバ」ト申ス時ニ、国王仰セ給フ様、「何ナル事ニ依テ、昔シヨリ此ノ国ニ老人ヲ捨ツル事有リケム。今ハ此ニ依テ事ノ心ヲ思フニ、老タルヲ可貴キニコソ有ケレ。然レバ、遠キ所ヘ流遣タル老人共、貴賤男女、皆可召返宣旨ヲ可下シ。亦、老いヲ捨ツト云フ国ノ名ヲ改テ老ヲ養フ国ト可云シ」ト被下ヌ。

其ノ後、国ノ政平カニ成リテ、民穏カニシテ国ノ内豊カ也ケリトナム語リ伝ヘタルトヤ。

［意味］

昔、天竺に七〇歳以上の人を他国に棄てる国があった。その国に親孝行の一人の大臣が老いた母と暮らしていた。母が七〇過ぎると、密かに土の室を掘って、家の角に隠した。家の人も世の人も是を知らない。しばらくすると、隣国より、解けなければ七日の内に軍を発して国を滅ぼすといって三つの難題が出された。①よく似た牝馬二匹の親子をみわけよ。②同様に削った木の元末を定めよ。③象の重さを量れ。というもので、国王は大臣に尋ね、大臣は隠した母親に教えてもらい（難題の解①二匹の間に草を置き先に食べる方が子である。②水に浮かべて少し沈む方が本である。③象を舟に乗せ沈む所に印を付け、象を下ろし、次に舟に印の所まで石を乗せて後で石を計る）。解決する。隣国もこの国には賢い人が多いので、返って謀られて負けるかもと考え仲良くする事にした。国王は喜び誉め、難しいことを知っているのは何故かと問うと、大臣は母を家に隠し八年になる。母に聞いて答えられたと。国王は棄老は昔からの仕来りだったが、今は老いたる者を貴ぶべきである。遠き所へ流した老人、貴賤男女をみな帰国させ、棄老の国の名を養老の国と言う事にした。その後平和になり、民は穏やかで、国は豊かになったと伝えられているとか。

原拠は「枕草子」と同じ「雑宝蔵経」である。

ここで日本の作品ではないが、「雑宝蔵経を取り上げる。

『雑宝蔵経』の棄老「老人を棄てる国の縁」

＊〔『仏教文学集』中国古典文学大系第六〇巻　編者・入矢義高　平凡社　一九八三年五月（一九七五年）一七二頁　口語訳〕

［概略］

仏が舎衛国にいたときに話された。

遙か遠い過去世に〈棄老〉という名の国があって、その国では老人はみな遠方に放逐された。一人の大臣が、孝行な人で、父を棄てられず、深く地を掘って密室を造り、隠して住まわせ、孝養を尽くしていた。ある時天神が現れ、難題を出し、解けなければ七日の内に国を滅ぼすと言う。難題は九つ出され、群臣も国中に触を出しても誰も答えられず、大臣の父だけが答えられた。難題と答えは以下の通り。①二匹の蛇の雄と雌を区別するのは→軟らかいものの上に置けば雄は苛立ち、雌はじっとしている。②眠っているものが覚めた者で、覚めた者が眠っている者と呼ばれるとは誰のことか↓学人（修業者）のこと、凡夫から見れば覚め、阿羅漢からすれば眠っている。③大きな白象の重さは量れるか↓（今昔物語集と同じ）。④一掬いの水が大海の水より多いとの理は↓浄らかな心で、一掬いの水を仏、僧、父母、病人に施せば、その功徳で数千万劫にわたって福を受ける。一劫の海の水より百千万倍も多い。⑤天神は饑餓の人になって現れ「世の中にわしより飢えのひどい者がいるか」↓慳貪と嫉妬のために、三宝を信ぜず、父母、師長に供養できない者は餓鬼道に落ち、百千万年の間、水や穀物の名も聞かず、身は泰山のように重く、腹はくぼみ、咽は細く、錐のような髪は垂れ、節々に火が燃え、天神の飢えの百千万倍の苦しみとなる。⑥天神は手足に枷をはめ、首に鎖をかけて現れ、「わしよりひどい苦しみの者はいるか」↓父母を孝養せず、師長に害を加え、夫に叛き、三宝を誇るひとは、来世は地獄に堕ちる。刀の山、剣の樹、火の車、炉の炭火、河や窪地に屎が吹き出し刀の道、火の道がある。このような苦しみが果てることなくあり、天神の困苦の百千万倍。⑦天神は端麗な美人になって現れ「世に私ほど美しい女人はいますか」↓三宝を敬信し、父母には孝行で、布施・忍辱・精進・持戒に励む人は天上界に生まれると、格別に美しい容姿となり、天神の化身した者の百千万倍の美しさ。それに比べたら、めくらの猿のようなもの。⑧真四角に切った栴檀の木はどちらが上か↓水中に投げ込んで下になる方が根。⑨同じ毛色と体格の二頭の馬は、どちらが母か↓草を与えると、母馬は子の方へ草を押しやって食べさせる。

このようにどんな問いにも答えられたので天神は満足し、国王に財宝を与え、汝の国を守護すると約束した。王は喜び、かの大臣にお前の智恵かと問うと、隠した老父の智恵であると言い、老人を養う事の許しを請う。そして国王は老人の遺棄を禁じ、孝養を尽くすよう命じた。

仏は続けて云った。その時の老父は私で、大臣は舎利弗、王は阿闍世、天神は阿難だった。

三つの説話の主な相違点

親を隠した場所は、家の中に土を掘って部屋を造るので三話共通である。その他の部分を表にしてみる。

	『雑宝蔵経』	『枕草子』	『今昔物語集』
国	インド	日本	天竺（インド）
棄老の齢	無し（老人）	40歳	70歳
命令者	国王	帝	国王
捨て場所	遠方に放逐	殺す	他国に流す
被棄老者	父親	父母	母親
隠す人	大臣	中将	大臣
難題出題者	天神	唐土の帝	隣の国
難題の数	9	3	3
回答の期限	7日	無し	7日
難題の内容	仏教の話5題 蛇の雌雄　象の重さ 木の元末　馬の親子	木の元末 蛇の雌雄 七曲がりの玉の緒	馬の親子 木の元末 象の重さ

「枕草子」の説話は日本に話を変えているが、棄てられる（殺される）年齢が若い、昔話でも五〇歳が最小である。作者が四〇歳という年齢をどう捉えていたのか、また、老人をどのように見ていたのか興味深い。最後まで、解決したのは親の知恵とは言っておらず、褒美に親を養いたいと言っている（帝には親を隠していたことは秘密のままである）。また難題の七曲がりの玉の緒は蟻通しとて次節で取り上げるが、「雑宝蔵経」にはない。どこから採ったのかは不明である。昔話の難題には蟻通しが多くの地域で語られているので、既に拡がっていたかも知れず、また昔話が枕草子を原拠にしているのかもしれないが、蟻通しが棄老国の難題として文字で表現されているのはこれが最初である。

「今昔物語集」の説話は、棄てられる年齢と隠される親が母になっているところが「雑宝蔵経」と違う。七〇歳は致仕（官職を退く）の年齢である。隠されたのが母となっているのは、書かれた時代の日本では老いたる母が子どもと同居するのが一般的だったので（『日本女性史一　原始・古代』女性史総合研究会編　東京大学出版会　一九九〇年四月〈一九八二年〉）、それに合わせたといえる。

「今昔物語集」は老人の智恵が国を救うから老人を大切にせよ、という説話である。これが昔話に一番多い型である。

〔3〕難題の一例——蟻通し明神とそれに纏わる話

前節でも書いたが、昔話の難題型には七曲がりの玉に紐を通せという難題がたくさんある。これを解く方法が蟻通しである。「枕草子（二二六段）社は」の前段と後段にそれがある。

『枕草子』の蟻通明神（二二六段）社

蟻通の明神。貫之が馬のわづらひけるに、この明神の病ませ給とて、歌よみたてまつりけん、いとおかし。

この蟻通とつけるは、まことにやありけん、〔（2）の引用文がはいる〕

さて、その人の神になりたるにやあらん、その神の御もとにまうでたりける人に、夜あらはれての給へりける。

七曲にまがれる玉の緒をぬきてありとをしとはしらずやあるらん

との給へりける、と人の語りし。

［意味］

蟻通明神というのがある。紀貫之が旅の途中、この明神の前で馬が動かなくなり、通行人から神の仕業と教えられ、歌を詠んで詫びて、神に許しをもらう。というのが大変面白い（この神様の由来となる棄老国の難題については、〔2〕で触れた）。

その後、難題を解いた中将（または親）が国を救ったとして神となり祀られた。その神のもとに詣でた人の夢に現れて、神が云ったそうだ。

七曲がりの玉に緒を蟻を使って通したとは唐の帝も知らないだろう。私があのような難題を退けた蟻通しの明神とは知るまいな。

と言ったと、聞きました。

注によれば、この話は『祖庭事苑』が原拠であるかもしれないといわれるが、清少納言とほとんど同時代に書かれているので作者がそれを読んだかどうか分からないと書いてあった（今回「祖庭事苑」は手に入らなかった）。

蟻通明神については、別の説話が二つあるので、以下に書く。

『神道集』の蟻通明神　蟻通明神の事

＊〔『神道集』（河野本）編者・渡邊國雄他　角川書店　一九六二年五月、『神道集』東洋文庫九四　訳者・貴志正造　平凡社　一九八三年五月（一九六七年）〕

［概略］

欽明天皇の御代に大唐から教典の神爾として副えられた玉が蟻通しの玉でそれを祀ったものが蟻通し明神である。この玉はもと、天照大神が国を治めるために使った物で、孝昭天皇の時、天の朔女が盗み隠してしまった。

玄奘三蔵が大般若経を取りに印度に渡る途中で困難に出会う、その時八坂の玉に緒を通せと云う難題が出て、機織り虫の鳴き声を聞いて蟻通しに気付き解決する。秦耆大王が現れ大般若経、般若心経と一緒に玉を渡し、経に添えて日本に返すようにし、自分が先に日本に渡って神になって現れ、般若経の守護神となる、と言った。そして玉は欽明天皇の時、般若経と共に日本に届けられた。秦耆大王は約束通り日本に渡り紀州田辺の地に蟻通しの明神と言って鎮座しているのがこれである。

紀貫之が紀伊の国に赴任するとき、馬上のまま社の前を通りすぎようとして馬が動かなくなったので、不思議がり、村人に聞き、次の歌を詠み、供養し、更に御幣をささげて、

七わたに曲がれる玉のほそ緒をば蟻通しきと誰か知らまし

かきくもりあさせもしらぬ大空に蟻通し（有りと星）とは思うべしとは

と詠んだところ、馬は元通りになった。

『神道集』（河野本）の口語訳が『神道集』東洋文庫九四である。また、秦耆大王は東京の深大

寺の神様でもある。

『室町時代物語大成 第二』の蟻通明神　蟻通明神のえんぎ（仮題）三一

＊〔『室町時代物語大成第二』編者・横山重他　角川書店　一九七四年二月　四七頁〕

元は奈良絵本だったが、単独で草子に仕立てた本であったもので、絵の解説はあるが、この本に絵はついていない。

［概略］

日本は唐にも従わず、天下太平、五穀成就、民豊かに収まるのは、諸神がいるからである。唐から勅使が来て、捧げ物とは別に、大きな法螺貝に五色の糸を通し唐に返せと言う。

こうろくはんに使いを留め置き、誰か分かる者はと聞くと、頭中将が孔子の話の中にあるという。孔子が旅の途中困難にあい、九曲がりの玉に糸を通せば助かると聞き、桑取りの娘に蟻通しの智恵を受けて助かる。頭中将はこの故事に倣い、蟻を探すが大きい蟻がいない、神に祈って二寸ほどの蟻が現れ法螺貝に通す事が出来る。これを帝にさしだし、帝は勅使に示して、日本は神国である。神の力が有る限り唐には従わないと伝える。唐の大王たちも日本には知恵者がいるので、貢ぎ物をして従うようになり、今となっている。

頭中将は大臣に出世し、百歳まで生き、和泉の国に帰る。ある日、虚空の内に飛び上がり我は実は神である。日本を守るために人間として現れた。これからも守り神となると言った。国の人は功徳を拝み、社を立て、神を祝い、蟻通しの明神とあがめ祭った。

帝も来て四万町を、神田とし、八人の八乙女、五人の神楽男の子、御灯をかかげ神楽を奏した。ありがたい事だ。


これは、昔話の「難題型」にも出てくる。「神道集」には玄奘三蔵が、「室町時代物語大成」には孔子が困難に遭いそれぞれ機織り虫や桑取り女の助けを借りて解決するところが面白い。蟻通しは緒を通すので織物に関係することなのだろうか。

日本は神国というのも、たくさんの様々な神がいる国という意味で使っている。天皇が神というわけではない。

では「枕草子」、「神道集」で語っている紀貫之の災難とはどのような話か。

『紀貫之集』の蟻通明神　五五

＊〔『群書類従巻第二四七』〔塙保己一編〕紀貫之集　第二四番日本文化資料センター　一九九四年七月〕

紀の國に下りて歸り上る道にて、俄に馬の死ぬべくわづらふ所にて、道行き人立ち泊まりていふやう、「これはこゝにいましつる神のし給ふならん、年頃社もなく、しるしもなけれどいと畏くていましける神なり、さまざまかやうに煩ふ人々ある所なり、祈り申し給へよ」といふに、みてぐらもなければ、何わざすべくもあらず。唯手を洗ひて跪きて、ふし拝むに、「神おはしげもなしや、そもそも何の神とかいふ」といへば、「ありどしの神となむ申す」といふを聞き、詠みて奉りける。そのけにや馬の心地やみにけり。

　かき曇りあやめも知らぬ大空にありとほしをば思ふべしやは

この話は更に、歌論や謡曲にも使われている。

歌論集「俊頼髄脳」の蟻通明神（五）和歌の効用

＊〔『歌論集』日本古典文学全集五〇　校注／訳者・橋本不美男　小学館　一九七六年一二月（一九七五年）七三頁〕

話の概略は同じだが歌が違う。

あま雲のたちかさなれる夜半なれば神ありとほし思うべきかは

となっている。歌論集の注では「蟻通し→有りと星」とも「神蟻通し→神有り遠し（疎し）」ともなるか、俊頼の記憶違いかとも、と書いてある。

謡曲「蟻通」

ワキ紀貫之、ワキツレ同従者二人、シテ老社人（実は蟻通明神）時、平安盛期（四月）

作者は世阿弥とされている。

［概略］

紀貫之が玉津島の参詣の途次、和泉の國で、急に日が暮れ大雨が降り、乗馬も倒れて、苦しんでいると、老社人が来て蟻通明神の神境へ馬を乗り入れた為で、貫之だと聞くと、歌を詠んで神に手向けよと云ふ。貫之が一首の歌を詠むと、社人は深く感じ、和歌の物語などをする。祝詞をあげ、明神であると打ち明け鳥居の笠木に隠れる。ここでの貫之の歌

雨雲のたち重なれる夜半なればありと・ほしとも思うべきかは

紀貫之の歌は似ているが微妙に違う。謡曲では道行く人が老社人になり、実はそれが蟻通明神となっている。和歌の話などして感心し満足して許すのである。「枕草子」後段の夢に出てくる明神と似ている。

『大鏡』の蟻通明神　下（一七二）

＊（『大鏡』日本古典文学全集二〇　校注／訳者・橘健二　小学館　一九八二年一〇月（一九七四年）三八八頁）

紀貫之の蟻通明神での災難が、旅の話として短く書いてあるが、深くは触れていないのでここでは論じない。

蟻通明神は「枕草子」と「室町時代物語大成」では、難題を解いて国を救った人が神上がりした神様で、「神道集」は般若経の守護神の秦窨大王を祀ったものと言っている。

昔話の難題では、七曲がりの玉だけではなく、法螺貝、巻き貝、木の穴など様々な物が使われている。

第二節　国内の説話と思われる話——親不孝・親（姑）殺し他

国内の説話とは、「日本霊異記」、「今昔物語集」の中から、地名や人物の名前が入っている作品を取り上げている。ここでは「棄老」だけでなく、親の老後の面倒を見ない親不孝、親殺し、親ではないが老女を見捨てる作品を取り上げた。

〔1〕『日本霊異記』の親不孝①——大和国添上郡の瞻保の話

上巻「凶しき人嬭房の母に孝養せずして現に悪しき死を得る縁第二十三」

＊〔『日本霊異記』新日本古典文学大系三〇　校注者・出雲路修　岩波書店　一九九六年一二月　三六頁〕

大和国添上郡に一の凶有り。其の名詳ならず。字は瞻保と曰ふ。是れ難破宮に宇御めたまひし天皇の代に、学生に預る人なり。徒に書伝を学びて其の母を養はず。母子の稲を貸りて物の償ふべきもの無し。瞻保忽に怒り、逼めて徴る。時に母は地に居て、子は朝床に坐る。賓朋視て寧く居ること得ず。賓朋語りて曰く「善き人何為れぞに違ふ。或る人は父母の奉為に、寺を建て塔を立て仏を造り経を写し、衆の僧を屈請へて安居を行はしむ。汝は家財饒にして、貸の稲多く吉し。何すれぞ学履に違ひて親母に孝せざる」といふ。瞻保伏はずして曰く「無用なり」といふ。時に衆人其の母に代わりて債を償ひ、咸倶起ちて疾に避る。母其の孄房を出して悲び泣きて曰く「吾が汝を育ふこと日夜憩ふこと無し。他の子の恩を報ゆるを観て、吾が児の斯くの如くせむことを恃めれども、反りて迫め辱められ、願ふ心に違謬ふ。汝また負へる稲を徴る。吾また乳の直を徴らむ。母子の道今日に絶ゆ。天知る。地知る。悲しきかな。痛きかな」といふ。瞻保是に言はずして起ちて屋の裏に入り、出挙の券を拾り、其の庭の中にしてみな已に焼き滅す。然うして後に山に入り迷惑ひ、する所を知らず。髪を乱り身を傷りて東西に狂れ走り、また路を還行きて己が家に住らず。三日の後に忽然に火起り、内外の屋倉一時にになが焚き、遂に其の妻子等をして生活くこと能はざらしむ。瞻保憑むこと無くして、餓ゑ寒いて死ぬ。現報遠からず。あに信はざらむや。所以に経に云はく「孝せざる衆生はかならず地獄に堕つ。父母に孝養せば浄土に往生す」とのたまふ。これすなはち如来の説きたまふ所にして大乗の誠言なり。

［意味］
　大和の国添上郡の字を瞻保という者は、孝徳天皇の時代に学問を学ぶ人であったが（＊この時代には大学の国学もない）、無意味に書物を学んで、自分の母を養わない。母は瞻保に稲を借

りているが、債務が返せない。瞻保は怒って土間にいる母に返せと迫る。瞻保の客は「それはまずいよ。親の為に寺や塔を立て仏を造り経を写し、僧を呼んで経を読んでもらったりする人もいるというのに。君は、金もあるし、貸し稲も多い、どうして学問に反して親孝行しないの?」と言っても聞く耳持たず。「余計なお世話」と言う。一緒にいた人達が母の債務を払ってやり、あきれて皆すぐに立ち去った。母は乳房を出して悲しみ泣いて「私がお前を育てる時には、休む時もなかった。よその人が孝行されるのを見て、私もしてもらいたいと思った。それなのに、こんな態度で恥をかかされた。お前が稲の借りを返せと言うのなら、私は乳の貸しを返せと言うぞ。痛く悲しいけど、天地の神に誓って、母子の縁は今日を限りに切れた」と言うが、瞻保は何も答えない。そして、家の内に入り出挙の証文など持ってきて庭で燃してしまい、狂ったように山に入って髪を振り乱してあちこち駆けめぐり、路に出ても家には戻らない。とうとう三日の後には火事になり家屋敷を焼き妻子は路頭に迷う。瞻保は誰にも助けてもらえず、飢え凍えて死んだ。現報（不孝の報い）はすぐ現れる。信じなさい。だから経は「孝行しない者は必ず地獄に堕ちる。父母に孝養すれば浄土に往生できる」と言っている。是が如来の説く大乗の誠言である。

『今昔物語集四』の親不孝　巻第二〇「大和国人、為母依不孝得現報語三十一」

＊〔『今昔物語集四』新日本古典文学大系三六　校注者・小峯和明　岩波書店　一九九四年一一月　二八三頁〕

内容は「日本霊異記」と殆ど同じである。二つの作品の違いを「『日本霊異記』→『今昔物語集』」と以下に示す。

①孝徳天皇の時代→無し。②学生に預かる人→公に仕る学生。③徒に書伝を学び→文を学して有けるに、心に悟り無し。④母は乳房を出して悲しみ→母は乳房を出していない。⑤瞻保是言はずして→瞻保は忽ちに狂気になり、心迷い身痛くなる。⑥出挙の文→丁寧に（人に稲・米をかして数に増して返すべき契文）なっている。⑦衆人、母に代りて債を償いみな共に起ちて去る→此の話を聞く人は瞻保を憎み謗った。⑧大乗の誠言也→無し。

此の話の面白さは、母が乳房を出して息子に「稲の貸しを返せというのなら、乳の貸しを返せというぞ！」というところに尽きる。「今昔物語集」では乳房は出しておらず、話全体は詳しく分かりやすいが、迫力に欠ける。また、「今昔物語集」では出挙の文字は出てこない。この時代に出挙のシステムはないのか。

〔2〕『日本霊異記』の親不孝②――故京の凶しき女の話

上巻「凶しき女生める母に孝養せずして現に悪しき死の報を得る縁　第二四」

＊〔『日本霊異記』新日本古典文学大系三〇　校注者・出雲路修　岩波書店　一九九六年一二月　三八頁〕

故京に一の凶しき婦有り。姓名詳ならず。かつて孝する心無く、其の母を愛ばず。母斎日に当たりて飯を炊かず、斎食せむと思念ひてすなわち女の辺に就きて飯を乞ふ。其の女曰く「今日家長と我れと、また斎食せむとす。此れを除きて以外は、余の母に供るもの無し」といふ。時に其の母稚き子有り。携きて家に還る。俛して道の頭を視れば、遺てられたる裹飯有り。拾ひて餓を慰む。なほ寝室に労ひて夜半の後に、有る人来りて戸を扣きて曰く「汝が女高く叫びて「吾が胸に釘有り。方将に死なむとす」」といふ。故に往きて看るべし」といふ。母疲れ寝たるを以ちて、往きて活くること得ず。其の女終に死にてまた相見はず。孝養せずして死ぬる、此よりは如かず、分を譲りて母に供りて死なむには。

［意味］

古い都（飛鳥京か藤原京）に一人の女がいた。姓名は不詳。親孝行する気がなくて、自分の母に優しくなかった。母と娘は別に暮らしていた。母は在家の仏教徒で斎日（戒を保って精進する日）に当たるので、飯を炊かなかった。斎食（戒の時の食事・とき、一日一食）しようと思い、娘の家に行った。斎食させてくれと言うと、娘は「今日はうちの人と私も斎食するの、二人分しかないのでお母さんにあげる分はないわ」と言って断った。母親はあきらめて連れていた幼児を抱いて帰った。俯いて歩いていると道の端に、誰かが忘れた弁当の包みが落ちていた。拾って家に帰り食べて飢えを凌いだ。取りあえずほっとして、寝床に入った。すると夜中過ぎに、誰かが戸を叩き、「貴女の娘が、胸に釘が刺さったように痛い、死にそうだ、と大声で叫んでいる。行って看病しなさいよ」という。しかし母親は疲れて眠ってしまったので、行って助けてやれなかった。娘は母と再び顔を合わせることなく死んだ。たとえ飯を母に譲った為に死んでしまったとしても、親孝行をしないまま死んでしまうなんて御利益のないことだ。

『今昔物語集四』の親不孝　巻第二〇「古京女、為依不孝感現報語第三二」

＊〔『今昔物語集四』新日本古典文学大系三六　校注者・小峯和明　岩波書店　一九九四年一一月　二八五頁〕

内容は「日本霊異記」と殆ど同じ。二つの作品の違いを、「『日本霊異記』→『今昔物語集』」と以下に示す。

①斎日なので→母親が寡婦で家が貧しい。②母疲れ寝たるを以て→母是を聞くといえども夜半なるが故に。③此よりは如かず→後世に悪道に堕ちること疑いなし。天の責めを蒙れる也。日の内に現報を感ずる、哀れなる事也。世に有らむ人はもっと親に孝養しなければと語り伝えたと。

斎日とか斎食とか「今昔物語集」には書いていていない。仏教の戒律はこの頃には変形を始めていたのだろうか。

〔3〕『日本霊異記』の母殺し──吉志火麻呂の話

中巻「悪逆なる子妻を愛び母を殺さむことを謀りて現報に悪しき死を被る縁　第三」

＊〔『今昔物語集四』新日本古典文学大系三六　校注者・小峯和明　岩波書店　一九九四年一一月　六二二頁〕

吉志火麻呂は武蔵国多麻郡鴨里の人なり。火麻呂の母は、日下部真刀自なり。聖武天皇の御世に、火麻呂、大伴名姓分明ならずに筑紫の前守に点されて三年を経べくあり。母子に随ひて往きて相け飵養ふ。其の婦は国に留り家を守る。時に火麻呂己が妻を離れ去り、妻を愛ぶるこ とに昇へずして、逆ふる謀を発して思はく「我が母を殺し、其の喪に遭ひて服し、役を免れて還り、妻と倶に居む」とおもふ。母の自性、善を行ふことを心とす。子母に語りて言はく「東の方の山の中に、七日法花経を説き奉る大なる会有り。率、母聞け」といふ。母欺かれ、経を聞かむと念ひて心を発し、湯を洗み身を浄め、倶に山の中に至。子牛の目を以ちて母を眦みて言はく「汝、地に長跪け」といふ。母子の面を瞻りて答へて曰く「何故ぞ然言ふ。もし汝鬼託くや」といふ。子横刀を抜き、母の頚を殺らむとす。母すなはち子の前に長跪きて言はく「木を殖うる志は、彼の菓を得並に其の影に隠れむが為なり。子を養ふ志は、子の力を得幷に子に養はれむが為なり。恃める樹の雨漏る如く、何すれぞ吾が子思に違ひ、今異ふ心在る」といふ。子遂に聴さず。時に母侘傺びて、身に著たる衣を脱ぎて三処に置き、子の前に長跪きて遺言して言はく「我を詠はむ裏にせよ。一の衣を以ちては、我が兄男汝得よ。一の衣は、我が中男に贈り貺へ。一の衣は、我が弟男に贈り貺へ」といふ。逆ふる子歩み前みて母の頸を殺らむとする頃に、地裂けて陥る。母すなはち起ちて前み、陥る子の髪を抱き、天を仰ぎて哭きて願はくは「吾が子は、物託きて事をす。実の現心にあらず。願はくは罪を免し貺へ」とねがふ。なほ髪を取り了を留む。子終に陥る。慈母髪を持ちて家に帰り、子の為に法事を備け、其の髪を筥に入れ、仏の像の前に置き、謹みて諷誦を請ふ。母の慈深きが故に、悪逆の子に哀愍ぶる心を垂れ、其の為に善を修ふ。誠に知る、不孝の罪は報はなはだ近し、悪逆の罪彼の報無きにあらず、と。

［意味］

吉志火麻呂は、武蔵国多麻郡鴨里の人で、母は日下部真刀自（＊原文では「日下部真貟《クサカベノマトジ》」とある）という。聖武天皇の時に、大伴の何とかいう人に筑紫の前守に任命されて三年になる。母が火麻呂に付いて行って扶養してもらっていた。火麻呂の妻は国にいたが、火麻呂は妻が恋しくてたまらず、悪いことを考えた。「母を殺して、喪に服せば、役を免れて、妻の所へ帰れる」と。母は常日頃、善行を心がける仏教徒なので、火麻呂が「東の山の寺で、七日法花経を説く法会があるって。お母さん行って聞いたら」と言うと、母は経を聞きたく、早速湯浴みして身を浄め、一緒に山に行くが寺はない。すると、火麻呂は牛のような目をして、母を睨み、「そこえ跪け！」と言う。母はびっくりして、「なんでそんなことを言うの、鬼でも付いたか？」と言うと、火麻呂は刀を抜いて、母の頸を切ろうとする。母はあわてて火麻呂の前に跪き「木を植えるのは実を取ったり、木陰で休んだりする為だ。子を育てるは、子に助けてもらったり、子に養ってもらう為だ。雨よけにもならない木のように、何で吾が子にこんな目に遭わされなければならないの？」と言うが、火麻呂は聞く耳を持たない。母はどうしようもないと諦め、着ていた着物を脱いで三カ所に置き、遺言をした。「是はお前に、次のは次男に、もう一つは末息子に贈るので、私を偲ぶ形見にしなさい」と言った。逆上している火麻呂が母の頸を将に切ろうとすると、地が裂けて火麻呂はそこに陥った。母はあわてて火麻呂の髪を掴み、天を仰いで泣き喚き、「我が子は物が付いてこんな事をしたのです。本当の気持ちではありません。どうか罪を許して下さい」と願い、髪を取って子を守ろうとするが、火麻呂は陥った。母は手に残った髪を持ち帰り火麻呂の為に法事を行い、其の髪を箱に入れ、仏の前に置き謹んで諷誦（追善の為、僧に誦経を願って布施する）を願った。母の慈愛は深かったので、悪逆（親殺し）の子でも、悲しみ哀れんで、弔って遣った。本当に不孝の報いはすぐ起きる。悪逆の罪の報いは必ず有るのだ。

『今昔物語集四』の母殺し　巻第二〇「吉志火麿、擬殺母得現報語第三三」

＊（『今昔物語集四』新日本古典文学大系三六　校注者・小峯和明　岩波書店　一九九四年一一月　二八六頁）

この作品も「日本霊異記」と殆ど同じである。全体に「今昔物語集」の方が具体的で詳しいが大きい違いはない。二つの作品の相違点を「『日本霊異記』→『今昔物語集』」と以下に示す。①火麻呂→火麿。②母の名の字真刀自→真屓。③筑紫→筑前の守の国。④断りかかる場所、山の中→遙かに人里離れた所。⑤牛の目で睨む→（牛の目）は無い。⑥今異ふ心在り→今我を殺すぞ。⑦物が付いた→鬼が付いた。⑧悪逆の子→我を殺そうとする子。⑨不孝の罪の報→不孝の罪を天道顕著に憎んむ。

「今昔物語集」の最後の部分には、「殺そうとするようなことはあまりないだろうが、父母には孝養して、親不孝をしないようにと語り伝えるとや」と書き加えてある。

「日本霊異記」は牛の目で睨むなど写実的で面白い。また、母の子育ての目的が子の力を得て老後に養ってもらう為と言っている。母の愛は無償などと言っていない。

この他に以下のような作品に、同じ説話がある。

『言泉集』の母殺し　三七　非母不逆子　日本霊記中云東大寺沙門戒景選

＊〔『言泉集』古典文庫第六三九冊　編者・畑中栄　古典文庫　二〇〇〇年二月　一九〇頁〕

聖覚晩年の編纂の唱導書。漢文。「日本霊記中の」と、断り書きがある。だが母の名が「早部の真眉」と異なっているが、中身は「日本霊異記」と同じである。

『宝物集』の母殺し　巻第六

＊〔『宝物集他』新日本古典文学大系四〇　校注者・小泉弘他　岩波書店　一九九三年一一月　二七〇頁〕

鎌倉時代初頭の仏道物語。平康頼著。
親の子を思う気持ちを様々あげ、その一例として、火麻呂の母を挙げている。

天竺・震旦までは申さじや、我朝武蔵国に、玉の火丸と云者あり。聖武天皇御時京上して、人の供に、母などぐして鎮西へ下向して、太宰府にすみけるほどに、主人、京上しける供に、のぼるべきにてありけるに、思はしき妻をまうけたりけるに、はなれじとて、障をいだしてとまらんとて、母を山へ具して行て、ころさんとするに、大地俄にさけて、火丸落入けるを、髻を取て、引あげて生けんとするは母なり

名前は「玉の火丸」となっている。子にひどい目に遭わされても、子を思う母の例として書いている

真名本『蘇我物語一』の母殺し　巻第四

＊〔『真名本蘇我物語一』東洋文庫四六八　編者・青木晃他　平凡社　一九八七年四月　二〇九頁〕

曾我兄弟が実父の仇討ちの相談をしているのを聞いた母が、養父であり自分の夫の蘇我祐信の恩を忘れてはならない。恩を返さず、かえって嘆くようなことをするのは人倫に反することで、畜生道に堕ちるとして、様々な例を挙げ、その中の一つがこれである。

「吉志の飯丸は親の恩を忘れて那落（奈落。地獄）に入りぬ」

ここでは親不孝をすると、報いがある例として挙げている。

〔4〕『今昔物語集五』の母殺し――猟師の母が鬼になる話

巻第二七「猟師母、成鬼擬敢子語二二」

＊〔『今昔物語集五』新日本古典文学大系三七　校注者・森正人　岩波書店　一九九六年一月　一三〇頁〕

今昔、□ノ国、□ノ郡ニ、鹿・猪ヲ殺スヲ役ト為ル者、兄弟二人有ケリ。常ニ山ニ行テ、鹿ヲ射ケレバ、兄弟搔列テ山ニ行ニケリ。待ト云フ事ヲナムシケル。其レハ、高キ木ノ胯ニ横様ニ木ヲ結テ、其レニ居テ、鹿ノ来テ其レノ下有ルヲ、待テ射ル也ケリ。然レバ、四五段許ヲ隔テ、兄弟向様ニ木ノ上ニ居タリ。九月ノ下ツ暗ノ比ナレバ、極テ暗クシテ、何ニモ物不見エズ。只、鹿ノ来ル音ヲ聞カムト待ツニ、漸ク夜深更ルニ、鹿不来ズ。

而ル間、兄ガ居タル木ノ上ヨリ、物ノ手ヲ指下シテ、兄ガ髻ヲ取テ上様ニ引上レバ、兄、奇異ト思テ、髻取タル手ヲ捜レバ、吉ク枯テ曝ボヒタル人ノ手ニテ有リ。「此レハ、鬼ノ、我レヲ噉ハムトテ、取テ引上ルニコソ有メレ」ト思テ、向ニ居タル弟ニ告ゲムト思テ、弟ヲ呼べバ答フ。

兄ガ云ク、「只今、若シ、我ガ髻ヲ取テ上様ニ引上ル者有ラムニ、何ニシテム」ト。弟ノ云ク、「然ハ、押量テ射ゾカシ」ト。兄ガ云ク、「実ニハ、只今我ガ髻ヲ物ノ取テ、上ヘ引上ル也」ト。弟、「然ラバ、音ニ就テ射ム」ト云ヘバ、兄「然ラバ射ヨ」ト云フニ随テ、弟雁胯ヲ以テ射タリケレバ、兄ガ頭ノ上懸ルト思ユル程ニ、尻答フル心地スレバ、弟「当ヌルニコソ有メレ」ト云フ時ニ、兄、手ヲ以テ髻ノ上ヲ捜レバ、腕ノ頸ヨリ、取タル手被射切テ下タレバ、兄ニ、此ヲ取テ弟ニ云ク、「取タリツル手ハ、既ニ被射切テ有レバ、此ニ取タリ。去来、今夜ハ返ナム」ト云ヘバ、弟「然也」ト云テ、二人乍ラ木ヨリ下テ、搔列テ家ニ返ヌ。夜半打過テゾ返着タリケル。

而ルニ、年老テ立居モ不安ヌ母ノ有ケルヲ、一ツノ壺屋ニ置テ、子二人ハ、家ヲ衛別ケテ居タリケルガ、此ノ子共ノ山ヨリ返来タルニ、怪ウ母ノ吟ケレバ、子共、「何ド吟給フゾ」ト問うへドモ、答ヘモ不為ズ。其ノ時ニ、火ヲ燃シテ、此ノ被射切タル手ヲ二人シテ見ルニ、此ノ母ノ手ニ似タリ。極ジク怪ク思テ、吉ク見ルニ、只其ノ手ニテ有レバ、子共、母ノ居タル所ノ遣戸ヲ引開タレバ、母起上テ、「己等ハ」ト云テ取懸ムトスレバ、子共、「此レハ御手カ」ト云テ投入レテ、引閉テ去ニケリ。

其ノ後、其ノ母、幾ク無クシテ死ニケリ。子共寄テ見レバ、母ノ片手、ゝノ頸ヨリ被射切テ無シ。然レバ、早ウ此ノ母ノ也ケリト云フ事ヲ知ヌ。此レハ、母ガ痛ウ老ヒ耄テ鬼ニ成テ、子ヲ食ムトテ付テ山ニ行タリケル也ケリ。

然レバ、人ノ祖ノ年痛ウ老タルハ、必ズ鬼ニ成テ、此ク子ヲモ食ハムト為ル也ケリ。母ヲバ、子共葬シテケリ。

此ノ事ヲ思フニ、極テ怖シキ事也トナム語リ伝ヘタルトヤ。

［意味］

昔、ある国の或る郡に鹿・猪を専門に捕る猟師の兄弟がいた。いつも二人連れだって山へ鹿猟に行った。待ちという猟法で、高い木の股に横向きに木を結び、下に鹿が来るのを待って射る方法である。兄弟は二、三〇メートル離れて向かい合う木の上にいた。九月末の闇夜の頃で、真っ暗で何も見えない。ただ鹿の足音だけを待っていた。深々と夜は更け、鹿は来なかった。

その時、兄の頭上から手が下りてきて、髻を引き上げようとした。兄は怪しいと思い、その手を掴んだ。それは痩せ細り骨張った人の手だった。「此は、鬼だ、自分を喰おうとしている」と思い、向かいにいる弟を呼び、「今、俺の髻を引き上げようとしている奴が居る、どうする？」と言うと、弟は「それなら、声を目当てに、矢を射る」と言う。「では、やってくれ」と言う声を聞いて見当を付け、弟は雁胯の矢を射た。兄の頭上で手応えがあった。弟が「当たったようだぞ」と言うと、兄は頭上を探り、切り取られた手首を掴んだ。それを持って「怪しい奴の手は、ここに取った。今夜はもう帰ろう」と言うと、弟も「そうしよう」と言って、連れ立って帰り、夜更けに家に着いた。

さて、二人には年老いて立ち居もままならない母があった。一つの壺屋（物置小屋のような小さな小屋）に母を住まわせて、二人はそれを挟んで別々の家に住んでいた。二人が山から帰った時、母の壺屋から怪しい呻き声がした。息子達は「何で呻いている？」と聞いたが答えはなかった。そして火を燃して、持ってきた怪しい手を見ると、母の手に似ている。ひどく不審に思いさらによく見ると、まぎれもなく母の手だ。二人が母のいる壺屋の遣り戸を引き上げると、母は起き上がって「おまえ等は」と言って掴みかかろうとする。息子達は「これは母さんの手か」と言い、その手を投げ入れ、遣り戸を下ろして立ち去った。

その後、間もなく母は死んだ。息子等が傍に寄ってみると、母の片手は手首より切り取られて無かった。そこで、じつはその手が本当に母のものだと分かった。

これは、母がひどく老いぼれて鬼になって、子を喰おうと山に付いて行ったのである。

さて、ひどく年老いた人の親は、必ず鬼になって、このように子を喰おうとするものである。そんな母だったが二人の息子は葬式を出した。

此の事を思うと、本当に怖ろしい事だと語り伝えられている。

是は、今で言う認知症だろうか。普段は立ち居もままならないのだから、言ってみればよぼよぼしているのだろう。しかし、夜道を歩いて木に登り、息子の頭の上に居るという所が怖ろしい。ひどく年老いた人の親は必ず鬼になるということから、珍しい事例としてではなく、よく見られることだったのだろう。現代の家族でも認知症の親の問題は大変である。理解出来ない行動を、鬼が付いた、鬼になったと考えたのだろう。しかし、この説話では息子が腕を切り取ったことが原因で老母が死んだので親殺しにはなっている。そのことで息子等は誰からも責められず、逆に、葬式を出してやったことを褒められている。

〔5〕『今昔物語集五』の姥捨——尾張の守某が女を捨てた話

巻第三一「尾張守□、於鳥部野出人語三〇」

＊〔『今昔物語集五』新日本古典文学大系三七　校注者・森正人　岩波書店　一九九六年一月　五〇四頁〕

今昔、尾張ノ守□ノ□ト云フ人有ケリ。其ノ□ニテ有ケル女有ケリ。歌読ノ内ニテ、心バヘナドモ糸可咲クテ、男ナドモ不為デナム有ケル。

尾張ノ守、此ノ哀テ、国ニ郡ナド預ケテ有ケレバ、便リ有テナム有ケル。子一二人有ケルハ、母ニモ不似ズ、極タル不覚ノ者ニテ有ケレバ、皆外ノ国ヘ迷ヒ失イケリ。其ノ母ハ年老テ衰ケレバ、尼ニ成ニケルニ、後ニハ、尾張ノ守モ不問ズ成ニケリ。畢ニハ、兄也ケル者ニ懸リテ過ケル間ニ、難堪キ事多カリケレドモ、本ヨリ有職ナル者ニテ、弊キ事ヲバ不為ズシテ、尚身ヲ持上テ、心ヲ造テ過シケル程ニ、身ニ病付ニケリ。

日来ヲ経ルマ、ニ、病ノ筵ニ沈ムデ、気色不覚ニ見エケレバ、兄有テ、「家ニテハ不殺ジ」ト思テ、家ヲ出シケレバ、其レヲモ、「我レヲバ為ル様有ラム」ト思テ、昔ノ共達ニテ有ケル者ノ、清水ノ辺ニ有ケルガ許ニ、其レヲ打憑ムデ、車ニ乗テ行タリケルニ、憑テ行タル所ニモ思ヒ返シテ、「此ニテハ否不殺」ト云ケレバ、何ガセムトテ、鳥部野ニ行テ、浄ゲナル高麗端ノ畳ヲ敷テ、其レニ下居ケレバ、極ク和キ哀レ也ケル人ニテ、隧ノ影ニ隠レテ、引跪テゾ畳ニ居タリケル。然テ、畳ニ寄臥ケルヲ見テ、従者ニテ有ケル女ハ返ニケリ。

哀ナル事ニナム、其此人云ケル。

「此ハ櫃ナル人ナレドモ、糸惜ケレバ不書ズ」トゾ人云シ。彼ノ尾張ノ守ノ妻カ、妹カ、娘カ、不知ズ。「何デ有トモ、極ク口惜ク不問ザリケル事」トゾ、聞ク人謗ケルトナム語リ伝ヘルトヤ。

［意味］
尾張りの守なにがしの縁者（元妻か、姉妹か）の女がいた。その女は歌人で、気だても優美であったが、夫は持たなかった。
尾張の守は、哀れに思い、尾張の国の或る郡を預け支配させていたので、経済力はあった。女には子が二三人いたが、母には似ず愚かで、皆都を離れて他国に流れて行ってしまった。その女は年老いて尼になった。すると尾張の守も面倒見なくなり、やむなく兄に頼り、生活に困窮するようになったが、奥床しい人なので、見苦しく振る舞わず、お金はなくても、品良く過ごしていたが、病気になってしまった。

女は病の床につき、日も経つうちに、意識を失ったように見えた。兄が来て「我が家では、死なれては困る」と思い、家を追い出した。そこで女は昔の友だちが清水寺の辺りに居るので、「あの人なら、自分を悪いようにはしないだろう」と思い、友だちを頼って、車に乗っていったが、そこでも友だちの気が変わって「ここで死なれては困る」と言うので、どうしようもなくなってしまった。そこで鳥部野に行った。高麗縁の付いた畳を敷いてそこに下りた。本当に穏やかで哀れな人だった。堤の陰に隠れて、身繕いをして畳の上に横たわるのを見て、付いてきた女は帰った。

哀れなことだとその頃の人は言っている。「これは誰と分かっている人のことだが気の毒だから名前は書かない」と言っている。あの尾張の守の妻か、妹か、娘か分からない。「どうあろうと、誰のことか問わなかった事が、とても残念だ」と聞く人は非難している。

女の老後を面倒見るのは誰か、という問題がここにはある。夫というのは、通わなくなれば責任はないのか、子が傍にいなければ路頭に迷う。経済力が無く、病になると、死穢を畏れて河原などにも出される。鳥部野とは火葬所・墓所として知られた所である、ここで死を待つしかないという意味なのか怖ろしい話である。

ここで取り上げた作品では、女性の老後は子どもが面倒を見るということになっている。子どもが親不孝であったり、行方不明になっていたりすると、経済力がなければ、惨めなことになるのか。

〔1〕の瞻保と〔2〕の古京の女は老後の母の扶養をしない上に、貸し稲の債を返せと迫ったり、斎食を断ったりして、罰が当たる。〔3〕の吉志火麻呂は妻に会いたいので母を殺して、喪に服せば妻の元に行けるという理由で殺そうとするので、同じく罰が当たる。いずれの母親も子を育てるのは、子の力を得て、老後面倒を見て貰う為と言っている。乳幼児期の乳を返せとさえ言う。母が子を育てるのは無償ではない。

ここでは現実の世界で報いを受ける説話であるが、すべて死の報いになっている。仏教の中での報いはどのようなものかといえば、「雑宝蔵経」の棄老国の難題の答の中にあるのでもう一度その部分を取り上げる。

第一節の〔2〕棄老国の話「雑宝蔵経」の難題から、罰を受ける部分のみ取り上げる。

①天神は饑餓の人になって現れ「世の中にわしより飢えのひどい者がいるか?」→慳貪と嫉妬のために、三宝を信ぜず、父母、師長に供養できない者は餓鬼道に落ち、百千万年の間、水や穀物の名も聞かず、身は泰山のように重く、腹はくぼみ、咽は細く、錐のような髪は垂れ、節々に火が燃え、天神の飢えの百千万倍の苦しみとなる。⑥天神は手足に枷をはめ、首に鎖を

かけて現れ、「わしよりひどい苦しみの者はいるか？」↓父母を孝養せず、師長に害を加え、夫に叛き、三宝を謗るひとは、来世は地獄に堕ちる。刀の山、剣の樹、火の車、炉の炭火、河や窪地に屎が吹き出し刀の道、火の道がある。このような苦しみが果てることなくあり、天神の困苦の百千万倍。

ここでは、死後のあの世の報いになっていて、ものすごい罰が当たり、相当に怖ろしい。日本の棄老国の説話にはこの部分は書かれていない。「日本霊異記」にも死後の世界での恐ろしさは出てこない。日本の罰は言ってみれば淡泊である。孝養しなさいと言う説教はあるが脅迫的ではない。

第三節　信濃の国の姨捨山とその周辺

信濃の国の「姨捨山」は有名である。「姨捨」という地名もあるし、鉄道の駅もある。昔話にもたくさんある。しかし、本当に「姨捨」があったかどうか知っている人はいない。そして、「姨捨山」は説話だけではない。さらに「姨捨山」は、時代とともに移動していたのだ。

〔1〕和歌

『古今和歌集』巻第十七　のをばすて山　雑歌上八七八　題しらず　読み人しらず

＊〔『古今和歌集』新日本古典文学大系五　校注者・小島憲之　岩波書店　一九八九年二月　二六五頁〕

わが心なぐさめかねつ更級やをばすて山にてる月を見て……①

この歌が、姨捨山の始まりと言われている有名な和歌である。

しかし、姨捨山と観月は、この頃から既に有名であり、人気があって勅撰集の中に五〇数首、文字で残っているものだけでも一五〇首以上ある。

『姨捨山新考』の中から例をあげる（『姨捨山新考』西澤茂二郎著　信濃郷土誌刊行会　一九三七年一月〈一九三六年〉）。

後選　來んと云し月日を過すをばすての山の端つらき物にぞ有ける　貫之
後拾遺　まことにやをばすて山の月はみるよもさら級と思ふあたりを　赤染衛門
夫木　月みてもなぐさめかねてなく鹿のこえすみのほるをばすての山　後嵯峨院
新勅選　あらはさぬ我心をぞ恨むべき月やはうときをばすての山　西行
續古今　あやしくも慰めがたき心かなをばすて山の月も見なくに　小町
六帖　よしさらばみずとも遠く澄む月をおもかげにせん姨捨の山　俊頼
愚草　更級は昔の月の光かはた、秋風ぞをはすての山　定家
家集　秋風は立ちにけらしな更級や姨捨山の夕月の空　賀茂真淵
名所今歌　ふる里を思へばいくへこえすぎて見る夜の月も姨捨の山　本居宣長
同　姨捨の山のおくまで人の子の行くべき道ぞふみひらけつ、　下田歌子

歌人を見て分かるように、姨捨山は歌枕として近現代まで歌い継がれている。

古今和歌集の頃の姨捨山は「小長谷山《おはつせやま》」が訛ったものだという説があり、現在は更級郡藍崎村長谷区の西方に連なる山で、篠山（九〇七メートル）と記載されている。小長谷山には古墳もあ

り墓地や葬地であったという。

〔2〕物語・日記

『大和物語』の姨捨山　一五六

＊〔『大和物語他』日本古典文学大系九　校注者・阪倉篤義他　岩波書店　一九八二年一二月（一九五七年）三二七頁〕

信濃の國に更級といふところに、男すみけり。わかき時に親死にければ、をばなむ親のごとくに、若くよりあひそひてあるに、この妻の心いと心憂きことおほくて、この姑の、老いかゞまりてゐたるをつねににくみつゝ、男にもこのをばのみ心さがなく悪しきことをいひきかせければ、昔のごとくにもあらず、疎かなること多く、このをばのためになりゆきけり。このをばいといたう老いて、二重にてゐたり。これをなをこの嫁ところせがりて、今まで死なぬこととおもひて、よからぬことをいひつゝ、「もていまして、深き山にすてたうびてよ」とのみせめければ、せめられわびて、さしてむとおもひなりぬ。月のいと明るき夜、「嫗ども、いざたまへ。寺に尊き業する、見せたてまつらむ」といひければ、かぎりなくよろこびて負はれにけり。高き山の麓に住みければ、その山にはるばるといりて、たかきやまの峯の、下り來べくもあらぬに置きて逃げてきぬ。「やや」といへど、いらへもせでにげて、家にきておもひをるに、いひ腹立てけるおりは、腹立ちてかくしつれど、としごろおやの如養ひつゝあひ添ひにければ、いとかなしくおぼえけり。この山の上より、月もいとかぎりなく明くていでたるをながめて、夜一夜ねられず、かなしくおぼえければかくよみたりける、

わが心なぐさめかねつ更級や姨捨山に照る月をみて

とよみて、又いきて迎へもて來にける、それより後なむ、姨捨山といひける。慰めがたしとはこれがよしになむありける。

［意味］

信濃の国の更級に、若い時に親が死んだのでおばに育ててもらい、おばと同居している男があった。この男の妻はいらいらする事が多く、姑の年老いて腰が曲がっているのを嫌い、男におばの悪口を言いつけるので、男はおばに昔のように優しくできず、疎かに扱うことも多くなり、おばのためにはならなかった。おばは更に老いて腰も二重になるほど曲がってしまった。嫁は此をさらに嫌って厄介に思い、いつまでも死なないとのならと悪いことを思いつき、夫に「深い山に連れて行って捨ててきてよ」と迫った。何度もせめられるので男も弱ってしまい、捨てようと思うようになった。月の明るい夜、おばに「おばあさん、さあいらっしゃい。寺に法会がありますよ。見に連れて行ってあげましょう」と言うと、おばは大変喜んで背負われて行くことになった。彼らは高い山の麓に住んでいたので、その山にどんどん入り、年寄りでは降りられないような、高い峯におばを置いて、男は逃げ帰った。おばは「おいおい」と言った

が、答えもしないで逃げてしまった。家に帰って、妻にさんざん告げ口され腹が立って、捨ててしまったが、長年親のように自分を育て、共に暮らしてきたのにと、とても悲しくなった。この山の上から月が煌々と照るのを眺め、男は一夜眠れず、悲しくて、次のような歌を詠んだ。

わが心なぐさめかねつ更級や姨捨山に照る月をみて

（更級の、私がおばを捨ててきた山の上に照る美しい月を見て、私の心はどうしても慰められない）と詠み、翌日、男は山におばを迎えに行き連れ帰った。それから後にその山を姨捨山と言うようになった。姨捨山を慰め難いことの縁語に用いるのはこのいわれによるのであった。

『今昔物語集五』の姨捨山　巻第三〇「信濃国姨（棄）山語第九」

＊〔『今昔物語集五』新日本古典文学大系三七　校注者・森正人　岩波書店　一九九六年一月　四二三頁〕

内容は「大和物語」と同じであるが、少し詳しく書いてある。
嫁の姑に対する気持ちが強く書いてあり、例えば「夷母ヲ糸厭ハシク思ヒ、極テ憎ク思ヒ、妻強ニ責云ウ、など」。捨てる日は「大和物語」では「月のいと明き夜」であったが「今昔物語集」では「八月一五夜ノ月ノ糸明カリケル夜」など詳しく書いてある。また「今昔物語集」の終わりには、「妻が言ったからとて、良くない心を起こしてはいけない。今もそういうことは起こりかねない。また、姨捨山の前の名前は冠山という。それは、山の形が冠の巾子（冠の頂で髻を入れる部分）に似ているからである」。と書き加えてある。

「姨捨山」の物語の始まりは、「大和物語」と考えていいのだろう。「古今和歌集」①の歌が作中に使われているので、この歌の歌語りと言われている。作者は分からない。

この説話は嫁と姑の葛藤から姨捨になる。昔話にも信濃の更級のうばすて山の話は多いが、信濃の国の殿様が年寄りが嫌いという話が多い。

『更級日記』の姨捨

＊〔『更級日記他』日本古典文学大系二〇　校注者・鈴木知太郎他　岩波書店　一九六五年一月（一九五七年）四七九頁〕

作者は菅原道真の子孫で、菅原孝標の娘（次女）である。伯母に『蜻蛉日記』の作者道綱の母がいる。父の上総の国赴任に同行した東国での暮らしから、上京する間の道中、その後の暮らし、宮勤め、宮詣、夫に死なれた晩年までの四〇年間弱（一三歳から五一歳）を振り返って、物語として書いている。

〔概略〕

作者が一三歳の時に、父上総の守は五年の任期が終わり東国から上京する。作者も父と共に姉、継母らと同行する。その道中での様々な出来事から物語は始まる。帰京し、しばらくすると、継母は家を出た。その頃疫病がはやり乳母も憧れの姫も亡くなり悲しい思いをする。そんな時、読書好きの作者に、おばが源氏物語五十巻を贈ってくれた。嬉しくて耽溺した。また姉には夫（右馬頭の息子）が通ってきて子もできる。しかし、家が火事で焼けてしまい、姉は仮住まいの屋敷で、二番目の子を産んですぐ亡くなってしまう。新しい屋敷ができたが父は常陸の守に任ぜられて赴任する。母と作者は、姉の代わりに姪らを育てるので残った。太秦にお詣りに行った時、後を付けられたように思うがそれきりだった。作者は二〇歳になっていた。

五年後、父はやつれて帰ってきた。女は先のことを考えると心細いが、相変わらず夢見がちに過ごしていて縁談もない。勧める人があり、今を時めく一の宮に仕えに上がった。想像とは違い宮仕えはつらいものだった。家でも両親に寂しくなったと嘆かれる。

仕えていた宮が亡くなったので家に下がるが、すぐにそのお子の相手に姪を連れて来るようお召しがあり出仕する。宮勤めも二回目なので、様子も分かり、前より気楽であった。その頃、六才年上の夫と結婚する（橘俊通、後妻）。後に子どももできる。

夫が下野に赴任している間、出仕していたが、不断経の時雨の夜、右大弁の殿（源資通）と出会い、言葉を交わす。歌を詠むと返歌が有ったらしいが手元に届かなかった。

なにさまで思い出けむなおざりの木の葉にかけし時雨ばかりを

（木の葉にかかる時雨のような、ほんのその場限りのつまらぬ歌をどうしてそんなに思い出しなさるのでしょう）

「あの時雨の晩のような時に琵琶の手を聞かせてあげたかった」と言っていたそうだがチャンスがなく、恋のときめきはこれで終わってしまう。

作者が好んで読んだ源氏物語のようには、現実の生活はロマンに満ちたものではないと、寂しく思ったが、しかしロマンスも少しはあった。

その後は、夫や子ども、姪たちの為に石山詣や初瀬詣、鞍馬詣などしたり、自分の病気療養に出かけたりする。夫は信濃の守に任ぜられ、息子と共に赴任するが、一年で病気になり帰京し、亡くなってしまう。その後阿弥陀如来の夢を見る。作者は良く夢を見た。若い頃は夢の啓示には従わず意地を張っていたが、大人になるとその啓示を素直に受け入れるようになった。

作者は一人暮らしをしていて、或る夜に、六番目の甥が尋ねてくるので詠う。

月もいでてやみにくれたるおばすてに何とてこよひたづね来つらむ

（月が出て闇にくれたような姨捨山にどうして今夜尋ねてきたの）

夫の死後は訪れる人もなく、友だちの尼などと歌のやりとりなどしながら、古里に一人寂しく暮らしている、と詠っている。

現役から身を引いた意識として自らの住み家を姥捨山と捉えたものである。夫の最後の任地が信濃であった事、姨捨は当時の和歌の流行でもあり、更級は姨捨を意味していたので、姨捨を意識して「更級日記」としたと解説にはある。本人が付けたか、後世の人が付けたかは不明である。

この話を元に、堀辰雄の『姨捨』がある。堀辰雄は「更級日記」の作者を、寂しい耐える日本の女の理想のように書いているが、私は、宮仕えも子育ても終わり夫も先だって、子どもから離れ、一人で物語など書いて（『夜の寝覚』『浜松中納言物語』の他に現存しない『みづからくゆる』『あさくら』の作者であるといわれている）、自立した暮らしのようにみえる。恋愛は少なかったが、人生としては充実しているように思える。

女が年老いて一人で生きる場所が姨捨と意識されている。しかしやることがあり、経済力が有れば姨捨山も捨てたものではない。

〔3〕歌論

『俊頼髄脳』の姨捨山

＊〔『歌論集』日本古典文学全集五〇　校注／訳者・橋本不美男　小学館　一九七六年一二月（一九七五年）一七七頁〕

源俊頼は一二世紀に活躍した専門歌人であり、その歌論書である。ここでは古今和歌集の和歌①を取り上げ解説している。

我が心なぐさめかねつさらしなやをば捨山に照る月を見て

〔古今　雑上　八七八　六帖　一〕

この歌は、信濃の国に、更級の郡に、をば捨山といへる山あるなり。むかし、人の、姪を子にして、としごろ養ひけるが、母のをば、年老いて、むつかしかりければ、八月十五夜の、月くまなくあかかりけるに、この母をば、すかしのぼせて、逃げて帰りにけり。ただひとり、山のいただきにゐで、夜もすがら月を見て、ながめける歌なり。さすがに、おぼつかなかりければ、みそかに立ち帰りてききければ、この歌をぞ、うち詠めて、泣きをりける。その後、この山を、をば捨山といふなり。そのさきは、かぶり山とぞ申しける。かぶりの、こじのやうに、似たるとかや。

「大和物語」・「今昔物語集」とは違い、をば（夷母）に育てられるのは「甥」から「姪」になっている。また、この歌を歌っているのは捨てられた「をば」になり、物思いに耽りながら、声を長く引いて歌ったと書いてある。更に姪はおばを、山から「連れ戻した」とは書いておらず、捨てたままである。山の前の名前は「かぶり山」で、「かぶりのこじ（冠の巾子）に似ているから」というところは「今昔物語集」と同じである。

『袖中抄』のおばすて山　第一七　をはすて山

＊〔『歌学文庫〔第一〜八〕二』編集者・室松岩雄　一致堂書店　一九一〇年九月　二二〇頁〕

鎌倉時代成立の歌学書で顕昭撰である。ここでも同じく①を取り上げている。

我こゝろなくさめかねつさらしなや
をはつて山にてる月をみて

また、姨捨山を謡った歌三首を載せている。

「大和物語」と「俊頼髄脳」の違いを比べている（上述したのと同じ）。

信濃は板東一山が高い、その中で更に姨捨山は高いので月は本当に明るいという貫之

月影をあかすみるともさらしなの山のふもとになかゐすなきみ

をはすて山が好きだという範氷朝臣

これやこの月みるたひに思ひやるをはすて山のふもとなるらん

風流にをはすて山の月をなかめたるたひ人のかたつくりたるを濟慶律師

思い出もなくてや我身やみてましをはすて山の月みさりせは

以上が、信濃の更級の姨捨山に関する①の和歌の歌論である。

源俊頼は「大和物語」や「今昔物語集」にとらわれずに、歌語りを作っている。

「袖中抄」は姨捨山が歌枕として有名であることを、他の歌を載せることにより示している。

『續歌林良材集』の姥捨山（し折山）上・子のためにし折する事　一八

＊〔『歌学文庫四』編集者・室松岩雄　一致堂書店　一九一一年五月〕

江戸時代の古典学者の歌人の下川辺長流の歌論書である。ここで取り上げているのは①の和歌ではなく、山も違う。しかし姥捨山の歌で、その解説をしている。

奥山にしつるし折はたかためそ我身をゝきて捨るこのため

右むかしするかの國に住みけるもの父の年老いて死なぬことをうるさしと思ひてふしの山にもていきて捨てむとてかの親をいて行にそのおや道すがらし折して行是は我子のかへらん時に道をまよはさしかためなりさて山に入りて父を捨んとする時たちまち地さけて此子ならくに落入らんとしけれは父かなしひてかのものゝたふさをとらへて此うたを讀たりけれは子のいのちたすかりけりといへりそれより後ふしの山をはし折山と名付たりと云云

この和歌は昔話の枝折り型に出てくる。枝折り型の原典となる説話は、他にはない。この話はどこから来たのか不明である。著者の歌語りか。駿河の富士山が姥捨山というのもあまりない、高すぎて凡人には登れない。富士の樹海に捨てたのか。

父親を捨てる時、地が裂け、子が陥るのは、「日本霊異記」の火麻呂の話と同じだが、捨てる理由が父親が長生きするのがうるさしと思うところが、信濃の國の姨捨山の嫁や、孝孫原穀の父親と同じである。

〔4〕謡曲

謡曲「姨捨」

＊〔『謡曲大観第五巻』佐成謙太郎　明治書院　一九八三年一〇月（一九二一年）三四一七頁〕

人物　ワキ都の男　ワキツレ都の男（二人）前シテ里女（老女の霊）狂言山下の物後シテ老女
所　信濃の國　姨捨山
時　八月十五夜
作者　世阿彌
出典　古今集・大和物語が姨捨山伝説では有名であるが、本書は源俊頼の無名抄（俊頼髄脳）を参酌した。

［梗概］

都の男が中秋の名月を眺めようと志して、遙々信濃の國に下り姨捨山に登ると、一人の里女が現れ出て言葉をかけ、「わが心慰めかねつ更級や」と歌を詠んだ老女の舊跡はここであると教へ、都の人であるならば、今宵の月と共に再び訪れて夜遊を慰めようといひ、自分がこの山に捨てられた老女であると仄めかして消え去る。やがて月が出ると、果して白衣の老女が現れて、月に関係のある仏説を委しく語り、月下に舞の袂を翻したが、次第に暁方になると、旅人は帰り去って、老女は一人淋しく山に取り残された。

［概評］

八月一五夜、名月の皎々と照り渡った中で、山深く捨てられた老女が白衣をまとうて、静かな舞を舞ふのである。殆ど愚痴は洩らしてゐない、ただ世の中をあきらめ悟って仏説を述べるだけである。まことにさびさびとした冷えたる曲である。世阿彌の所謂幽玄の極致はこのあたりにあるのであろうと思はれる曲である。

以上は『謡曲大観第五巻』（佐成謙太郎）の資料から採録した。

ここでは捨てるのは甥の和田の彦長で姨は「伯母」になっている。妻と語らって、伯母を憎み、恩を忘れて、今の執縁にひかれ、捨てに行く。

「大和物語」や「今昔物語集」のように、「伯母」は連れ戻されてその後孝養されて終わっていない。この歌を歌うのは捨てられた「伯母」になっている。俊頼髄脳を参酌したとあるので、伯母はそこで死ぬ。伯母の執心が石になったのを、甥が後に見て怖ろしくなり出家したことになっているが、それによって伯母の魂は救われず、亡霊となって現れる。

能は舞台で見せる物であるから、見る人にとって文字からはいる物語よりも、インパクトが強い。日本人の意識の中では、この時から「姨捨山」の「をば」は、一人でずっと捨てられている。魂も救済されていない。ただ年老いて、厄介になっただけで、何も悪いことはしていないのにである。

この謡曲での「姨捨山」の地は、旅人も里女も、里の男も登ってくるので、冠山とは異なる。長楽寺周辺の八幡山であろう。姨が捨てられたという桂の木、姨の執心が石になったという姨石もある。これはこの能が出来た後に、長楽寺の関係者が用意した物か（姨石は大き過ぎるが）、あるいは世阿彌が訪れてこれらを見てから謡曲を書いたか分からない。

さて信濃の国の「姨捨山」は嫁と姑の葛藤から始まった。この葛藤から始まる説話が「雑宝蔵経」の中にあるので比べてみる。

『雑宝蔵経』の姑殺し　「婆羅門の妻が姑を殺そうとした縁」

＊〔『仏教文学集』中国古典文学大系第六〇巻　編者・入矢義高　平凡社　一九八三年五月（一九七五年）二一〇頁〕

［概略］

昔、一人の婆羅門がいた。その妻は年若く、容姿は艶麗、情欲深く、淫蕩の思いが強かったが、姑がいて思いが遂げられず邪魔だった。姦計をめぐらして、偽りの孝養に努め夫を誑かし、「天上に生まれさせてあげるのこそ、真の孝養」と説く。夫は騙されて、婆羅門の法では火に飛び込めば天に生まれることになっているという。
そこで二人は野原に大きな火坑を掘り、焚木をたくさん積み、燃え上がらせ、親族や婆羅門達を招いて大宴会を開き、母も連れ出した。やがて、会も終わり、客が帰ると、二人は母を火の坑に突き落とした。
母は火坑の途中の壁に引っかかり下まで行かず脱出でき、その夜は小高い樹の上に隠れた。夜中に大勢の盗賊が樹の下で休息していた。その時母は嚔をしてしまう。すると盗賊は驚き、悪鬼がいると思い、財宝を置いて逃げて行ってしまった。朝になり、母は背負えるだけの珍しい財宝を背負い家に帰った。息子夫婦は畏れ驚くが、老母は自分は天人に生まれ変わり、嫁の父母、祖父母、伯母などから、この財宝を預かった。私はこれしか持てなかったので、取りによこしてと頼まれたと云うと、嫁は姑と同じように火の坑に飛び込み坑底に落ち黒こげになって、あの世に行った。
その時天人達はこういう偈《げ》を唱えた
そもそも人は目上の人に向かって悪心をいだいてはならぬもの
姑を害めんとしたあの妻の如くかえって我が身を焼き殺す
この話では、焼き殺されそうになった老母が火坑からはい出すところから始まって、樹の上に登る、嚔をする、財宝を背負って帰り、嫁を騙すなど、頭も身体も、経験を生かし、力強く、肝の据わった行動で、嫁に復讐する。

一人淋しく山の上で月を眺め、悲しんでいる「姨捨山」の「伯母」とはまったく違う元気な老母がいる。

この説話は、婆が福を得る話として、日本の昔話に入っている。

〔5〕俳諧

近現代の「姨捨山」の地はどこか？

近代にはいると姨捨山は洪水のように俳句の中に出現する。その元凶は芭蕉である。芭蕉が姨捨の地を訪れ、句を作り「更科紀行」、「更級姨捨月之辨」を書いた。

ではその地とはどこかというと、「更科紀行」に八幡という里から一里ばかりとかいてあるので、長楽寺のある八幡山をさしている。

誹諧はもともと「俳諧・誹諧」といって、（たわむれ、おどけ、諧謔）を意味していた。

室町末期に始まり、江戸時代初期の貞門誹諧から出発する。この派は主に関西で流行した。誹諧を和歌と対等な文芸に昇華させた松尾芭蕉も出発はこの貞門誹諧だった。

貞門俳諧の祖、松永貞徳は二〇歳の頃豊臣秀吉の祐筆を務め、当代の知識人の師事新進の歌人、歌学者となった。関ヶ原の後徳川家とは結ばず、京都で私塾を開いた。

室町俳諧から、卑猥、非合理、不道徳な要素を除き、上品な笑い、教養主義的な俳諧を目指した。

松尾芭蕉以前の「姨捨」の句

月に眼さらしな川の文月哉　　貞徳　　水鷹苅
月も耻をさらしな山のくもり哉　　正直　　犬子集
名にしおふ月ハさらしなの小路かな　　満長　　新増犬筑波
姨棄や老いも十五のの秋の月　　野村延清　　崑山集
雨雲に月や引いるゝ冠山　　丹波かいばら季成　　續山井
更級や姨母さまへ来て二三日　　一鉄　　何笛

俳聖と呼ばれる松尾芭蕉が、元禄元年（一六八八年）、長楽寺を訪問。「更科紀行」を書き、従来、棄老伝説と月の名所として和歌、謡曲で知られていた「姨捨山」は新たに俳諧の名所（俳枕）にもなった。芭蕉の死後、その足跡を慕って門人や一般客が相次いで姨捨を訪れ、元禄、享保初年頃になると、それらの月見客のために、姨捨一三景（姨石・姪石・小袋石・宝ヶ池・田毎の月・桂の木・冠着岳。千曲川・一重山・有明山・鏡台山・更級の里・風越峠）と称するあやしげな観光的名所を設けるようになった。

松尾芭蕉の『更級紀行』

「更科紀行」は『芭蕉庵小文庫』（元禄九年刊）（『校本芭蕉全集第六巻』校注者・井本農一他　富士見書房　一九八九年六月　五七頁）に入っている。

更級の里、姨捨山に月を見に行く時の旅日記である。弟子の越人と共に旅に出るが、様々な人が加わる。その道中の姿、風景、感想、発句の苦労などが書いてある。
「更科紀行」の中の俳句
俤や姨ひとりなく月の友
いざよひもまださらしなの郡哉
さらしなや三よさの月見雲もなし　　越人
その他は略。

『更級姨捨月之辨』

「更級姨捨月之辨」（前掲『校本芭蕉全集第六巻』三七五頁）は、姨捨山の説明、月の美しさ、山の場所、いわれなどを簡単に書いている。俳句は
俤は姥ひとりなく月の友　　はせを
他は略。「更科紀行」の句と比べると使っている「姨」、「姥」の字が違い、助詞も違う。

芭蕉以後の俳諧

芭蕉の俳諧（蕉風）が俳諧の主流を占めるに従い、直接芭蕉を知らない人も姨捨を訪れ記念に俳書や一枚刷りを編んで友人に配った。地元の八幡にはこれらの旅行者用の旅館も出来た。よって俳句も限り無くあり、周辺に句碑も無数にある。長楽寺の句碑だけでも四〇首近くある。いくつかあげてみる。

あひにあひぬをばすて山に秋の月　宗祇
姨捨や月をむかしのかがみなる　白雄
青空を田毎のいろや夕日影　景山三千香
草臥せし宵寝わぶるや月の山　蓑一
待宵や明日の夜の月貯れず　守武
姨捨や月に見らるる人こころ　梅朗
月今宵見捨る草もなかりけり　嵐窓
くもるとはひとの上なりけふの月　虎状庵梨翁
姨捨やここらが杖の置処　一風
とり直す姨が心や今の月　月人
花はよし野姨捨山の秋の月　糯鶴
誰が眼にもさて姨捨や秋の月　旦海
更級や姨捨山の月ぞこれ　虚子
姨捨てし国に入りけり秋の風　一茶
姨捨に今捨てられしかかし哉　一茶

以上長楽寺碑文集による。

文化の頃には八月一五日の姨捨境内は千人近い人が姨捨周辺にひしめいていたという。善光寺と姨捨は信州の二大観光地だった。

明治にはいると神仏分離と廃仏棄釈をうけ寺宝は散逸したが、鉄道が敷設され辺鄙というイメージは変わった。俳諧も正岡子規等の新派の出現により姨捨は本流から取り残されるが、旧派俳諧も続き秋になるとその月見客でにぎわった。明治二十年代に塚田雅丈の冠着山復権運動が唱えられ、歴史が明らかになっていった（『姨捨山考』西澤茂二郎著　信濃郷土誌刊行会　一九三七年一月〈一九三六年〉）。

昭和初年から多くの句碑が乱立したが、第二次大戦で影を潜め、終戦を迎える。戦後は姨捨は一般からほど遠いものになっているが、千曲市や観光協会の主導により復興されつつある。

俳諧の世界は庶民でも参加出来るので、全国から、信濃の姨捨山にやってきて、月を見て一句ひねったのである。それら多くの人の心に「姨捨」があり、一人で捨てられる淋しい「姨」の面影がやどったが、千人もいれば、淋しい気持ちはどこかに吹っ飛んでしまうだろう。

「姨捨山」は、古代には小長谷山《おはつせやま》が訛ったものと言う説が有力である。小長谷山は墓地や葬地であったので古今和歌集の歌①「わが心なぐさめかねつ更級やをばすて山にてる月をみて」は、親しい人が死んでそれを悼み悲しみ、墓地の方に出る月をみて詠った歌とした方が自然であると考える。

『姨捨山の文学』（矢羽勝幸著　信濃毎日新聞社　一九八八年一一月）によれば「大和物語」は宇多法皇の周辺や藤原定方・兼輔のサロンでゴシップとして語られた実話や創作話を集めて成った歌物語とし、そのサロンを形成した独身者中心の女官（女房）たちが不安の多い自らの老後をハッピーエンドにする為に、このような話を作り出したのだという。

この話が少しずつ変容し、「俊頼髄脳」や謡曲「姨捨」でおばが山に捨てられっぱなしになり、俳諧まで続いている。

古代の「姨捨山」の地は現在、更級郡藍崎村長谷区の西方に連なる山で、篠山（九〇七メートル）と記載されている山ではないかと云われている。

中世の「今昔物語集」や「俊頼髄脳」には、冠山（現在の冠着山、一二五二メートル）だった山を、「姨捨山」と言うようになったと書いてある。

謡曲の「姨捨」は、姨石や桂の木が出てきて、現在の長楽寺近辺と思われる。この辺りを八幡山と言うようだが高さは書いていない（前掲『姨捨山新考』西澤茂二郎著）。

近現代の和歌や俳諧もこの姨石周辺を「姨捨」の地としている。江戸時代から昭和の初期まで、名月の頃には千人近くの人が姨石近くに訪れて、一首ひねるわけである。善光寺に次ぐ観光地となっていた。

姨捨の地の移動と共に、捨てられた「姨」はどうなったのだろうか。「大和物語」、「今昔物語集」では反省した甥に連れ戻されて以後大切にされたことになっている。「俊頼髄脳」では姪は置きっぱなしで帰るようだ。謡曲「姨捨」では置きっぱなしで死んでしまい亡霊になって現れる。というように、徐々に悲惨な運命になる。俳諧の姨は、それぞれの俳句の中ではどのように扱われていたのか、あまりにも多くて検証出来ない。

ちなみに長楽寺の「姨捨山縁起」は「大和物語」とはまったく違う物語である。俳人たちはこちらの姨を思っていたかも知れないので、参考までに引用する。

長楽寺の「姨捨山縁起」

＊〔『信州姨捨山縁起』併境内碑文集　月の名所信州姨捨山長楽寺　一頁〕

信濃国姨捨山と申し奉るは、地神三代之尊の時見出世留也。地神三代之尊の御后をば開姫と申し奉る。其の父は六山祇の神也。此の神の第三の御娘なり。此のさくや姫の姉を大山姫と申して形悪しく、御心もあくまでたけく生まれ付玉ひて、他のよみするわざをねたみ玉ひ、他の愁るをよしみ玉ひて、御歳四十を過させ玉ふ迄、誰むかへとりて妻となし暮さんと云ふ神もなく、空しくすぎ玉ひぬるゆへ、いよいよ御心さだかならで、御心情しゃうならせ玉ひ、他をそしり、自らを讃え、御姫さくや姫の御事をも憎り玉ふ故、御仲よからず侍りき。ににぎの尊の御子、二の神開姫の御腹に出でさせ玉ふ。第一の御子ほのあかりの尊、第二ほのすせりの尊、第三ほほ出見の尊、是れ男子にてましまします。第四の御子姫にておはしまし、木の花姫と名付玉ふ、此の御姫十三の御年、大山祇の甥の神と御夫婦に成玉ひて、御子達をもふけさせ玉ふ。或る時姨姫来り玉ひて、御身はいみじく栄え玉ひ浦山志、自らはいかなる故か四十過ぎまで独り暮しぬる。物憂やと掻き口説き御むつかり玉ふ。木の花姫曰く、独り暮させ玉ふこと直ぐなる道を行い玉はず、嫉妬の御心在しまます故、諸人嫌ひて誰迎え参らせん神もなし、今よりは直ぐに成り玉へと諌め玉へば、姨姫の曰く、何として直ぐなる心に成られめや、教え玉へとありければ、其の時木の花姫の曰く、是れより北の国に行き玉ひ、まん底の月を詠み玉はば、御心直ぐに成り玉はん、とおしへ玉ふ。姨姫いざやとの玉ひて、姪姫諸共悦びいさみ玉ひて、夫より数々の谷峰を打ち越え玉ひ、ようようと高根山のふもとに着き玉ふ。爰にて姪姫わずかの小石に上り指し玉ひて、此の山のあなたに磐石あり。此の磐石に上り玉ひて、御心穏かに四方を眺め玉ひて諸人を慈み玉ふ御事を御心のうちに観じ玉へと諫め玉へば、姨姫旅の疲れに身体も弱り、暫く秋の月を眺め玉ふ内に柔和の御心徳自然と生じ、忽ち大悟ましまして、姪姫等に向ひ玉ひて曰く、夫れ天地は陰陽和合を以て本とす。陽は父なり、陰は母なり、依って陰陽和合なして、山河天地の草木萬物出世する也。故に天が下に国三つあり。月は月氏国、星は震旦国、日は日本国なり。されば今宵は八月十五夜、即ち田毎円満の月爰に現じ玉ふ。是れ即ち陰中陽火の道理、父母未だ生れざる巳前の正姓を知れり。夫れ日域において、我は是れ事代主の命、汝は建御名方の命、末世に至り我婆頭さん。今天に登るとの玉ひて、その御形見を玉はる。姪姫嬉しく思召して姨君には、凡慮を岩石に捨てさせ玉ひけると御誌を拝し玉ふ。夫れより以来、此山を姨捨山と云伝へり。さて姪姫いとけなき児を抱き、高根山へと登り、御児に冠を着せ玉ひて、御身は則ち冠着神と現じ、末世の小児守護神となり玉へり。日本は蜻蛉羽の姿に似たる国なればとて

蜻蛉羽のすかたに似たる国に居て　神のちかひや　我れ人のため

と詠じ玉ひて、我は月氏に生ぜんとの玉ひて、上天ましします。夫れより冠着児懐石と名付く。其後はるかに程過ぎて、聖徳太子馬に乗り玉ひて姨捨山に至り、国民等に語りて曰く、汝等よくきけ、古へ此の山にて月を詠じ、大山姫は天竺において、普賢菩薩に現じ、木の花姫は文殊菩薩と成り、等正覚となり玉ふと云ふ（本文は昭和六年東京国技館に於て全国名宝展覧会開

催の際の出品せる木版の写)。

この「姨捨山」は明らかに、長楽寺の姨石附近の山である。これは神話である。「大和物語」より古いのか、新しいのか不明である。姨捨地域にある一三景はこの物語から出来ているのか、謡曲「姨捨」がもとになっているのかも不明である。

第四節　古典文学の中の「棄老」「姨捨」の考察

以上古代の万葉集から、江戸時代の俳句まで、古典文学の中にある「棄老」「姨捨」「親殺し」等を取り上げてきた。これらを通してどのようなことが考えられるかまとめてみる。

〔1〕仏教と儒教の影響

儒教は応神天皇の代に「論語」が伝来したと言われているのが始まりである。

仏教は、六世紀中頃に倭国に伝わった。百済の王権から倭国の王権へと外交ルートを通じて仏教が伝えられたのである（公伝という）。仏教は最初、大和の政治権力の中枢に関わる人に受容され、寺院が建立されていった。それは権力の力を誇示し、民衆を権力に従わせる為に利用された。七世紀後半から八世紀初頭になると、仏教は王権の座を飛び出した。地方豪族などの手によって、東北地方から九州地方まで、七〇〇以上の寺院が建てられた。そして地域の民衆に仏教が浸透していった。

仏教が拡がるのと殆ど同時期に、日本の権力者は統一国家を目指し、中国を真似て八世紀初めには律令制を取り入れた。これは儒教の考えに基づいている。

律令の令は行政法・訴訟法で律が刑法である。この律の中に八虐がある（「律令・八虐」『律令』日本思想体系三　校注者・井上光貞他　岩波書店　一九八二年一二月〈一九七六年〉　一六頁）。八虐とは律の諸条文から支配秩序を揺るがす諸罪を抽出して、八条に分類命名し、罪の性質を明らかにしたものである。唐律の十悪を模倣している。その中にはどのようなものがあるか列記する。

①謀反（国家を危せむと謀る。君主に対する殺人予備罪）。②謀大逆（御陵、皇居の損壊を謀る）。③謀叛（亡命・敵前逃亡・投降などを謀る）。④悪逆（直系尊属に対する暴行・殺人予備、二等親以内の尊属・長上と外祖父母に対する殺人。殴る蹴る場合も含む。姑及び父の姉妹に対する殺人も含む）。⑤不道（大量殺人、残虐な殺人、呪術による傷害殺人など非人道的な殺人、および二等親以内の尊属・長上と外祖父母に対する暴行・告訴告発・殺人予備、四等親以内の尊属・長上に対する殺人）。⑥大不敬（天皇に対して不敬にあたる諸罪）。⑦不孝（直系尊属に対する諸罪。悪逆ほど甚だしくないもの。告訴・告発、別籍・異財、喪の間の嫁取り・楽を演奏したり聞いたり・喪服を脱ぐこと、祖父母・父母の喪を聞いて隠す、祖父母・父母の死を偽って、父祖の妾を姧する）。⑧不義（礼義に反する諸罪。本主、本国の守、大学・国学・私学の師に対する殺人、その他）である。

この中の④悪逆と⑦不孝は親、祖父母等に対する諸罪である。この諸罪の中には、夫婦に関するものはない。ちなみに中国の十悪にあり、日本の八虐に入れなかったものは、不睦、内乱である。不睦というのは、妻の夫に対する罪ではないか。これは日本の結婚の形態にそぐわないので採用しなかったのではないかと考える。

また「日本霊異記」や「今昔物語集」に書かれている説話は律令制時代のものであるが、八虐の罪に問われたとは一つも書いていない。「日本霊異記」の吉志火麻呂が「悪逆なる子妻を愛び母を殺さむことを謀りて悪しき死を得る縁」の親殺しの罪で悪逆とされている。しかし、火麻呂が受けるのは律による罰ではなく天罰である。

この制度が守られていれば、第二節の国内の説話と思われる話と、第三節の信濃の国の「姨捨山」を廻る話は別の展開になっていたであろう。

他にも私度僧は律令国家では禁じられ、罰則もあったが、それが実施された形跡はなく、多くの私度僧がいて、出世して官度僧になった僧や尼がいた。これらのことから、律令制度は発布はしたが、施行はされず、行政に関する部分は地方豪族などが帳尻あわせをしていたのではないか、つまり律令国家というのはなかったのではないかという説を『民衆の古代史』の中で吉田一彦は述べている（『民衆の古代史』吉田一彦著　風媒社　二〇〇六年四月　一二〇頁）。

庶民には律の決まりよりも、仏教の教えが広まり、不孝の罪の報いの方が理解されやすかったのではないだろうか。仏教の諸罪は律の八虐と大きな違いはない。先に挙げた「雑宝蔵経」の難題からもう一度取り上げてみる。

⑤慳貪（けちで欲が深い）と嫉妬のために、三宝（仏・法・僧の三種の宝）を信ぜず、父母、師長（先生と目上の人、尊者）を供養できない者は餓鬼道に落ち、百千万年の間、水や穀物の名も聞かず、身は泰山のように重く、腹はくぼみ、咽は細く、錐のような髪は垂れ、節々に火が燃え、天神の飢えの百千万倍の苦しみとなる。

⑥父母を孝養せず、師長に害を加え、夫に叛き、三宝を謗るひとは、来世は地獄に堕ちる。刀の山、剣の樹、火の車、炉の炭火、河や窪地に屎が吹き出し刀の道、火の道がある。このような苦しみが果てることなくあり、天神の困苦の百千万倍。

仏教では、夫に背くことは罪になっている。インドや中国では既に家父長制が支配的であり、夫は妻にとって、目上の立場になっている。しかし日本の律令時代では家父長制にはなっていなかったので、女たちはどう受け止めたのだろうか。

さて、親不孝の報いはあの世でのことであるので、信じないものにはどうでもよかったかも知れないが、死ぬことと、死後のことは何も分からないので仏教は急速に広まり熱心な信者は女性にも多かった。個人的に写経を行う女性や、村人を集めて写経活動をする女性もいた（『日本女性生活史一　原始・古代』女性史総合研究会　東京大学出版会編　一九九一年八月〈一九九〇年〉一六四頁）。『日本霊異記』の「凶しき女生める母に孝養せずして現に悪しき死の報を得る縁」や、「悪逆なる子妻を愛び母を殺さむことを謀りて現報に悪しき死を被る縁」の母、及び『大和物語』一五六の姨もこうした仏教徒だったのだろう、寺で尊い話が聞ければ喜んで山にも行く。そして、極楽往生や地獄の話を畏れて聞いたであろう。

又、為政者も、国民を支配する一環として仏教を導入し、その一つに、老人の面倒は子どもにみさせようという政策もあったのではないか。邪魔になったら捨てるという弱肉強食の理念は安定した国家建設に向いていないと考えたであろう。

〔2〕なぜ「姨捨」か

ここで取り上げた作品は、「孝子伝」と「棄老国」の話を除くと捨てられるのは年取った女である。言い換えると日本の説話では、「姨捨」・「姥捨」になっている。棄老国説話でも「今昔物語集」では捨てられるのは母親になっている。

『日本女性史』一巻の「今昔物語天竺部における女性の地位」では、日本の当時の結婚形態では、妻問婚や母系制、夫婦同居など混在していたので、夫が離れてしまったり、先に死んでしまい寡婦となるなど含めて、老いた母親は子どもが面倒をみるということになっていた（『日本女性史一　原始・古代』女性史総合研究会編　東京大学出版会　一九九〇年四月〈一九八二年〉三一一頁）、その結果老人を棄てると言えば老いたる母という事になったのではないかと述べている。

一方で母親も子どもを育てるのは、自分の老後の保障であると言っている。例えば、『日本霊異記』の「凶しき人嬭房の母に孝養せずして現に悪しき死を得る縁」の中で、母は子に稲の債務を返せと責められ、それなら乳の債務を返せと子に言っている。

母其の嬭房を出して悲び泣きて曰く「吾が汝を育ふこと日夜憩ふこと無し。他の子の恩を報ゆるを観て、吾が児の斯くの如くせむことを恃めれども、反りて迫め辱められ、願ふ心に違謬ふ。汝また負へる稲を徴る。吾また乳の直を徴らむ。母子の道今日に絶ゆ。天知る。地知る。

悲しきかな。痛きかな」といふ。

『日本霊異記』の「悪逆なる子妻を愛び母を殺さむことを謀りて現報に悪しき死を被る縁」の母も息子に殺されようとして言っている。

母すなはち子の前に長跪きて言はく「木を殖うる志は、彼の菓を得並に其の影に隠れむが為なり。子を養ふ志は、子の力を得幷に子に養はれむが為なり。侍める樹の雨漏る如く、何すれぞ吾が子思に違ひ、今異ふ心在る」といふ。

子を育てるのは無償の愛ではなく、自分の老後の保障の為である。子が出来損なうと『今昔物語集』の「尾張守□、於鳥部野出人語」の女のように元夫や、兄や友だちの世話にならざるをえず、病になれば、捨てられてしまう。

女に経済力が無ければ、子どもだけが財産になっている。しかし、『日本霊異記』「凶しき人嬭房の母に……」「凶しき女生める母に……」の母たちは貧しいが、子どもの援助無しに暮らし、自立している。

自立できない程に老いた時、出来損なった子どもを持った女が姨捨されたと考える。

〔3〕「姨捨山」の意味するもの

信濃の姨捨山は古今和歌集の出る頃（一〇世紀前半）には既に月の名所の歌枕として有名で、歌詠みにとって憧れの地であった。『姨捨山新孝』によると、古代には更級の小長谷山（現在は篠山）を指し、中世には、冠山（冠着山）を指し、室町・江戸期には姨石周辺の八幡山を指していた（前掲『姨捨山新考』西澤茂二郎　一頁）。

現在の「姨捨」はＪＲ篠ノ井線姨捨駅から徒歩一〇分の地の長楽寺地区を指している。姨石、桂の木、宝ヶ池、姪石等の他、芭蕉翁の面影塚などが観光化されている。田毎の月の棚田は保存会の人によって耕作されているが、毎年棚田オーナーも募集して、保全を行っている。観光化されているが過去のものになっているのか宿はない。

現在でも冠着山を「姨捨山」と呼ぶ人もあり（『新更科紀行』田中欣一著　信濃毎日新聞社　二〇〇八年二月）、登山道も整備されている。筆者は二〇〇八年八月、冠着山に友人と二人で登ってみたが、滝も二、三あり、老母を背負って登るには大変である。冠着神社の一の鳥居から山頂まで二時間位かかり（そこまではタクシー）、麓の村からは歩けば更に二時間位かかる。登って帰ると一日仕事になる。頂上には冠着神社と高浜虚子の句「更級や姨捨山の月ぞこれ」の句がある。見晴らしは素晴らしく、月はきれいに見えるだろう。真昼に頂上に着いたが、八月始めというのに誰も登っておらず、充分に捨てられた「姨」の気分は味わえた。しかし、風の吹き渡る爽やかな頂で、謡曲「姨捨」のように、旅人や里女や里の男が気軽に月を観に登ってこられる山ではなく、亡霊も留まれる場所ではない、山の神様に相応しい所である。俳句をひねりに登って来ても、千人も留まれる場所もなく、獣もいるので、近現代の「姨捨」はこの山ではなかったろう。

江戸時代の松尾芭蕉の後には、『姨捨山の文学』によれば、十五夜の月の季節になると千人もの人が「姨捨」の地を訪れたという。月と「姨」を素材にしてたくさんの和歌や俳句が詠まれた（前掲『姨捨山の文学』矢羽勝幸）、そのたびに読み人の心の中で老女が寂しく孤独に捨てられただろう。多くの日本人の心に名月と共に、捨てられた「姨」の姿が刻みつけられていったのではなかろうか。ともあれ、読み人たちは「姨捨」をメタファとして自分の老境や侘びしさ、孤独感などの心境を読んだのであろう。

「大和物語」「今昔物語集」「俊頼髄脳」謡曲「姨捨」には、「姨」を捨てた為、罰せられたり、報いを受けたりする事は書かれていない。「大和物語」「今昔物語集」では反省し迎えに行くが、「俊頼髄脳」では捨てた後に隠れて見るが、連れ戻したとは書いていない。謡曲の「姨捨」の甥は、後日見に行って「姨」が死んでその執心が姨石になっているのを知り、衝撃を受け、出家する。しかし、姨の魂は救われず、名月の頃に訪れる旅人があれば亡霊となって現れる。甥は姨の為に供養をしているのか、自分の救済の為の出家なのか不明である。

おそらく、その捨てられっぱなしの「姨」が和歌や俳諧で詠われているのだろう。昭和の初めまで、「姨捨」の地を訪れて俳句を詠み、句碑をおびただしく作っている。こうなるとある種の行事なので、ますます「姨」の孤独な魂は救われない。「姨捨」にまつわる罪悪感も消されてしまっている。

『更級日記』を「姨捨」の中に入れたのは、作者があえて、更級の名を使ったからである。作者（菅原孝標娘）がこの日記を書いた当時は既に、更級＝姨捨山、というくらい有名であった。作信濃の守となった夫が、任期一年で病気になり亡くなり、寡婦となった。子どももあったが別に暮らしている。作者は、この日記の他にも物語（『浜松中納言物語』・『夜の目覚』等）を書いていたので、あえて一人暮らしを望んだのではないだろうか。そしてたまに訪れる甥などに、年寄り女の一人暮らしだから、姨捨山のようだと言っている。

この日記は恋愛の話は不断経の夜に出会う源資路とのやりとりが一つあるだけで女性の日記としては寂しい、それで比喩として姥捨山＝更級としたのか、ただ単に夫の最後の任地と寡婦としての自分を重ねて姨捨としたのか不明である。

しかし、作者の老後の生活は経済的には問題がなかったし（子どもは二人以上いる上、兄は大学頭である）、物語を書くという生き甲斐もある。自立し、充実した老後である。寂しく悲しいと書いているが、ものを書いているような人が、みじめとは思えない、あえて「姨捨山」と見得を切ったのではないだろうか。現代的な女性のようでもあり、老後の女性の理想的な姿にも見える。

「姨捨」を和歌や俳句に詠むのは、詠み人自身にも何か、孤独や寂しさがあったであろう、それらを棄てられたオバに仮託して、詠んでいたと考える。現役から去る、隠居するということにも使われたであろう。

〔4〕実際に「棄老」および「姨捨」は存在したか

以上古典文学を中心に「棄老」「姨捨」をみてきたが、実際には「棄老」ないし「姨捨」は在ったのだろうか。

黒川春村（一七九九～一八六六年）の硯鼠漫筆の「おばすて山の故事」に「職員令義解」四弾正臺の條下、「肅二清風俗一」とある注に「假信濃國俗夫死者、即以レ婦為レ殉、若有二此類一者、即正レ之以二禮教一、是以為レ肅二清風俗一也云云」とある。

これは、信濃の國の、夫が死んだら妻は殉死するという習俗で、このようなことは禮教を以て肅清するようにという法である（しかしこの文書は今はなくて調べられない）。こういう下地もあって信濃の國の「姨捨山」の話は出来たのではないかと西澤茂二郎は『姨捨山新孝』の中で述べている（前掲『姨捨山新考』西澤茂二郎　六頁）。

では日本を離れた場合は「棄老」「姨捨は」あったのだろうか。

穂積陳重「隠居論」の第一編は、この問題に触れているので取り上げて考察する。

『隠居論』（穂積陳重著　日本経済評論社　一九七八年八月復刻版）

この本は、社会権としての老人権を扱った先駆的なもので、第二版が出版されたのが大正四年（一九一五年）、初版は明治二四年（一八九一年）で、日本ではもちろん、世界的にも早すぎて真価が認められなかった。現在、老人諸問題が浮上し、必要とされて第二版が復刻された。ここでは第一編の概略のみを述べる。

第一編　隠居の起源

隠居俗の由来は食老俗、殺老俗、棄老俗が進化変遷して、老人退隠の習俗を生じた。

第一章　食老俗

食人俗には二種類在る。一つは敵を殺戮してこれを食べるもの。二つは同族の老幼疾病不具者の肉を食べる。一は奴隷制の起源であり、二は殺老棄老の起源となる。

主な原因は食糧の欠乏である。戦争で食糧が確保出来ないと、相手に復讐する為敵を食べる。飢饉で食糧が欠乏すると、老人・幼児・病人・不具者など弱いものを食べる。その他の理由もある（心臓を食べると勇気を得る・死者に対する敬愛・病気を治す・憎悪を晴らす・人身犠牲・人肉嗜好など）。

だが、食糧が豊富になり、平和になればなくなる。文化が向上し、宗教道徳などによって廃絶されるが、天災、戦乱等で習俗とは言わないが、食人したという記録は史書にも多数在る。

一九一五年（大正四年）当時、食人の風習のある種族は約二〇〇あり、人肉を食べるものは二〇〇万人いた（スマトラのバッタ族、ナイガー河口の食人族、ファン族、バスト地方の族、ニャムニャム族、ミランハ族、メセー族、メラネシアン族、豪州の族等）。

日本には食人俗があったかどうかはわからない。

「食老俗」とは、父母又は老人を殺してこれを食う習俗である。スタインメッツの論文では二〇種族にこの習俗があり、フュージャン族は飢餓になると同族中の老女を不意に背後から襲い打ち殺しこれを食べ、ブラジルの族は棍棒で老衰した者を撲殺、遺族がこの肉を食べる。理由を問うと、身体が衰弱し、嘸飲、跳舞など人生の快楽を得られないなら命を絶つのは慈善と言っている。

「食老俗」の動機は父祖の肉を食べることで精神的相続をし、知勇を受け継ぐ。また、冷たい土の中に埋めるよりも、温かい遺族の腹の中に葬る方が敬愛のまごころより生まれる義務であると言って怪しまない。

第二章　殺老俗

「殺老俗」は食人俗の進化したものが多く、食老俗と殺老俗が並行して行われている場合もある。原因は食老俗と同じで、早く極楽往生させて未来（来世）の幸福を享ける為と言っているが、口減らしの為ということである。飢饉や戦争の時、殺老の事実をみることは多い。殺老の範囲は広く各民族間で行われた証跡がある。

アーリア民族は古代一般に殺老俗が行われていた（「欧州文明の曙光」、ハートウエル・ジョーンズ）。ゲルマン民族は北ドイツ地方で古代、老人を生きながら土の中に埋め、または河海に投じた。

プロシャでは大昔、老衰した父母を殺し、不具の子を殺す習俗があった。

スラブ民族は老人を海に投じたという古跡がある。

ギリシャのサイクラッド群島のケオス島には老人自殺の法律があり、六〇歳になったものは毒を仰ぐべしというものであった。

オーストラリアでは老女が夜中呻いて他の人の安眠を防げるので、薪を積み上げて老女を乗せ火を付けて去った。これは種族の習慣である。

ギリシャ・ローマでは心身が健全な時に現界を去り、他界へ行くことが幸福なので殺老は慈愛の行為だとされている。又、洪水を逃れる為、老人を橋から投げ入れたという言い伝えの歌が残っている。アーリア民族は老人が犠牲になることが多い。

エジプトにも六〇歳の老人をナイル川に投げる風習があった。

ミネ族の深林王は、半人半神として崇敬されるが、病気老齢で嫡子に殺される。身体の衰弱で霊性を失う恐れがあるからである。

四〇歳以上の老人がいない、アフリカ、ポリネシア、オーストラリアなどで老人に出会わないと不老の国かと考えるが、殺老俗が行われていることがある。

ウエストゴトランドの国境に絶壁がありエステルニス・スタピと名付けられた巌がある。大昔老衰して家政を執れなくなったものが家督を子孫に譲って、この巌頭から身を投げた。老人自ら死に就く習俗で、古記録の中に残っている（スカピナルツルグル）。

パストー人は生きながら老人を土の中に埋めたが、家長が老年になれば家督を長子に譲り、退隠する習俗もあった。殺老俗と退隠俗が並行して行われ、平時は退隠し、戦闘・飢饉等の時は殺老した。

第三章　棄老俗

「棄老俗」の原因は「殺老俗」と同じく、食糧の欠乏、戦闘、漂住の便宜により生じた。

ケリトンの旅行記に、次のような話が書いてある。路傍に白髪の老人が遺棄されていて、其の老人、ブンカー族の元酋長が語るには、酋長の座を息子に譲り、自ら遺棄された、自分も老父を前に棄てたと言っている。

ホッテントッツ人は子が親を捨てるには、全族の同意が必要という習俗がある。

ダマラス人は老人、病人を野外に捨てて寒気に曝し、猛獣の餌とする。

コヲナス人（ポストのアフリカ法論）は老人を山野に棄て猛獣の餌とする。其の理由は老人は物の用に立たず、徒に食物を消費するという。これが棄老俗の真正の原因である。

ナマカス人は人家遠隔の所に捨て柵で囲い、一椀の水を与えて餓死するに任せる。

諸国の棄老伝説

・印度の棄老伝説

「法苑樹林」巻四九「雑宝蔵経」に棄老国の伝説を載せている。

これは「枕草子」の蟻通明神の話の中に日本の話に置き換えてあるが入っている。「今昔物語集」の中にも、同じ話が天竺の話として、「七十余人流遺他国国語」がある。

・中国の棄老伝説

孝子原穀の話が「賦役令集解」の「孝子伝」「先賢伝」にある。この話は「万葉集」「令義解」「今昔物語集」「私聚百因縁集」「沙石集」などに書かれている。

駭沐国の伝説では、大父の死後、大母を棄てる習俗がある（「職員令集解」の「劉子風俗篇」）。

「輟耕禄」第三巻に、西域地方に老人自ら退隠する習俗の伝説が書いてある。

・日本の棄老伝説

「をばすて山」の故事（省略する、筆者）。

棄老俗が衰廃したのは食物の供給に余裕が出来た為である。只凶年飢饉の時に行われる。アイスランドでは厳寒で食糧が欠乏した時、民会の決議により老人、不具者を棄て、時として老人を殺し、幼児を棄てた。

棄児・殺児は現今文明国にも貧民の中に習俗がある。一八九一年（明治二四年）に英国貴族院が小児保険法の改正の資料の統計で嬰児殺しを調べた所多数出てきた。日本でも「日本後記」に、ある年飢饉に際し子を棄てるものが多いと聞いて、これを収容しようとしたら、すぐに八三名になったと書いてある。

古代、未開の社会では食糧の欠乏、生活の困難のため老人を棄て、一方今文明の諸国に於いては生活の困難、食糧の欠乏のため、病人を棄て、小児を殺す。前者はこれを公に行い、後者はこのことを秘かに行う。その原因は同じで、モラルに背くよくない習俗である。

第四章　退隠俗

種族間の生存競争に於いて同族で助け合う種族が、骨肉相争う種族に勝ち、戦闘が減り、食糧が豊かになれば、食老、殺老はなくなり、野山に放棄するようになる。又社会の文化もさらに発達し、親孝行や敬老心が満ちて、棄老俗も廃れ、老人自ら家長の職を引いて隠居する風習に至った。隠居ははじめ老衰して軍役に付けない、家政を執れないものを山林に退隠させたのが始まりだが、後に隠居所を設けて之に退棲させた。

隠居は印度法系諸国で尤も盛んに行われている。印度法系では人生を学生期、家長期、退隠期の三大期に分けている。

・「マヌー聖法典」では、第二章「教育編」が学生期。第三章「婚姻編」が家長期。第六章「信仰編」が退隠期。九七条あり、隠居の義務を規定している。

第一條は家長期を経過した再生人は深林に退居し、感情を抑制して暮らし云云。第二條はその皮膚皺縮し、その髭髪の白きを見、おのれの子の子を挙げる時深林に退棲すべし云云。第三條は全ての什器及び食糧を棄て、妻を其子の侍養に委託し、又は妻と共に深林に退住すべし。

・「ナラダ法典」第一三章に隠居相続に関する規定がある。

第三條、相続財産の分割は、母の月経既に止み、姉妹は嫁し、（中略）、又は父の色欲既に消滅し且つ俗務を厭う時之を行う。第四條に（中略）、又家父老年に達する時其子に財産を分配すべし。などがある。

退隠者の生活は、山林に放棄させられた者と異ならず、「マヌー法典」の規定では住居を設けず、天然の果実根葉を食とし、木皮獣革を衣とするべき云云とある。
・ギリシャでは、体力心力の強健に特別の価値を置く社会だったので、家父権は其の家主が実際強壮で堪能な間に限られた（ヘンリーメインの説）。
・ドイツの隠居制度
ローマ法系中、隠居制度が最も盛んに行われたのはドイツである。キリスト教が入って棄老の習俗が廃れ、養育料を給して退隠させる習俗が起きた。家産を相続し同時に上席も譲って「猫の座」と名付けた隠居席に着く。又、一小室を隠居所として引き籠もる。

ドイツでは食人俗、殺老俗、棄老俗が行われ、それらが廃れ豫襲相続＝隠居相続となる。

印度もヨーロッパも宗教の感化で隠居譲産の制度が出来た。
・日本の隠居制度
我が国の隠居制度の始まりは中国法系に属し、大臣以下の致仕の風習が中国にありそれを真似ている。

中国の「選叙令」では凡官人は七〇歳以上で致仕（退官）を許された。「唐六典」にも同様なことが書かれてある。「曲礼」（周礼の古制）にもある。

我が国はそれを取り入れ、「続日本紀」巻二十五御史大夫文屋真人浄三の致仕の時に書いてある。「日本後紀」巻二一、参議宮内卿菅野真道の辞表中にもある。「三大実録」巻五〇中納言民部卿在原行平の辞表中にもある。

これらを考え致仕退隠は中国の礼制に倣ったといえる。仏教の影響は隠居の動機にはなっている。また武士の世界では、老衰、疾病により兵役に耐えなくなれば家長公私の職務を辞し、強壮健全な相続人に譲る必要があった。よって、日本の隠居制度は、儒教に始まり、仏教に拡がり、武道に発達したといえる。

隠居制度は、我が国特有のものでも、東洋固有の風習でもなく、アジア、アフリカ、ヨーロッパでも広く行われている。

日本には食老俗、殺老俗、棄老俗があったという証拠はない。しかし、『日本残酷物語』によれば、食老、殺老、棄老は戦争や飢饉の時、起きたという言い伝えがある（『日本残酷物語一　貧しき人々のむれ』宮本常一他監修　平凡社　二〇〇三年五月〈一九九五年〉一八一頁）。

また、『姨捨山の文学』（矢羽勝幸著　一八頁）の中の姨捨伝説を整理した大島武彦の「姥捨山と行人塚」には、多くの伝承を通じて、ある決まった年齢に達した者がこの姥捨山に捨てられたという。その棄老の年齢は土地毎に少しずつ違っているが概ね村人にとって重大な折り目にあたっていた云云、と引用している。今回はこの「姥捨山と行人塚」は手に入らなかったので読んでいない。

『隠居論』のいう「食老俗」「殺老俗」は、習俗として日本にあったかどうかは不明である。しかし「棄老俗」はあったと考える。次章で纏める、昔話、昔語りの「姨捨山」「姥捨山」「親棄山」の話の多さが、それを語っている。あったからこそ、このように長く語り継がれ、歌い継がれているのである。

第二章　昔話・昔語り・お伽噺の中の「姥捨山」

第一節　『日本昔話通観』の「姥捨山」等

『日本昔話通観』（編稲田浩二他　全二八巻　一九七七年一〇月〈京都〉から一九八九年一二月〈北海道〉発行まで同朋社）の中から「姨捨山」「姥捨山」「姑の毒殺」等老人排除を扱った話を抽出した。北海道を除く青森県から沖縄県までの県に話はあり、典型話、類話、参考話を九一七話取り出した。また、その九一七話を地域別に分類し通し番号としてまとめた「『日本昔話通観』うばすて山等地域一覧表」として巻末に付したのでご参照いただきたい。

〔1〕原題（典型話の原題）

各巻は話毎に分類され、典型話・類話・参考話と続いている。典型話には原題がついているものと、ないものがある。類話・参考話には題はついていない。典型話は全部で一五五話ある。原題のない話は四五話である。

原題をあげる。

「うばすて山」（「姥捨山」「うばすて」「姥棄て昔」）四〇話、「うばすて棒」「姥捨の壺田の滝」は各一話、「親棄山」（「親捨ての話」「親捨山」「親棄譚」）一八話、「親を棄てる」「親を棄てろ」「親捨てもっこ」「親捨ておーこ（もっこ）」は各一話、「おばすて山」四話、「灰縄千尋」「灰縄」「打たぬ鼓の鳴る鼓」「二匹の馬子」は各一話、「木のまた年」二話、「老人を棄てる話」二話、「舅入り」「爺捨山」は各一話、「舌もとりを悪うするくすり」二話、「年寄ったら薮の垣」一話、「嫁と姑」（「姑と嫁」「嫁と姑の仲直り」）九話、「嫁の心がけ」二話、「姑毒殺」二話、「嫁の毒害」「嫁三年」「嫁とすり鉢」「嫁いじめ」「ふしぎな薬」「タツマキのはじまり」「孝行息子の話」「婆捨ての話」「一休ばなし」「酒の由来」「水ハイロ」「親孝行は親から」「カラス」「極楽を見たという話」「婆様と小僧」「雀からもらった美しい玉」「いじめる嫁・孫の悲しいわけ」「千軒の町」「泰作話」「ギブ貝」「鼠になった嫁」は各一話である。

前章で取り上げた古典文学では『続歌林良材集』の「し折山」を除くと、老人を棄てる山は「姨捨山（おばすてやま）ないし（をばすてやま）」で、「姨（をば）」は捨てる者の「伯母か、叔母ないし祖母」を指していた。

この『日本昔話通観』（以後「通観」と書く）では「姥捨山（うばすてやま）」ないし「姥捨（うばすて）」が四〇話あり、一番多くなっている。「姥（うば）」を指す婆は、殆ど捨てる者の「母」でごく少数に「祖母」があるが、父親や祖父も捨てられていて、年寄りを捨てる山を「姥捨山（うばすて山）」といっている。

次に多いのは「親棄山」ないし「親捨山」で、一八話ある。「おばすて山」は四話に過ぎず、捨てられるのは親で母親が多いが父親もあり、年寄りを捨てる山を「おばすて山」ともいっている。

「爺捨山」というのは一話しかない。

『姨捨山新考』（西澤茂二郎）によれば「姥捨」と書いて「おばすて」と古典文学では読んでいたので、「おばすて山」がもう少し増える可能性はある。

棄老の話をするとき、老人を捨てる山の名前は「うばすて山」か「おばすて山」かと問われることがある。

そこで『姨捨山新考』でこのことについて触れているので概略を述べる。

「をばすて」か、「おばすて」か、「うばすて」か。「姨」か、「姥」か、「姑」か。また「捨て」か、「棄て」か。について、いくつかの書物の例を挙げている。

・『和訓栞』（谷川至清）によれば「信濃ノ國更級郡にあり、祖母捨山なるべし、上田より五里とありとぞ、雑宝蔵経にいふ棄老国の意也伯母にはあらじ」と書いてある。

・『雅言集覧』（石川雅望）は「をば、伯母、叔母、父の姉妹、祖母と混すべからず今案ずるに、をば捨山の事俊頼説、大和物語の説と大にたがへり」といっている。

・『類字名所補翼抄』（釋契沖）では「姨捨山、本名冠山、信濃更級郡、枕草子に山はさらしな山、おばすて山云云」とある。

・『類聚名物考』（山岡俊明）は「此山いづれなりというしるしなし」といっている。大和物語を考えれば祖母か、父母の姉妹で伯叔母であろうか。「是にては　オバ（祖母）、ヲバ（伯叔母）とも見ゆ」。しかし、大和物語では此妻云云のしゅうとめとあり、姑とも考えられる。「姑は又之母曰レ姑（和名之字止女）また姨、和名抄ニ唐韻夷、母の姉妹と有るによりて夫の母の兄弟なれば我母の兄弟にもなづらへて姨と書くをよしとすべきなり」とある。

・『碩鼠漫筆』（黒川春村）では「物語（大和）には、をばとあれど伯母の義と心うべからず風俗篇に大母と見え、かつ孝子傳も祖父なれば、於婆の假字を正義とすべし」といっている。「また加茂翁の首書に、是を世には、姨とかけど爰におやはしにければ、おはなんおやの如くにといひ、次にしゅうとめともいひたれば、祖母の事なり、然らば、おはと書くべし、おほはゝを略しておばと云う也」ともある。

江戸時代の学者の中に、「をば」を否定し「おば」と改めた者がある、とある。大和物語、俊秘抄では「おひ」、「めひ」に対する「をば」であるとの見地から、「をばすて」とする、という説もある。「小長谷山（をはつせやま）」転訛説や、「姑捨（姑棄）」もある。「姥捨」と書いたものもある、「姥」は普通は「うば」または「ばば」と読むが、これらの場合もすべて「おばすて」とよんだという。

「姥捨（おばすて）」と用いたものは江戸時代の書物に多く、俳諧、俳書の類であろう、と著者（西澤茂二郎）はいっている。このように、古典表現の中では仮名や漢字は違うが読み方は「おばすて」であった。

「姥」の字が用いられたのは江戸時代からと考えられ、当時は「おば」と読んでいたものが、昔話になって語り継がれているうちに、一般的な読み方の「うば」になり、老人を捨てるという意味からも「うばすて山」に変化していったのであろう。この変化は江戸から昭和の間に起きたと考えられる。

「うばすて山」と原題のついた話は典型話一五五話中四〇話であるので、全体の二六％になる。これに対して「おばすて山」は四話で二・六％しかない。昔話を語り継ぐ間に「おばすて山」が「姥捨山（うばすてやま）」に変化したと考えられる。

その他の原題は、難題の名前等、様々である。嫁と姑の葛藤の話は「姑の毒殺」と類別されている。原題の付いている典型話は一八話あるが、原題が「毒殺」なっているものは三話しかない。

〔2〕話の型と種類

代表的な典型話を型別に、表1の項目「親捨て類別」「姑の毒殺他」の順に一話ずつ取り上げる。

［難題型］原題「姥棄てむかし」（福島県大沼郡昭和村・女）

ざっとむがしおんざった。ある国の殿様は年寄りが嫌いで口ぐせに言いやった。「年寄りは醜いもんだ。目の前さ出すな！　棄てろ！　棄てろ！」。そんじえ、その国ではみんな山さ棄てだそうだ。した、ある家ではたいそう親孝行の息子があってなあ、「親を棄てるなんてとでもでぎね」どってなあ、家の下さちゃんと座敷作って隠しておいだあどお。そうしてなあ、食い物を運んで他の人には知らんにえようにしといだどお。

ある時、何が騒動が起ぎで隣の国がら難題を持ち込まっちえ、それを解答したらゆるすって訳だべ。最初は殿様が「灰で縄撚って差し出せ！」どって。国中のそれは年寄りばあ様が苦心さんたんして誰もでぎねいだ。そうした時、孝行息子が聞いだそうだ。「灰で縄撚れじゅうがなじょしたらよがべ」どって。そうしたら、ばあ様が、「灰で縄を撚るのは撚ったり焼いだりしてはだめなもんだ。縄をにがりさひたして縄に撚ってほせばくずれねいんだ」。灰で縄を撚ったのをさし出したどごろたいそう褒美もらった。

今度その次は、でげい石持って来て、「穴っぽがあるが糸を通した人には褒美やる」っちゅうが誰もでぎねいだ。そん時もばあ様教えやんだあ。「蟻の足さ糸をつけでこっちがら入れで、むごうの出口さ蜂蜜をぬって置ぐど蟻が通してくれっから」。なるほど蟻が匂いかぎづげでうまく通し

表1

項目	種類	合計
親捨て類別	難題型	292
	枝折・難題型	215
	枝折型	168
	畚型	90
	畚・難題型	10
	畚・枝折型	17
	援助型（神など）	7
	酒泉型	5
	その他	24
姑の毒殺他	姑の毒殺	56
	婆の新生	7
	婆の極楽	4
	竜巻由来	10

図１　類別他

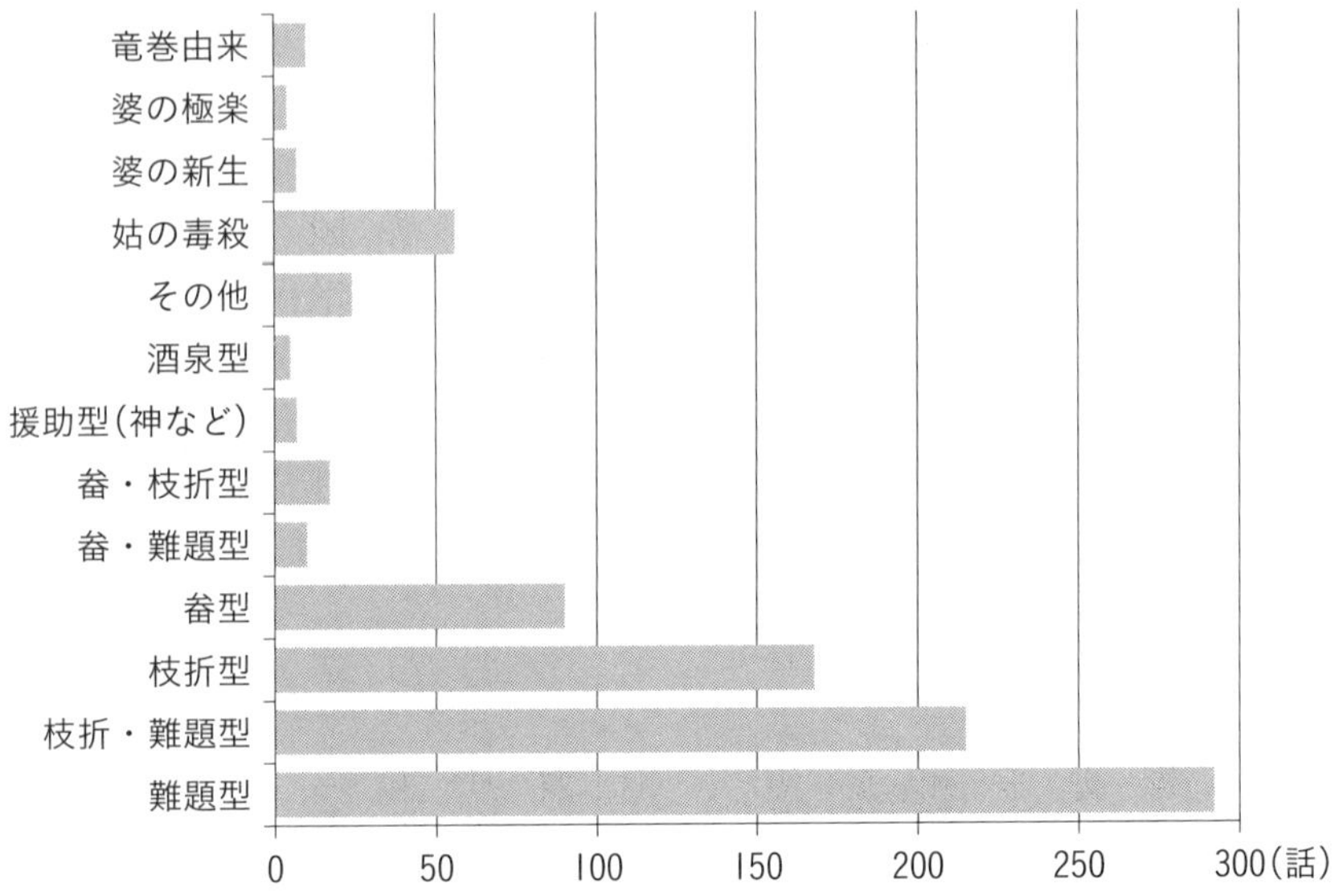

た。それでまだ褒美をもらった。
まだもう一つ難題があって、よくよく同じ馬二頭出して来て、「これどっちが親だが見分げろ」どって、これを当でれば隣の国でも攻めること止めっちゅう。した親子で寸分違あねいだ。家の下さ隠さっちゃばあ様そ言やんだ。「馬草やって見ろ、先食った方が子で後で食ったのが親だがら」ど。それを殿さ申し上げで、三つの難題を解決して、殿様も感心した。そんじえ隣の国がら攻められることも無ぐなった。
そんじえ孝行息子は殿様の御前に呼ばっちえおほめの言葉をいただいた。「よく三つの難題を解いでくれだ。褒美をやんなくてはなんねが何でも言い、何でもかないでやっから」。息子が言うには、「俺は何も望みは無えがどうが親の命を助けでくんつえ」「どうした訳だ」ど言ったら、「六十一になっとみんな姥棄て山さ棄てられんが、それを山に棄てるなんて忍びねいので家の下さ座敷を作やって親を養っていだだ。殿様の命令にそむいだだがら打ち首も承知で居だが親の命だげはくれでくんつぇ。あど余の望みはありません」どって。殿様もとでも感心して、「ああ俺が悪がった。年寄りは重宝なもんだ一年二年でできるもんでは無い。年寄りを棄てることはないど国中さ触れ回すがら」ど言いやった。そうして命はもちろんのごど褒美をもらって来やった。それがらこの国は年寄りを大事にしんだど。ざっとむがし栄え申した（昭和村　五六頁）。

難題型の話は表1・図1のように、典型話、類話、参考話を合わせて二九二話である。全体の三二％になる。この「通観」の「姥捨山」等の中では一番多い。本によっては、枝折・難題型や畚・難題型も、難題型と分類している場合もあり、それらも含めると、五一七話になり、「姥捨山」の話の半分以上が難題型といってよいだろう。

難題型の原典は、第一章における第一節の〔2〕『雑宝蔵経』の「棄老国の話」である。しかし、お釈迦様と仏教の問答のような難題は入っていない。「枕草子」か「今昔物語集」が原典に近い。

棄てる理由は、殿様が年寄りを嫌う、昔からの仕来り・掟というのが多く、子ども（殆ど息子）が捨てに行くが、棄てきれず連れ帰り隠し養う。その後、難題が出されて、隠した老親（母親のときも父親のときもある）以外解けず、老人の智恵が難題を解決する。年寄りは智恵があるから大切にしなければならないと殿様が思い、姥捨を止め、年寄りを大切にするようになった。という筋書きである。難題は三題出題されるものが最も多く、一題か二題の場合もある。

［枝折・難題型］原題「おばすて山」（新潟県長岡市上前島町・男）

昔、あったてや。昔は年寄りを山に捨てたもんだてや。婆さを、籠の中に入れて、あんにゃがそれをぶて山の奥へ捨てに行った。婆さは、手を出しては、ところどころの生木の枝を、ポキン、ポキンと折っぽしょっていった。それで、あんにゃが、「婆さ、婆さ、お前はどういうがんだい。道々の木の枝折っぽしょって」と言うたれば、婆さは、「奥山に枝を折りしは誰がためぞ、我が身を捨てて帰る子のため」と歌をよんだ。あんにゃは、婆さが逃げてくるために道じるしをしるがんだ、思うていたがんに、おらの帰る道じるしであったのか、親ほど有難いもんはない、こげんな親を、どうして捨てられようか、と、この歌に涙をポロポロ流して、親をぶて、家へ帰った。ほうして家の縁の下にかくしておいた。

ある時、お上のおふれで、村に寄り合いがあった。その相談は、お上で三つの問題がでてそれを解くがんだてや。第一に、あくで縄をのうて持ってこい、というがんだ。あくで縄をなうことが出来ないんだんが、ンなが困った。ほうしたれば、あんにゃが家へ来て、婆さに話したとこてんが、婆さが「そんげんがは、じょうさもないこんだ。縄をそっくり燃やして、お盆に入れて持っていげばよい」ときかした。第二に、まさの棒が一本あって、どっちがうらで、どっちが根っこだか、というがんだ。これも、婆さがきかせて、その棒を川の中に流して、沈んだ方が根っこだ、と、すぐわかった。第三に、ほら貝の、まがりくねった穴の中に絹糸を通すがんだ。これも婆さが、きかして、ほら貝の中に砂糖をいれておいて、ありごの足に絹糸をいっけておいたれば、穴を通って出て来た。

これで三つとも、たやすく解いてしまったので、お上では、感心して、あんにゃを呼び出してほめられた。ほうして「どうしてわかったか」ときかれたので「実はかくしておいた婆さからきいた」と答えたれば「成程、年寄りてや智恵のあるもんだ、年寄りは大切にしなければならん」と、それからは山へ捨てないようになった。いきがポーンとさけた（宮内　一二三頁）。

枝折（栞とも書く）というのは、老人が山へ捨てられに行く途中、道々枝を折って帰るときの目印を残すというものである。この目印は、自分の為ではなく、自分を捨てて帰る息子の為なので、息子は親とは有難いものと反省し、また連れ帰る。難題がついている話では、捨てる理由は殿様の命令、仕来り・掟が多い。難題は「難題型」と殆ど同じである。

「枝折型」には、この典型話にある「奥山に枝を折りしは誰がためぞ、我が身を捨てて帰る子のため」のような和歌がついているものがある。しかしまったく同じではなく微妙に違う。

この枝折りの和歌は、第一章における第三節の〔3〕歌論の項で、江戸時代の古典学者で歌人の下川辺長流が歌論書『續歌林良材集』上の中で「子のためにし折する事　一八」として、「奥山にしつるし折はたかためそ我身をゝきて捨るこのため」と挙げている和歌と似ている。違いは少しあるが、和歌の意味するところは同じである。他の「枝折型」の話に入っている和歌も少しずつ違うが、意味するところは同じである。

これは、語り継ぐ間に微妙に変化したものだと考えられる。これらの歌は昔話を語る間に出来たのか、歌が先にあり後から昔話が出来たのかは分からない。これらの歌は、信濃の更級の「おばすて山」の歌とは違う歌である。

〔枝折型〕　原題なし（鳥取県八頭郡用瀬町松原・男）

西谷ちゅうとこに「そうれん岩」ちゅうとこがあって、そこになんでも行きて捨てよったちゅう話で、まあ昔はなんでも年取ってしもうたら、食料を惜しんだもんだか知らんけど、なんぼの年になったら、捨ててしまえちゅうような時期があっただろうな。

その時になんでもこの回りにゃ、あすこの西谷の大部奥だが、大きい石の浜があって、そこにまあ、そうれん岩があって、そこに持って行って捨てようたちゅうような事があってなあ、江波あたりですると、江波の下に「みん坂」ちゅうところがあって、そのとこになんでも捨てていて、あとを見ずにいによったって、川に捨てていて、そいで「みん坂」ちいって名がついたちゅうようなことを言ったけえ。

昔なんでもそういう年寄りを捨てよったところが、なんでも、負うて行きがけに、木の枝をこう負われとって折ったげな。「なんでそげいなことをするだ」って言うたら、「われがいにがけに迷っちゃならんけえ、この木の枝を折ったところをずっと見ていねえ、それじゃ迷やせんけえ」と言って、親がそれだけ子供を思ったっていう話があるが、それから、親を捨てんやあになった。

「枝折型」の話の捨てる理由は、殿様の命令や仕来り・掟ばかりではなく、息子が親を負担に思ったり、嫁が姑を嫌ったりする葛藤も含まれている。また、貧しく食料が不足するという理由で捨てる場合もある。外国からきた棄老話には親が子のために枝折りする話はないのではないか。捨てられると分かっていても子のために尽くす親の気持ちが子を反省させ、連れ帰ることになる。

表1からも分かるように枝折型の数も多く、枝折・難題型を加えると、四〇〇話（四四％）になる。また、表2は婆捨ての話と、爺捨ての話に分けて集計した（今後この集計を「婆爺別集計」と書く）。図2を見れば、枝折型で捨てられる場合は婆の方が数としても割合としてもが多いことがわかる。親はどんなときも子を思っている

表2

項目	種類	爺	婆
親捨て類別	難題型	49	88
	枝折・難題型	39	129
	枝折型	9	121
	畚型	24	38
	畚・難題型	4	3
	畚・枝折型	0	16
	援助型（神など）	0	7
	酒泉型	2	0
	その他	8	10
姑の毒殺他	姑の毒殺	1	50
	婆の新生	1	5
	婆の極楽	0	2
	竜巻由来	10	0

図2　類別他

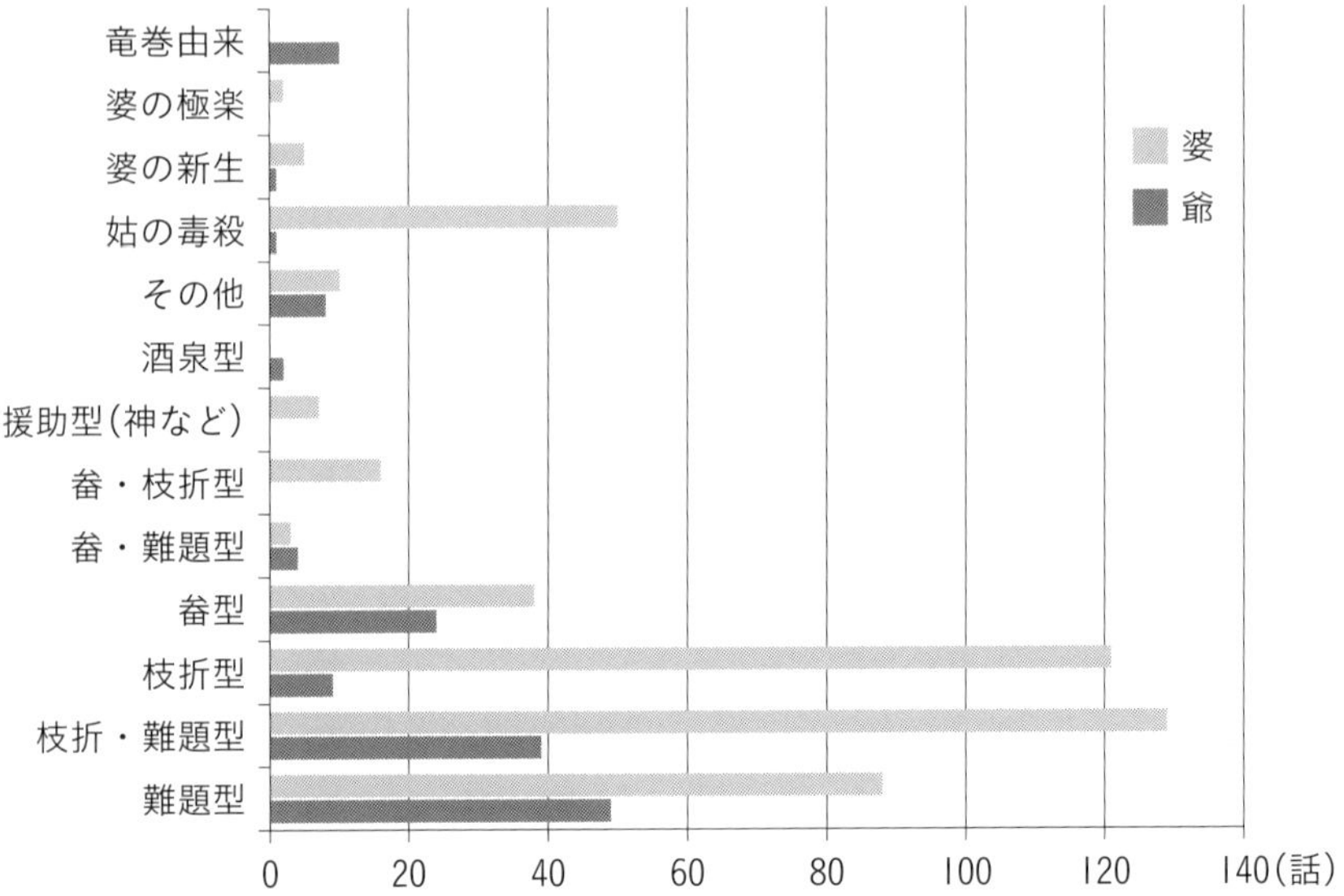

ので、親孝行するのだという話が殆どであるが、母親の方が子を思うということでは、強かったのであろうか。しかし例外もあり、自分が帰るために、胡麻を播いて動物に食べられてしまったり、大豆を播いて戻ってきたりする話もある。

栞（枝折り）には、木の枝ばかりでなく、様々なものが使われるので挙げてみる。

芥子の種、芥子の粒、籾殻、栗の種、蛙のはっぱの種、糠、息子が花の種を蒔く、木の葉を縛る、胡麻、砂、木に紙を縛る、菜種、小豆、松の芯えぼ、紙、握り飯の米つぶ、茅を折る、そば殻、大豆、木に白い粉をかける、米屑、などである。それぞれの地方の特徴が現れていると考えられる。

「枝折・難題型」のところでも触れたが、枝折型についている和歌から、この型の話は江戸時代以降に出来たと考えられる。

［ふご（もっこ）型］原題「年寄ったら藪の垣」（奈良県山辺郡山添村菅生・女）

「もう、年寄ったら藪の垣にせえ」いうたんで、お婆さんを藪の垣にしょうと思て、藪のはたへ連れて行ったたってん。そして、ふごとおうことな、持って帰ろと思ったら、ついて行た子がな、「お母さん、こんなんほっといたらあかん。また、あんたが年寄ったら、ここへ連れて来んなんさけいに」。そしたら、わがも年寄ったらそこへ捨てられると思うてな、お母さんが、「お婆さんも、家へ連れて去の」て、連れて帰ったげな。

注　年寄ったら藪の垣（諺で、年寄りには道のはたで藪に人がはいらないように番をしてもらい、後に出てくるたけのこを育てようという意味。「もう間に合わないので藪の垣になとしょう」などともいう。

この典型話は、捨てに行くのは母親と娘で、捨てられるのは婆であるが、一般的に「畚（もっこ）型」の昔話に登場するのは男が多い。捨てに行くのは殆ど息子と孫（たぶん男）、捨てられるのも爺が多い。

「もっこ型」の原典は第一章、第一節の〔1〕の孝孫原穀である。老親（父親が多い）を、息子が孫と一緒に畚に入れて山に捨てに行く。捨てに行く理由は、殿様の命令や、仕来り・掟というのは少なく、働かなくなった親を男あるいはその妻が、邪魔に思うというのが多い。山に老人を捨てて帰ろうとすると、孫が畚を持ち帰ろうとする。その理由を問うと「貴方が年老いたとき、貴方を山に捨てるため、持ち帰る」というので、男は自分が捨てられることになると気付き、反省し父親を連れ帰り、大切にするようになったという話である。

表2と図2「婆爺別集計」では、爺捨ての話には「畚型」の割合が婆捨ての話より多い。これは原典が爺だったことが影響していると思う。また爺の体重も関係しているかとも考えられる（重いので二人で担ぐ）。

畚の代わりに様々なものが使われているので、挙げてみる。

箱、そり、荷縄、天秤棒、籠、駕籠、担ぎ棒、しょいこ、棺、ふご、車、負い棒、棒、にない棒、落とし車、いぐり、おーこ、担架、などである。

この他に、孫がいじめられる祖父母のために、箱を作ったり、椀を作ったりして、親に反省させる。子より孫が可愛いというのはこういうためだと老人は語っている。

「畚型」の話も多く、「畚・難題型」「畚・枝折型」を合わせると一一七話（約一三％）である。

【もっこ・難題型】原題「うばすて山」（鹿児島県加世田市・女）

むかし、南薩の村々には、七十歳をむかえた年寄りを、野間岳の奥にすてるならわしがありました。

あるしものきびしい朝のことです、この正月で七十歳になったばあさまをモッコにいれた親子が、うばすて山に向かう山道をいそいでいました。親子が歩いて行くと、背中で、ぽきぽき、という音がしました。「なんの音じゃろ」と思いながら、しばらく行くと、またぽきぽきという音がします。おやじがふりむいて「ばあさま何の音だ？」というと背中のばあさまが答えました。「おいどが木の枝ば折る音じゃ」。おやじはふと思いました。さては目じるしを作っておいて、家へ逃げ帰るつもりだなー。そこで声もあらあらしくどなりました。「やめんか、もどってこられちゃ、おいどが困る」。するとばあさまが静かな声でいいました。「なんの。これは、お前どがもどり道ばまよわんごとの目じるしじゃ。しんぱいせんでもええ」「そうか」。ならいいとおやじは思いました。心の中でほっとしました。

やがて、親子はうばすて山につきました。親子は古わらじでもすてるように、モッコに入れたばあさまをすてました。すると子供が「おしかこっぱしやんな」といって、モッコだけをひろいました。「いつかまた、とうちゃんをすてにこんとならん。持ってかえらにゃ」それを聞いて、おやじはギクリとしました。子供のなにげないひとことが、ぴしりと心に突きささったのです。はじめて、木の枝を折ったばあさまの深い思いやりも心にしみてきました。「ばあさまあ！」おやじはいきなりそうさけんで、ひしとばあさまにとりすがりました。そして、うばすて山にのこるというばあさまを、むりにせおって家に帰り、なんどにかくしていました。

するとある時殿様が難題を持ちかけてきました。「はいでなわをなってこい」というのです。困ったおやじはそっとばあさまにたずねました。するとばあさまは「いとも安いことだ。板の上になわをおいてもやせばよい」と教えました。さっそく殿様に申しあげたところ、「お前のちえではあるまい。だれにおそわった」というので、「じつは……」とほんとのことを話したら、殿様はたいそう感心されました。そして「こんごは、としよりをすてんでもよい」といわれました。

川辺郡笠沙町姥部落、そこがこの話のうばすて山があったところだといいます。

この話は、「奋」と「枝折」と「難題」の三つの型が重なっている。そして地域の姥捨伝説を引き継ぐ話と考えられる。姥を捨てる習俗があったのだろうか。地域名や捨てる山の名前などがはっきりしている（南薩の村々、野間岳に捨てる、川辺郡笠沙町姥部落）ので、そのように考える。このように捨てる山や場所を固有名詞で書いてあるものについては、後ろにまとめた。

［枝折・負い棒（モッコ）型］原題「姥棄山」（佐賀県伊万里市南波多町古里・女）

姥棄山て、奥山さん棄てっちょらしたっちいうて、私ども聞いちょいましたたい。そしてアノ年取りゃアノ、奥山さん棄てい、いのうて行きよらしたってな。そいけん、いなわれて行かす人は、「こりゃもう、奥山さん行くなりゃ、道迷っけん」て、いなわれて行きよって、ヤッサと木ばおし折って、しゃあて（さして）行かすて。そいけんアノ婆さまうっちいち（捨てて）行かす時ゃ、「道ば迷わんごとして行け」て言うち。ずうっと、木ばさあちょって言わすことども聞いちょった。

そして、親子連れいの、いのうちょらした棒ば親爺が、「棒はもう山へうっちょこう」で言わしたら、「お前ばいのうち来んならんけん、持って戻ろうたい」て、息子ん言うちょったいな。そいぎ、うしちぇえじ連れて帰らしたとじゃろうなぁ。誰でんわが身ばかわいかけん、わがうしてられとんなかけん、あがんとさしたとこっじゃなかろうか。そして、まこいのうち戻らしたちゅうて、話ば聞いたて。

この話は、「枝折・畚型」ではあるが、男が婆の枝折りに有難いと思ったとは触れていない。我が身が可愛いから、子どもに言われて、自分が捨てられるのがいやで、連れ戻ったことになっている。

[もっこ・後生型] 原題無し　梗概（鹿児島県大島郡伊仙町伊仙・男）

意地悪な嫁が老婆を捨てようと、夫と子供と三人で捨てにいく。婆は子供たちが帰りに道をまちがわないようにと道々黒石を落とし、木の枝を折っておく。子供が「両親が年取って捨てにくるときのために、婆を入れてきた箱を持ち帰ろう」と言うのを聞いて、嫁は婆を連れて帰る。二、三年たって婆も嫁も死ぬ。婆は天国で楽な暮らしをし、嫁は地獄で臼の中で搗かれては人間になり、搗かれては人間になって苦しむ。婆が「自分の嫁だから」と嫁を許してくれるように頼み、天国でいっしょに暮らすが、嫁は泉の水を自分が飲みおわると中に足を入れて洗ったので、婆は怒って嫁を地獄へ突き落とした。

「後生型」は、昔話「姥捨山」の中には他にはない、型としては「畚型」に入れた。

この話は、嫁も一緒に捨てに行くところが、珍しく、そして嫁が反省し嫁の意志で連れ帰る。息子の意志は示されていない。二、三年して婆も嫁も死ぬが嫁は地獄で苦しむとあるが、連れ帰ったことを評価されていない。昔話には地獄の描写が書いてある話は少ないが、この話では、臼で搗かれては人間になり、搗かれては人間になって、無限の苦痛を受ける事になっているが、第一章の『雑宝蔵経』の「棄老国の話」に出てくる程のものすごさはない。嫁が婆の計らいで天国で暮らせるようになったのに、他人を思いやらない態度が、婆の怒りに触れ、また地獄へ落とされる、残酷な話である。嫁に対して過酷な話になっている。聞いている孫たちに教え諭す話なのだろう。

［親援助型］原題「姥捨山」梗概（沖縄県島尻郡南風原町津嘉山・男）

昔は六十一歳になると、金武村のパアパア森に捨てられた。母親がその年になったが、息子は「捨てるわけにはいかない」と言う。親は「お前が嫁を迎えるようになると、私はむこうに行く」と言っていたが、村の役人につれていかれてそこで死ぬ。息子が嫁を捜すころになると、母親は夢で息子に「お前の嫁になる人は、アダン葉でできたぞうりをはいて水を汲みに来る娘だ」と告げる。息子は泉の近くに立って、娘の現れるのを待つ。一か月ほどして娘が水を汲みに現れたので、その娘と結婚した。その井戸は今も村の中にある。

「援助型」には、親の他、神、雀、孫、鬼、ギブ貝等の援助がある。

金森村のバアバア森というのはあるのだろうか。この話は、姥捨の決まりを守らないと役人が来て年寄りを連れて行くことになっている。姥捨話の殆どは、捨てる老人を見つからないように隠すという設定で、捨てなければ何らかの罰を予想するが、役人が来て母親を連れて行き、子どもの代わりに捨てたというのは、珍しい。そこで死ぬとは、代官所なのか、捨てた山なのか、分からない。この行為についての非難はない。

親援助というのは母親が死後、息子の嫁探しを、夢に現れて助言するということである。

捨てられた婆に福が来るわけではない。この話以外の「援助型」は、捨てられた婆さんに対する援助である。

【神援助型】原題「親棄山」梗概（青森県八戸市・旧三戸郡館村）

あや（父親）が「婆は毎晩米を噛むから」と婆を山へ連れて行き、萱原に入れて焼こうとするが、マッチを忘れたので取りに帰る。その間に婆が川端まで逃げると、神様が来て、何でもほしい物の出る「おでぢにこでぢ（大槌小槌）」という槌を与える。婆はその槌で町を作り、米屋を建てて商売をはじめる。あやが米を買いに行くと、婆が自分の婆に似ているので、「どこから来たのか」と聞くと、婆は「毎日しらみを噛んでいるのに『米を噛む』と萱の中に入れて焼かれた。川端まで逃げると神様が槌をくれ、それで米屋をはじめた」と話す。あやからその話を聞いたあっぱ（妻）は、自分も萱原に入って焼いてもらい焼け死んだ。人のまねはするものでない。

この話は、姥捨というより、親殺しである。婆が毎晩、米を噛むといって息子は捨てようとした。それも焼き殺そうとしたのである。萱原に入れてマッチ（マッチはいつ頃からあったのか）で火をつけるというところが新しい。この災難から逃れて、神様から「おでぢにこでぢ」をもらい、福を得る話である。また嫁がこれをまねて焼け死ぬ。

この話の設定は、第一章、第三節の〔3〕で触れた、『雑宝蔵経』の「婆羅門の妻が姑を殺そうとした話」と同じであるから、原典はこれであろう。婆が金持ちになった後、息子の質問に、毎晩虱を噛んでいたのに「米を噛む」といって捨てられたと話し、萱の中で焼かれた（逃げ出したことは隠し）、という嘘をついて、嫁を焼き殺させてしまうところが、残酷である。人の真似はするなというたとえ話としては、怖い話である。

［雀援助型］原題「雀から貰った美しい玉」梗概（青森県三戸郡五戸町）

たちのよくない夫婦が「役に立たない」と老婆を奥山に投げる。婆が食うものもなく困っていると、雀が飛んできて「振るとほしいものが出るので大事にしろ」といって玉を一つくれる。婆は「村出ろ」と言って村を出し、宝物や米や倉も出して幸せに暮らすが、夫婦はその後貧乏して困った。年寄りは大事にしなければならない。

たちのよくない夫婦が「役に立たない」婆を捨てる。姥捨である。その婆を雀が何でも出る玉をくれて助ける話である。上の話の神が雀になっている。

婆の欲しいものは、村、人の中で暮らしたい、独りで捨てられるのはいやだと言っているようだ。息子夫婦には罰が当たる。「援助型」で福を得るのは殆どが婆である。

［貝の口型］原題「ギブ貝」梗概（鹿児島県大島郡徳之島町・男）

男が、年老いて働けなくなった母親を嫌って海へ流すことにした。男は老母を背負って潮が満ちかけている岸辺に行き、岩の上に老母をおろし帰ろうとして、ギブ貝の口の中に足を踏みこむ。足を引き抜こうとすればするほど貝の口はきつくしまり、潮は満ちて、男は胸のあたりまで潮水につかる。男は反省し、「お母さん許してください」と叫んだ瞬間、ギブ貝の口が開いて足がひとりでに抜ける。男は母親を救いだし、家に連れ帰って大事にする。村人たちもこの男にならって、老人を大事にするようになった。

この話の型は「援助型」である。「姥捨海」の話である。島の話だから、山に捨てるというより、海に流す方が自然である。母を海に流そうとする親不孝者に対して、ギブ貝が罰を与え、溺れさせようとする。母に謝って助かるという話である。婆に対しては命が助かるだけで福はなく、息子に対する罰だけである。第一章、第二節の吉志火麻呂と同じだが、息子は、謝って助かっている。ギブ貝というのはどういう貝なのか。徳之島ではありふれた貝なのだろうか。

[酒泉型]　原題「酒のはじまり」（徳島県三好郡東祖谷山村下瀬・男）

とんとむかしもあったそうな。むかしは人間も年が六十になると、もう役にたたんきに、崖っこへ負うて行って、どまくり（ころがし）よったそうな。それが殿さんの言いつけじゃきに、みんな殿さんの申し付けどおりに、六十になると、そこの息子は、親を崖っこへ連れて行ってどまくらなんだらやられる。

ところが、その時分にしっかり仲のええ親子があったそうな。息子は大変な親孝行で、父親は六十になったが、崖へ持って行ってどまくってしまうのはあんまりむごい。そがんなことは、ええせん。そんならちゅうて、いつまでも我んく（自分の家）へ置いといたらおとがめを受ける。

しょうことないきに、誰ちゃ人の行かん山ん中へ負うて行って、岩屋に隠して置いたそうな。そして、日んにも、日んにも、父親の弁当をこしらえて山に運びよった。岩屋まで行くと、「お父さん弁当じゃ」と言うて渡したら、いつでもかけたように（きまったように）、「今食べたところじゃ、まだ腹がええ。そこへ置いて行け」と言うて、息子の前で弁当食べたことがない。息子は毎日、弁当持って山へ通いよったが、そのうちに父親はだんだんやせてくる。息子はもう心配でたまらん。

　ある日のこと「今日はちったあ具合がようなったか知らん。早うまし（元気に）なりゃあええのに」と思いもって、息子は岩屋まで上がって来た。そして、父親に「今日は加減はどうぞえ」と言うて、ちっとない岩に座って話をしよった。そしたら、岩屋の前で木の洞から出て来た雀が二、三羽、もつれもつれになって、飛びかけては転び、飛びかけては転びしよる。「はて、不思議なこともあるもんじゃ。これはどうしたことか、合点がいかん」。息子は見よったが、てんでその理由がわからん。そこで、鳥の飛び出た木の洞をのぞいてみた。そしたら、洞の中から何といいえんええ香ざがする。そして、洞の底にきりぇえな水がたまっとる。それを椿の葉ですくうて口の中へ入れると、何ともいえんうまい味がする。そして、それをぐっと飲み込んだら、ええ気分になって来た。「これは薬に違いない」と思うて、父親にもすくうて飲ました。そしたらと父親も「これはうまい。こんなにうまいものを飲んだのははじめてじゃ」と言うて、それを飲んだそうな。それから父親も「これはええ薬じゃ。気分がようなって来た」と言うて、毎日少しずつ飲みよったら、身体も元のように元気になった。ごはんも食べるようになった。

　ある日のこと、息子が弁当を持って山へ行ったら、父親の話すのには、「今までわしは生きとったら、おまえに難儀がかかる。こんがなく（こんな所に）に隠れとることが、国の守に知れたらどんなおとがめにあうかも知れん。早う死んだら迷惑がかからんと思うて、食を断って死ぬるつもりだった」。そういう訳で木の洞に、日に日にべんとうを食わずに放り込みよった。そこへ雨の水がたまって薬ができたのに違いない。

それからは、息子は我んくへ往んで後にも、近所隣に身体の悪い衆があったら、この薬を取ってきて飲ました。そして、この話を聞いた衆は、みんな我手にこの薬を作って飲むようになった。

そのうち評判が高うなったので、このことがお上に聞こえた。ちょうどお殿さんも身体が悪かったが、早速取りよせて、家来がこの薬を差し上げた。それを飲むとしっかり元気になった。それで「これからは、年寄りは大切にせんならん」と言うことになり、殿さんから、「こんなうまい薬を作る年寄りは崖っこからまくってはいかん」という御触が出た。それからは六十を越えた親でも、崖っこへ捨てていでもかんまんようになったんじゃそうな。

後になってこれをみんなが、〝酒〟というようになったが、文字ができたとき、酒は酉が作りはじめたというわけで、水と酉と書いて〝さけ〟と読むことに決めたんじゃそうな。

「酒泉型」の話は、すべて四国にあり、ここで捨てられるのはすべて爺であり、語っているのも殆ど男である。酒の好きな男が作った話だろう。酒を飲んで気持ちよく孫に聞かせた話だろうか。養老の滝のような話である。

山に捨てた父親のために毎日弁当を届けるのは大変である。家からどのくらい離れていたかと、自分の仕事はどうしたのかなどと考えると、昔話には無理な話もある。信濃の国の更級なら「姨石」あたりであれば不可能ではないが。「冠着山」では無理だろう、などと考えてしまう。四国の山は、どんな所か、聞く人にとって納得のいく場所であったのだろうか。想像するのは難しい。

以下の話の型は表1、図1では「その他」に入っている。

［孝子型］原題無し　梗概（宮城県遠田郡田尻町牧ノ目・男）

親思いの息子が六十二の木の股年になった父親を山に捨てにいき、父親の好物を持って泣きながら山に置いてくる。山を降りる途中で苦しそうなうめき声がするので、行ってみると、どす（ハンセン氏病）の若者が捨てられている。息子は病人を家に連れ帰り座敷に休ませようとすると、「土間の隅でいい」と言う。息子は藁屑を敷いて病人を休ませると、病人は一晩中苦しそうにうなる。次の朝息子が見にいくと、病人は金になっていた。

六二歳の木の股年というのは、東北地方及び新潟にあり、山に捨てに行って木の股に刺した、とある。そして、捨てられた老人は猿になったという話もついている。伝説なのだろうか。木の股年という言葉が、他でも使われているので、習俗としてあったのかとも思える。この話では父親は、息子が泣きながらであっても捨てられて、連れ戻されない。つまり、捨てられっぱなしである。

ハンセン氏病をどすと言っている。ハンセン氏病が怖ろしい病だという宣伝はつい先頃まで国家的に行っていた。苦しく貧しい人に優しくするということに対する、神の褒美の話である。父を棄てたことについては罰せられない、泣いたことで許されるのだろうか。親は棄てても、どんな人にも優しくせよ、という矛盾した教えである。

〔反省型〕原題「カラス」梗概（新潟県北蒲原郡水原町山口・男）

年寄りになり仕事ができなくなると、おば捨て山に捨てねばならない。親孝行の与吉も母親に命令がきて捨てに行くことになる。与吉は道に目印に木の枝を折りながら行き、「きっと迎えにくるから」と言って帰る。与吉は庄屋へ行き、「『鳩には三枝の礼』といってるが親より三枝下がって枝に休むし、『烏は百日の恩を返す』といって小烏は百日たてば一人前になり、子が親に虫を食べさす。人間が親を山へ捨てるのは鳥や獣に劣るから、殿様にそういうことをやめるように言ってもらいたい」と頼む。殿様は庄屋から話を聞き、年寄りを山に捨てるのをやめにし、また与吉は殿様にほめられる。与吉は山へ母を迎えにいき、仲良く暮らした。

与吉という孝行息子が殿様に意見を言っておば捨てを止めてもらう話である。お上から命令がきて捨てねばならないことになっているが、もう一度迎えに来るために、枝折りするのは息子の方である。母親はおとなしくいいなりにしている。

諺「鳩に三枝の礼あり烏に反哺の孝あり」を子ども向けに易しく説明してあり、殿様に反省してもらって、褒められてもいる。昔話の殿様は怒らず、よく反省する。

［孫の目印型］原題無し　梗概（山梨県西八代郡市川大門町・女）

年寄りで仕事ができなくなると姥捨て山に捨てることになっている。孫は婆を捨てにいきながら松の芯えぼを取り、ところどころに落としていく。婆がわけを尋ねると、「松は一日や二日では枯れないので道標になる。家に帰りたくなったら松葉をつけて帰れ」と言う。しばらくして婆が帰ると代官所で調べられるが孫が事情を話す。それから年寄りを捨てなくなり、姥捨て山はなくなった。

孫が婆を捨てに行く。途中孫が枝折りとして松の芯えぼを落としていくのである。「家に帰りたくなったら松葉をつけて帰れ」と言っているが、「松葉をつける」にどういう意味があるのかは分からない。婆がこれを目印にして帰ってくる。代官所に事情を説明すると許されて、姥捨がなくなるのである。話を短くし過ぎてよく分からない話になっている。

孫が捨てに行く話は約一％である。

〔親弁解型〕原題「親孝行は親から」（宮城県遠田郡湧谷町中島乙・男）

昔はな、六十二歳になっと山さ捨てられだもんだど。お父っつぁんが六十二になったんで、ある親不孝な息子が、ぐりぐり（むりやり）山さ背負ってって、谷底さ突き落どすべとかがったんだと。お父ッつぁんは突き落どされめどして、息子と争ってだら、鷹狩りに来てだ殿さんが通りかがって、「これこれ、何で争ってんだ」て聞いだつお。利口なお父っつぁんは、「おらあ、六十二になったんで、谷底さ落って死ぬべどしたら、息子に『死ぬごどねえ』て、止められでだどごでがす」て言ったど。

殿さんは感心して、「これがらも孝行すろな」て、御褒美下さったつお。それから親不孝息子あ、親孝行するようになったど、親孝行は親がらできるもんだどさ。

親不孝の息子に、殿様を利用して親孝行をさせる話である。この国では、この話の後、姥捨はなくなったという話ではない。臨機応変な老人の智恵を語っている。

山へ捨てるというが、ぐりぐり背負って行って、谷底へ突き落とすということで、親捨てというより親殺しである。こうなると親も必死である。この描写は第三章にある『楢山節考』の捨てられたくない爺の姿と重なる。必死のときは思わぬ智恵も浮かぶ、昔話にはゆとりがある。聞く人は老人だったかも知れない。親孝行させる為に智恵を使えという話であろうか。

［帰還型］原題無し（長崎県下県郡豊玉町貝鮒・男）

年寄りは、死ぬまで、子供が待たずにね、ある程度のもう年いた人を山に捨つる。捨つるが、捨てられるお爺さんにせよ、お婆さんにせよね、大豆を持っちょった。捨てられる中間に大豆を持っちょった。そして道しるべにこう、置いちょった。そして、その、まあ、帰るだけの人じゃったとじゃろうよ。帰られんとこに連れてかれおったとに。自分なりに大豆を落としおった、捨てられる場所までに。

そして、自分が捨てられて、その翌日また、どういうなんか、帰ってきちょった。帰られんところから帰ってきちょった。それが、その、自分が大豆を道しるべに置いちょたところをたどって、なんしたちゅう。そういうふうじゃったら、捨てることはよしにしちょったほうがよかろうちゅうて、死ぬまでをば、待とうということになった。

子どもは、年寄りを死ぬまで家に置いて死ぬのを待つということが出来ず、だから山に捨てた。しかし年寄りは捨てられるのはいやで、何とかしようと思い、大豆を持って行き、枝折りをする。この場合、自分を捨てて帰る子のためでなく、自分が帰るためである。子どもは親が帰ってきてしまうので、また捨ててもまた戻るだろうと思い、捨てるのを止めて死ぬまで待つということになったという。実に正直な話である。どの場面の話も率直である。若い者が年寄りをいつまで生きているのかと邪魔に思う、年寄りが捨てられて死ぬのはいやだと思い、智恵を使い大豆を落とす。それを辿って帰ってこられれば、後ろめたい気持ちで捨てたので邪険には出来ない、仕方がないから死ぬまで面倒見よう、という話である。

親孝行とか、子を思う母であったとかいう道徳的な飾りがなく、神も仏もない正直なぶつかり合いだ。これも年寄り向けの話ではないか、捨てられてなるものかという気概を感じる。婆は「ただいま」と言って帰ってきたのか。

〔息子不孝型〕原題「姥棄山」梗概（長崎県対馬地方・女）

親がばか息子に村一番のべっぴんの嫁をもらうことになり、嫁がやってくる日に婆を炭俵に入れてがんじがらめにする。婆が「あいた。そうまでしてくるんな。背骨が痛いけ」と言っても、「ああ、嫁女が来るっとじゃ」と言って山へ捨てて嫁をもらう。ばか息子はあまりりっぱな嫁なので鎌を置くところで寝て、相手をしない。しばらくして山へ行ってみると婆が「おれが鳥の餌じきになるもんか。おれは山姥になるつもりじゃ」と言って元気にしているので、連れ戻って縁の下に置く。そこへよい男が嫁のところへ来て間男をしているので、婆が「それ来た、それ来た」と息子に教えた。

ばか息子と元気な婆とべっぴんな嫁の話である。ばか息子が母の世話で嫁をもらえることになったのに、母を捨てる。捨てたが馬鹿だから結婚のなんたるかを知らない。婆は山で元気に

「山姥」になるといっている。連れ帰り嫁の間男を見つけ息子に教えるという話である。笑い話的とあるが誰に向けた話か、捨てられた母が「山姥」になるというのは、そういう伝説があったのかも知れず、老婆でもない女は捨てられても簡単に死なない。家に帰れなければ「山姥」で生きるというたくましい婆の話である。これも婆に向けた話かも知れない。

【忠告型】原題無し　梗概（鹿児島県大島郡伊仙町伊仙・女）

　年寄った親を捨てる規則があって、嫁が夫に「親を捨てるように」と言うので、夫は仕方なく捨てにいく。帰りに親が「お前が帰るとき奥山にウスク（大木の茂み）のまわりで虎が餌を捜しているから、その時にはウスクの根元にそっとはっておれ。自分が木の葉をかとぶせてやるから」と教える。子供は親を置いて山をおりると虎がやってくるが、ウスクの根元に腹ばうと木の葉がかぶさり、体を隠してくれる。親に助けてもらったので、もう親は捨てるのはいやだと、親を担いで帰ってくる。妻が怒ったので、夫は「親とお前を代えることはできないから、お前は出て行け」と言った。

規則によって親を捨てる。親が息子の帰り道で出会う虎から身を守る方法を忠告する。その通りに虎が現れ親の言うとおりにして助かったので、親を連れ帰る。すると嫁が怒るが、息子は親とお前を代えることは出来ないと言って嫁を追い出す。この話も婆が聞いて喜ぶ話だ。昔話では、嫁を出ていかせる話は他にはない。連れ帰った後の嫁の態度を云云する話も少ない。話している婆の願望かも知れない。

〔地蔵浄土型〕原題「千軒の町」梗概（岩手県下閉伊郡岩泉町岩泉・女）

お上の命令で年寄りは六十二歳になると山へ捨てていた。爺が大きな杉の木の下に捨てられ、見ると穴があるので、入って寝ようとすると、鬼がばくちを打っている。鶏が「ケッケロー」と鳴くと鬼はざわつく。爺が鶏のまねをすると、鬼は宝物を置いて逃げ出す。爺が「おにぎり、出ろ」と打ち出の小槌を振ると、おにぎりが出る。広いかのか平に来て、「千軒の町、出ろ」と振ると千軒の町が出る。住む人、米、食物、着物を出したので六十二歳の年寄りは捨てなくてもよくなり、お上も姥捨の命令をとり下げた。

かのか平というの地はあるのだろうか、そこにある伝説か。爺が捨てられた木の穴の中で寝ていて、鬼の忘れ物の打ち出の小槌で福を得る話である。

かのか平で、千軒の町を出すが、上の話は村だったが、捨てられたのが爺さんだから話が大きいのか。豊かな千軒の町にし、地域も豊かになったので、老人を捨てなくなり、お上も姥捨の命令を取り下げた。

自分達の意志で老人を捨てる（焼き殺す）とき、老人が福を得るのと対照に捨てた夫婦には罰が当たる。この話は命令で捨てたからか、罰の話はない。この話は小槌が鬼の忘れ物で話は似ているが、神などの「援助」ではない。福を受けるのは爺になっている。

以下は「姥捨山」の分類に入っていない話である。

［姑の毒殺］原題無し梗概（鳥取県仁多郡仁多町亀嵩久比須・女）

嫁いじめをするむつかしい婆がいた。嫁が和尚のとこへ「むつかしい婆で我慢できない。早く死ぬような方法はないか」と聞きに行く。和尚は薬の包みをやり、「これを飯の上にかけて食べさせたら三日たつと死ぬから、せいぜい大事にしてやれ」と言う。嫁は喜んでもらって帰り、飯の上にかけて食べさせ、三日間大事にしょうかと思い婆に尽くす。互いによい婆と嫁になった。嫁が和尚のとこへ行き、「よい婆になったので、長生きをしてもらいたい。薬は飲ませてしまったどうしたらいいか」と言う。和尚は「あれは米の粉だから死にはしない。今の気持ちを忘れんように、お母さんを大事にすれば、お母さんもよいお母さんになる。いくら鬼でも、こっちからいいようにすれば仏にもなるもんだ」と言って聞かせる。それから、婆と嫁は円満に暮らした。

「姑の毒殺」は全国に拡がってある。数も多く五六話（六％）ある。

互いに優しくなれば、仲良くなれるという話である。嫁の相談相手（葛藤の仲介者）は、次のような人である。

医者が一番多く、次に坊さん、夫、隣のおばさん、菓子屋、仲人、村の長老、里の母、世話人、泰作などである。

医者や坊さんが姑を殺す薬として渡すのは、砂糖が多く饅頭に入れてやれというものの他、米の粉、味の素、などで姑が食べて美味しいと思うものである。この話は、誰に向けた話だろうか、嫁と姑の問題は、同居すれば起きる普遍的な問題である。このような解決法でうまくいったのだろうか。そうとは言えないだろう、未だに解決されていないから。夫や舅が登場するのは少ない。


［婆の新生］原題「親を捨てろ」梗概（岩手県遠野市綾織町新里・女）

親孝行息子が嫁をもらい、嫁の言うままに母親を奥山に連れて行き、小屋に火を付けて走り帰る。婆が小屋からとび出し、股を広げて火に当たっていると、鬼子どもがやって来て、婆の大事なところを見て、「それは何だ」と聞く。婆が「鬼子を取って食う口だ」と言うと、鬼子は打ち出の小槌を投げ出して逃げる。婆は小槌で茅野を町にし、御殿を出して女殿様になる。下前になった息子夫婦が焚き物をその町に売りにいき、女殿様が婆であることを知ると、勝気な嫁が「広い茅野に小屋を作って私を中に入れ、火をつけてくれ」と言う。息子が仕方なくそうすると、嫁は黒焦げになって死んだ。

昔話「婆の新生」は、火をつけられたことで生まれ変わったという設定である。女性の秘所を「鬼を取って食う口だ」というところや、打ち出の小槌で町を作り城も出して女殿様になる所、勝ち気な嫁が真似をして黒こげになって死ぬというところなど、話が大胆である。姥捨山の話の甦りの話であり、「千軒の町」にそっくりである。

［婆の極楽］原題『極楽を見たという話』（岩手県花巻市〈旧稗貫郡〉矢沢村八森・男）

昔あるどころに、気のよくない息子と嫁があり、婆さまがあったどス。婆さまが、洟汁たらしたり、小便流したりするような齢にもなれば、どだり（いつも）息子夫婦は婆さまを要らないものにして、苦言ばり言った。あるずき嫁は、いづになく猫なで声ばして、「婆さまし、婆さまし、極楽見せてあげるはんて、みんなで観に行でござい」ど、信心深い婆さまばだまくらがしてさげもっこさ乗せ、夫婦二人して担いで奥山さ行ったどス。そして、崖の上さ来るど、「婆さまし、極楽が見えんべ」ど言ったどス。婆さまァ、なんぼ眺めでも極楽など見えないもんだから、「さっぱり見えないじぇ。ずっと下に川音コがきこえるばかりだじぇ」ど言うど、「もっとし、もっと下を覗って見でござい」どいったどス。婆さまほんきになって下覗って見でるまに、どさんと嫁夫婦は婆さまを崖がら突っ転ばして、家さ帰ってしまたどス。婆さまは、崖がら突っ転ばれだども、やっと崖の中途の藤蔓さ摑まって、おんざねはいて（苦労して）這い上がり、さでどこさ行くにも帰る家もないし、日も暮れてきたので、その晩は、奥山にあったお堂コの中さ這入って、そごさ泊ったどス。ところが、夜中になるど、急にお堂コの前が賑やかになったので、何だべと婆さまが覗って見るどいうど、天狗さまがたが、沢山寄り集まって博奕コをやっていたどス。ははあ、天狗さまの博奕コというのはこれだなど思って婆さまは、なおも乗り出して見ているうぢに、どだりと足踏っぱずしてお堂コがら、転げ落ちたどス。そのえらい音に吃驚にした天狗だちは、金も何もそこざ置いだままにして、逃げてしまったどス。婆さまは、思わぬ拾い儲けばして、家さ帰ってくるど、何食わぬ顔をして嫁夫婦さ、「極楽てええどごだけ、うんとご馳走コ食せて貰って、こったに金コ貰ってきた」ど言ったどス。それきいだ嫁夫婦は、「そらええごど聞いだ。おらだも行って貰ってくべや」ど、奥山さ登って行って、崖の上からぼんぼりぼんぼりど飛び降りで、死んでしまったどさ。

「婆の極楽」は、婆さんが極楽へ行った話ではなく、極楽へ行けると騙されて、崖から落とされる話である。しかし洟汁たらしたり、小便流したりする婆さんが、崖から這い上がったり、天狗の博奕を覗いたりとても活発である。そして、極楽へ行ってご馳走になったとか、お土産を貰ったとか、嫁夫婦に嘘をつく。嫁夫婦は崖から飛び降りて死ぬが、これは罰ではなく、婆さんに騙されて死んだのである。

息子夫婦と言ったり嫁夫婦と言ったりしている。また、ぼんぼりぼんぼり飛び降りて死ぬなど、残酷である。これも崖から這い上がった時点で甦りの話である。

[盲目の婆と風鈴]　原題「親を捨てる」梗概（宮城県登米郡東和町米川・女）

目の見えない婆が体についたしらみをかじっていると、嫁が「婆が餅米を盗んで噛んでいる。山に捨ててくれ」と息子に告げ口をする。息子は婆を背負って山に捨てにいく。婆が山でしらみをかじっていると、風鈴を投げ捨てて逃げていく者がある。婆はその風鈴の音色を聞きながら、目が開いたらどんなによいだろうと思っていると目がぱっと開く。婆が「十七、八の嫁ごになりたい」と願いながら風鈴を振ると、若返って娘になり、りっぱな家にもらわれて聟を迎える。婆の家に、落ちぶれて箕売りになった息子がやってきて、いろりに入って黒焦げになる。婆は息子の死体を大黒柱にはりつけ、これが今の竈神となった。

この話は型としては「婆の新生」である。「姥捨山」の神援助型に入れてもよい話である。神が置いていったのであろう風鈴が、何でも望みの叶う玉や、打ち出の小槌のような働きを持つ。盲目の婆が、この風鈴のおかげで目が開き、若返る。りっぱな家に貰われて聟を迎える。こういう生活が婆にとっての理想の暮らしだったのか。落ちぶれた息子が、囲炉裏に落ちて黒焦げになり、これを大黒柱にはり付けるというところが残酷である。

概して甦りの話は、捨てた息子たちに容赦がない。「枝折型」のどんなときでも親は子を思っている、というのと対照的である。息子夫婦を騙して復讐する。神もそれを応援する。親不孝というのは仏教の中ではそれほどの罪だといっている。しかし昔話ではこれらの話は多くはない。第一章の古典文学に無かったからだろうか。

［龍巻き由来］原題「タツマキのはじまり」（沖縄県宮古郡下地町入江・男）

むかし、すみやきをしているおじいさんがいたそうだ。おじいさんには七人のむすこと一人のむすめがいた。おじいさんは、はたらきもので、毎日山に行っては、まっくろになってすみをやいていたそうだ。むすこたちは、すみやきをするとくろくなるので、いやがって、いつもあそんでばかりいた。ところが、近所の子供たちは、おじいさんのむすこが通ると、「まっくろけのすみやきだる、すみやきだるやーい」とわるくちを言ったそうだ。むすこたちは、いつもおじいさんのことでばかにされるので、だんだんおじいさんがきらいになった。

ある日、むすこたちはあつまって、「いっそお父さんを海へつれて行って、すててこよう」と、いうことにきめたそうだ。さっそく「お父さん、海へ遊びに行こうよ」と言って、海へ行ったそうだ。そして、おじいさんを舟にのせて、ずっと向こうの、大きないわの上において、「お父さん、これからたくさん魚をとってくるよ」と言って、むすこたちは舟で行ってしまったそうだ。

いつも山でばかりはたらいているおじいさんは、めずらしい海のけしきにみとれていた。気がついてみると、いつのまにか、おじいさんのいる足もとまで、潮がみちていたそうだ。おじいさんは、むすこたちのことがしんぱいになって、大声でむすこたちを呼んだが、返事をするのは、ドドーンとよせる波だけだった。おじいさんは、むすこたちのことをしんぱいしているうちに、家に帰れなくなってしまった。家ではむすこたちが、「おとうさんはもういないから、すみやきだるのこどもなんて、言わせないぞ」と言って、お祝いをしたそうだ。これを聞いたむすめは、おどろいて、夜の道をころんでは走り、ころんでは走りながら、砂浜に出て見たが、海はもうまっくらだった。

海にいるおじいさんは、まっくらな海の中で、もうおぼれそうになったとき、おじいさんのなんばいもある大きなサメが、ゆっくり、ゆっくりおよいでいるのに気がついた。おじいさんは「だいじなむすこたちは、死んでしまったようだし、わたしも死ぬんだな」とあきらめてしまった。でもふしぎなことにサメは、おじいさんをたべようとしなかった。そこで思いきって、サメの背中にとびのったそうだ。やがて気がついて、目をあけて見ると、いつのまにか砂浜についていたそうだ。そこには、ちょうどおじいさんが死んだと思って、むすめが泣いていた。むすめは、おじいさんを見つけると、急いでかけより、たすけ起こしたそうだ。おじいさんは、むすめのもってきた米んぎをたべさせてもらいようやく元気になり、海の方を見ると、さっきのサメが帰らずいたそうだ。それでおじいさんは、むすめに、「おまえは家に行って、いちばん大きな牛をつれてきなさい」と言った。むすめが大きな牛をつれてくると、おじいさんは、「わたしの命をたすけてくれたおれいだよ」と言って、牛をサメにあげると、サメは、一口で牛をたいらげ、帰っていったそうだ。おじいさんは、むすめから、むすこたちのことを聞かされて、大変おこり、いそいで家に帰っていった。

むすこたちは、死んだと思っていたおじいさんが、眼のまえにあらわれたので、びっくりしてしまった。おじいさんは、むすこたちに向かって言った。「わたしは、海ですばらしいものを見つけた。だけど一人ではどうすることもできなくて、それでこんなにおそくなってしまった。だからおまえたちみんなで行って、とってきなさい」とおじいさんは言った。むすこたちは、よく朝早く、おおいそぎで舟をこいで沖に向かった。

やがてむすこたちの、のって行く舟がちいさくなった。おじいさんは、さなぎ（フンドシ）をもって外に出て、そのさなぎを天高く上げ、「神様、どうかタツマキをおこしてください」と言った。すると、そのさなぎが風にとばされて沖の方へとんで行くと、たちまちタツマキになったそうだ。そしてむすこたちの、のっている舟を巻き上げて、沈めてしまった。それからたつまきがおこるようになったそうだ。おじいさんとむすめは、そのあといつまでもなかよく、くらしたそうだ。これでおしまい。


「竜巻由来」は沖縄の話である。炭焼きの爺さんの話である。沖縄にも炭焼きがあったのかと、はじめて知った。息子たちが真っ黒になるので炭焼きを嫌って、爺さんを捨てようとするが、爺さんはサメに助けてもらう。爺さんは息子たちに仕返しをするが、息子たちを騙して船にのせ、屋根の上でフンドシを振って竜巻を起こす。神に祈るのに、フンドシを振るというのはどういう意味があるのだろうか、自分の最も大切なものという意味か。爺さんは七人の息子すべてに復讐して、サメに牛一頭をお礼にやる。むすめは爺さんの協力者である。

前の話の婆さんも、この話の爺さんも自分の息子に対して容赦がない。実に仕返しの仕方に躊躇する所がなく残酷である。

〔3〕語る人

古典文学の場合は、枕草子、更級日記の著者と少数の女性歌人を除けば書き手は僧侶を中心とする男性であった。

この昔話では語るのは女性が五二％と多く、男性は三四％である。不明の半分を女性とすれば約七割が女である。書くのは男、語るのは女である。

表4、図4「婆爺別集計」では婆捨ての話を語るのは女が多く五七％になっている。爺捨ての話を語るのは女より男が少し多い。これは酒の話や、竜巻の話を男がしているためである。

表3

項目	種類	合計
語る人	女	482
	男	311
	不明	128

図3　語る人

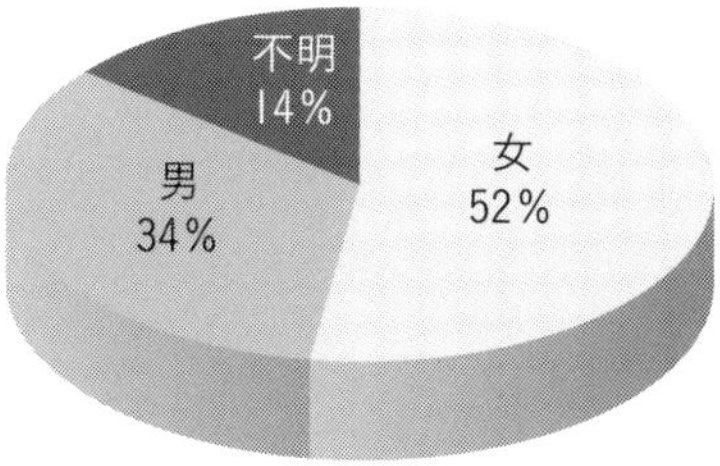

表４

項目	種類	爺	婆
語る人	女	58	271
	男	66	147
	不明	21	57

図４　語る人

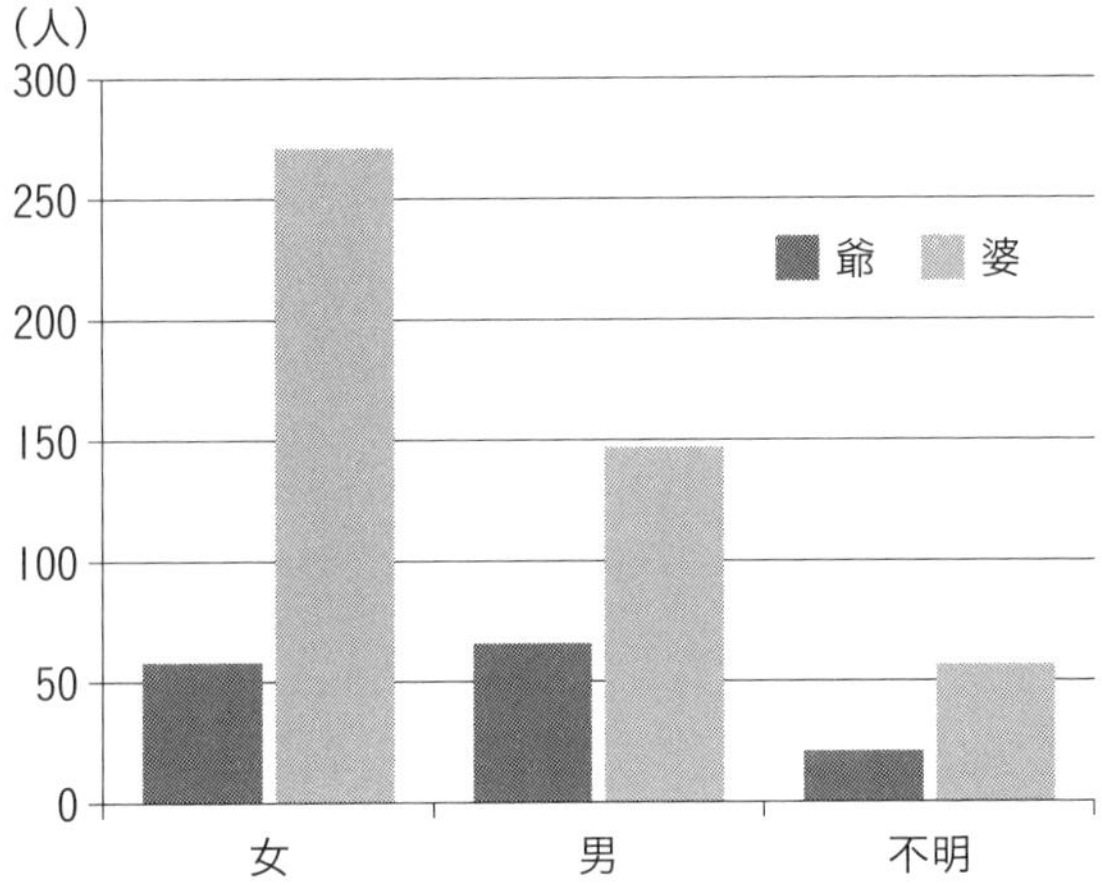

女が語る方が多いのは、孫の子守は婆の仕事で、子守をしながら語るということが多いのと、おしゃべりが好きということもある。

筆者は二〇〇八年八月と一一月に岩手県の遠野に行った。その時、昔語りを聞いたが、出会った語り部はすべて女性であった。旅行者相手の語り部であるから、時間的に女性が多くなるのかも知れないが、聞く人も女性が多く、女性から女性へとこれからも語り継がれている。録音したものには男性の語り部の話もあった。

〔４〕捨てられる年齢

全体的に見ると不明を除外すれば、六〇歳が一番多く一八〇話（五五・五％）で、これは還暦、定年、隠居などが影響しているのだろう。六〇歳~六二歳が、捨てられる年齢の入っている話の七二%を占めている。農家などでは農作業など、身体の限界があるのだろう、このあたりが適当な年齢と考えたのだ

表5

項目	種類	合計（話）
捨てられる年齢	50歳	14
	60歳	181
	61歳	45
	62歳	40
	65歳	2
	70歳	28
	72歳	1
	80歳	9
	81歳以上	4
	不明	554

図5　捨てられる年齢

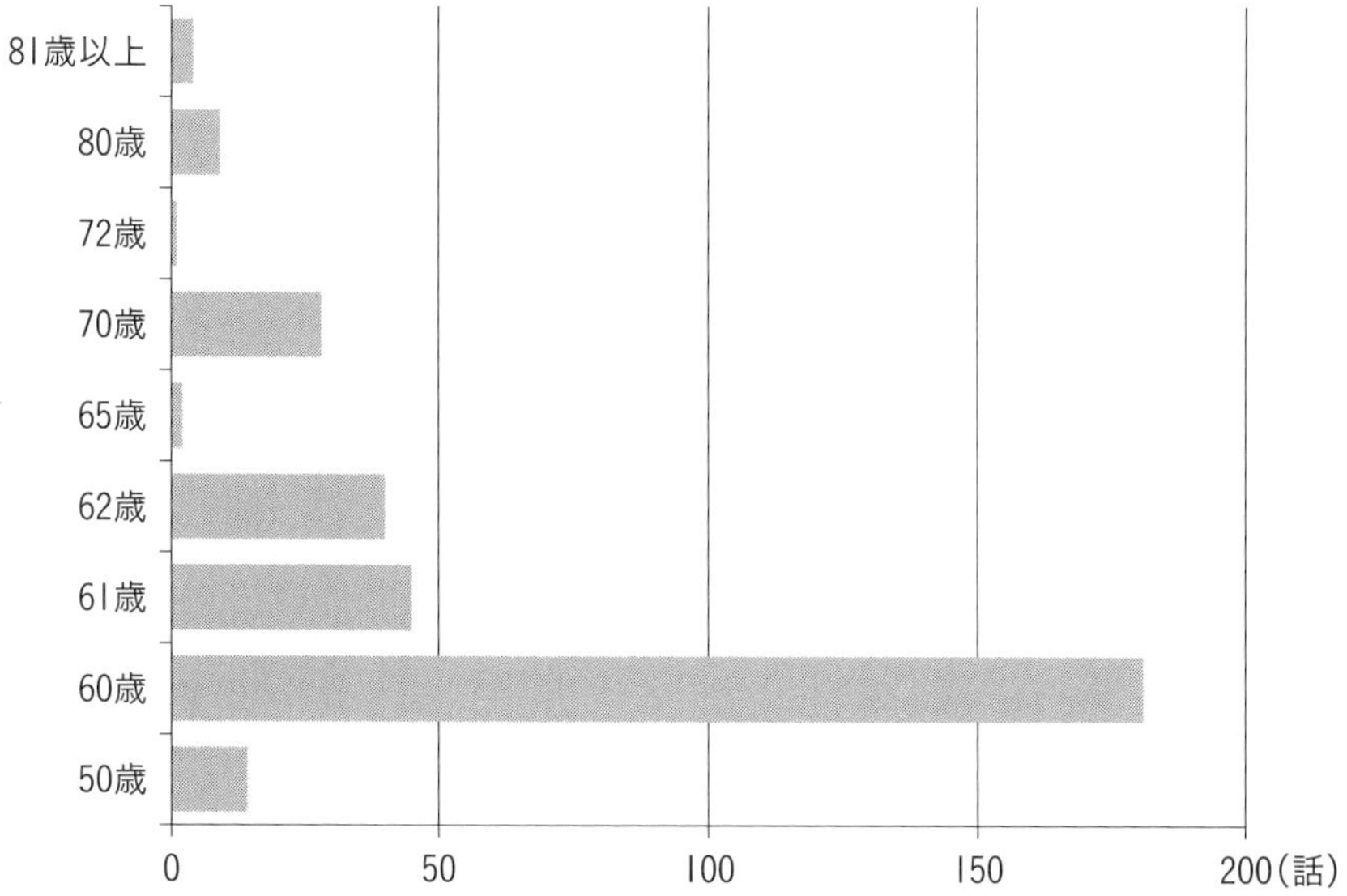

表6

項目	種類	爺	婆
捨てられる年齢	50歳	5	2
	60歳	41	88
	61歳	10	18
	62歳	13	7
	65歳	0	2
	70歳	3	21
	72歳	0	0
	80歳	2	5
	81歳以上	0	3

ろうか。

七〇歳も一つの山になっている。古典の『今昔物語集』の「七十余人流遺他国国語」や、役人の致仕の年齢であったので、この影響もあったであろう。また、平均寿命か

図6　捨てられる年齢

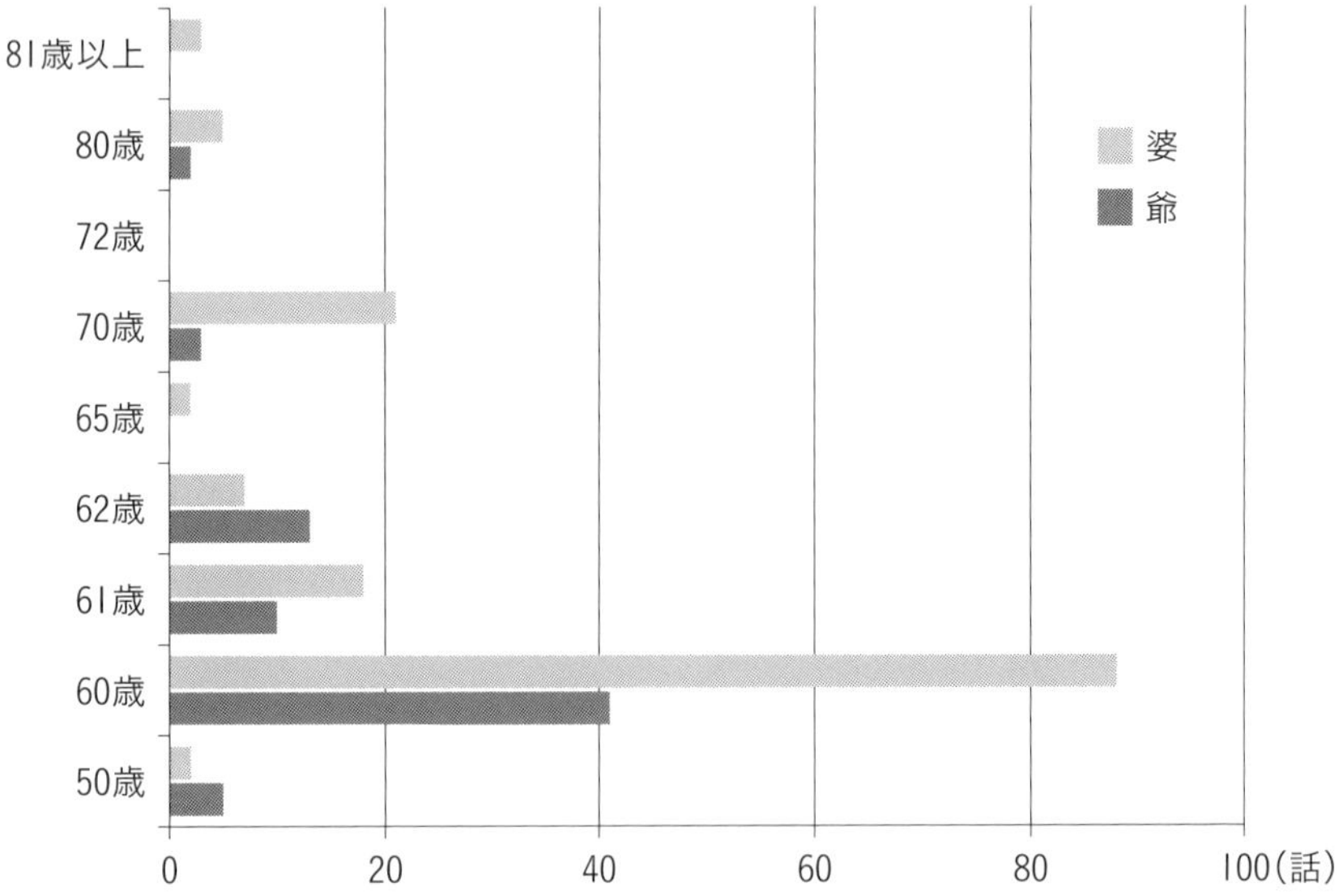

ら考えて、七〇歳まで生きる人は少なかったからともいえる。

表６、図６「婆爺別集計」では、婆捨ての話の方が、捨てられる年齢には高齢もある。爺捨ての話では、高齢は僅かである。

〔５〕捨てられる人

捨てられるのは婆が多く五四％である。爺は一七％である。年寄りの半分を婆に加えると七〇％が婆になる。第一章の古典文学の場合と共通している。

その理由を考えると①「うばすて山」という題名が影響している。「爺捨て山」という話は少ない（この本では一話である）。②古典文学の物語を原典としているのでその影響がある。③実際に年長の夫が先立てば婆が残される方が多いので、話が自然である。④嫁と姑の葛藤も実際に起きたと考えられるので、この話の数も多い。⑤家父長制の影響で男を捨てる事を憚った

表７

項目	種類	合計
捨てられるのは（殺されるのは）	爺	145
	婆	470
	年寄り（親）	251

図７　捨てられるのは

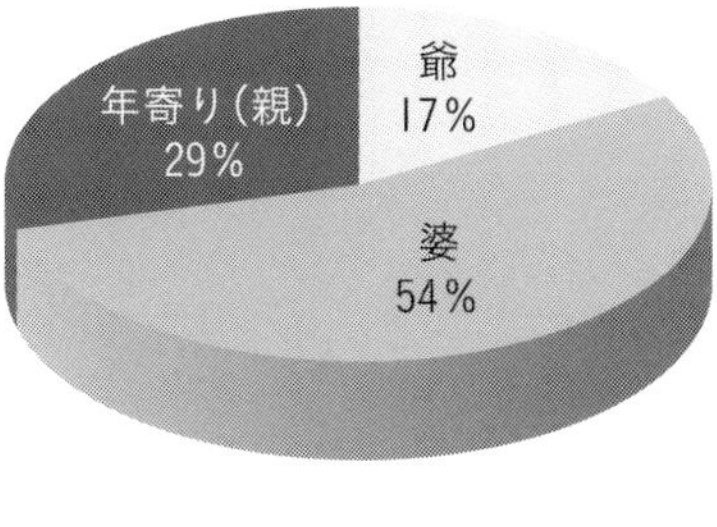

表8

項目	種類	爺	婆
捨てられるのは（殺されるのは）	爺	66	58
	婆	147	268
	年寄り（親）	80	127

図8　捨てられるのは

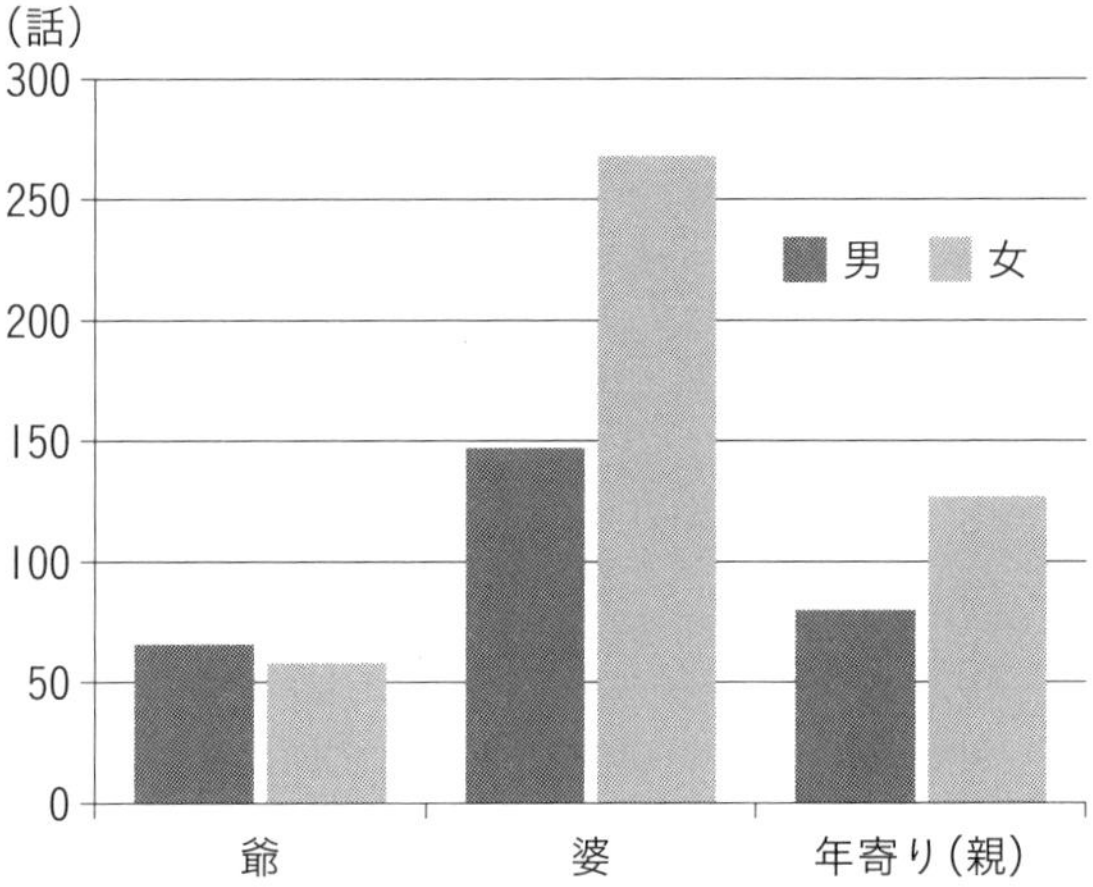

かも知れない。などの理由が考えられる。

表8と図8、ここでは女が語った場合の集計と、男が語った場合の集計を纏めた（今後は「語る人性別集計」と書く）。この資料では、婆・爺を捨てることに差があるかみたところ、女が語る話の方が、婆捨ての話が多い。婆捨ての話は、爺捨ての話の五倍近い。男が語る話でも、婆捨ての話の方が多いが、爺と婆の差が少なく、婆捨ての話は爺捨ての話の二倍程度である。語っている話の種類からこういう結果になっている。

しかし、婆だけは捨てろという話も、三話あるのでそれを取り上げる。

［枝折型］　参考話（山梨県西八代郡市川大門町芦久保・男）

「婆が六十歳になれば姥捨山に連れていけ」（傍点、筆者）という命令がでていた。息子が婆を連れて行くと、婆は木の枝を折っていき、「木の枝を折ってきたので、それを頼りに帰れば道は間違わない」と言った。婆は捨てられるときでも息子のことを考えていた。

［難題型］　原題「姥棄山」（岡山県勝田町楮・男）

大変まあ、がしん（ききん）続きで、食べ物が無うなったもんで、せえで殿様が年寄りを、まあ年寄りは何も仕事をようせんのになあ、こうして置いとえたじゃあ、ますます、みんなが困るばあでなあ、せえで「姥だけは必ず棄ててしまえ」（傍点、筆者）ちゅう命令が出て、その命令に背いた者ぁ罰せられるもんじゃで、そいでもう棄てる気にもなれんのじゃけども、そえでも殿様の命令に背くわけもいかずするんで、姥を持っとる者ぁ、その姥を負うて棄てぇ行きょうた。山の奥ぃ奥ぃ棄てぇ行ってそうして棄てて帰ろうと思うたところが、どうも、こまい間から育ってもろうた姥をなあ、どうしても棄てる気になれんのでなあ、他の人は、これまで棄ちょうたんじゃけどなあ、わしゃあ、なんぼうどうでも、こりょう棄てられるような気分にはなれんいうてなあ、こういう不人情なことはない、罰せらりょうとも、こりゃあ、わしゃあ、この姥を負うて思うて、とうどうその姥を負うて帰って、帰るのに日が暮れてしもうてからなあ、せえから、人に知られんように負うて帰って、棄てたことにして、人の目にかからんとこへ、その姥をおいて、大事にそれをして養うておった。

ところが、お殿様から、難しいことを殿様が言われたんじゃなあ。「灰で縄をのうてなあ、お城へそりょう持って来い」言われた。「灰で縄ぁのうて持って来たもんにゃあ、大変ほうびをやろう」いう。「灰で縄ぁなう。そういう無理なこたぁない」いうてなあ、「姥を棄てえとかなあ、これも無理な話、灰で縄ぁなえいうても、これも無理な話じゃ」言うてなあ、灰で縄がなえたりするようなわけでない、誰も困ってしまうし、せえから、その人も、なんとかせにゃいけん思うても、どうも、どうしても分からん。せえから、姥に言って、「また、なんと、殿様が大変難儀なことを言われてたんでなあ、『灰で縄ぁのうてご殿にあげえ、お城へあげえ』言われたんじゃ。わしゃあ困っとるんじゃ」いうて、姥にこっそり尋ねぇ行ったんじゃ。「ふん、そうか。それはなあ、灰で縄ぁなうことはなあ、わしが教えてやろう。そりゃあなあ、縄をのうて、縄いうものはなあ、〆縄みとような理屈に、お飾りの縄にせえ。そのお飾りの縄にしてなあ、なええ。のうたら、そりょうやわらかな火で、大けなものをくべずで焼けえ。そうしたら、縄が飾りの形のまま残るでなあ、そうしてやれえ」いうて、せえで縄をのうて、姥の言う通りぃしたところがなあ、立派な縄が灰になって、灰になっても崩れずでなあ、そりょう三宝に入れて持って行ったところが、殿様が、「こりゃあどうも、立派なものをのうた。こりゃあ、わしの思うとったよりゃあどうも立派な」いうて、大変殿様がほうびをやろういうた。

「私は、そのほうびはいりません」ちゅんじゃなあ。「何かせえでも願いごとがありゃせんか」「私ゃあ、願いごとが一つあります。姥をなあ、棄てるちゅうことを、こりょうひとつ許いてもらいたい。実ぁ、わしゃあ『姥を棄てえ』言われたんじゃけども、その姥を、わしは実際は連れて帰っとるんじゃ。連れて帰って、せえで匿もうとる。せえで縄をなうことをなあ、困っとるんで、その姥に尋ねてところが、姥がこうせえ言われたんで、せえでこの縄をのうてあげることができたんでなあ、せえで年寄りいうもんは大事なもんじゃで、こりょう棄てるいうことはやめてもらいたいで——」。せえで、殿様に言うたところが、いろいろ考えて、「そうじゃ、わしが無理なことを言うとった」。せえで、「年寄りというもなあ、いろいろのことを研究しとるもんじゃでなあ、年寄りを粗末にすることはしられん」いうて、それから、とうとう姥を棄てることはやめられたということ。

〔にない棒（畚）型〕　類話（愛媛県北宇和郡三間町則・男）

爺は酒を飲むと機嫌がよくなるし、嫁をいじめたりすることもすくない。婆は意地悪で、こせこせし、若夫婦を仲違いさせたりするので、姥捨て山へ捨てることになり、（傍点、筆者）姥捨て山へ捨てに行き、「担いでいった棒は必要でないので捨てておく」と言うと、婆は「お前が年を取ったとき捨てるために必要だから持って帰れ」と言う。息子は自分が捨てられるのがいやなので、婆を負って帰った。

三話とも語る人は男である。一番目、二番目の話は、殿様が、婆を嫌いか・婆は爺より役に立たないと思っているか、どちらかである。三番目の話は自分が常日頃思っていることを話の中に入れているのではないかと考えられる。このような話は思ったよりは少なかった。特に婆の方が能力が落ちるとか、価値が低いといっているものはない。

婆を捨てるという規則ではなく、年寄りを捨てる掟や、命令で捨てられることになるが、そこに登場するのが婆であるという設定が殆どである。

〈6〉捨てる人

古典文学の説話では、婆を捨てる（親不孝をする）のは甥、息子、娘も姪もあったが、「通観」の昔話では圧倒的に捨てに行くのは息子で、子というのも息子と考えられるので合わせ、さらに、孫と子とある

表9

項目	種類	合計
捨てるのは（殺すのは）	息子	444
	嫁（娘）	70
	子	84
	子と孫	79
	孫	11
	その他	30

図9　捨てるのは

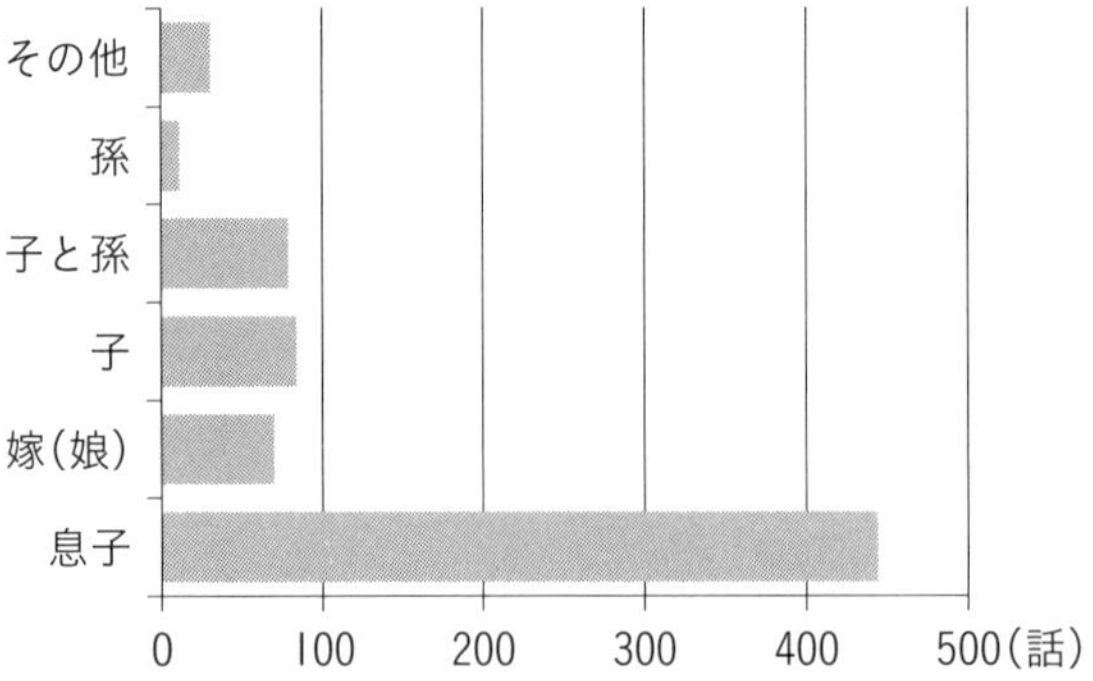

のも息子が捨てにいくので加えると、捨てる者が書いてある話の約八五％になる。親孝行な息子が悩む設定が多いが、馬鹿な息子や親不孝の息子も出てくる。

姑との葛藤で殺そうとするのは嫁である。娘というのは殆どない。

古典文学の場合と同じように、歳をとった母親の面倒を見るのは子の仕事であり、時代と共に娘は嫁に行く事になってきたので、息子と暮らす場合が多くなる。また、どうせ捨てられるのなら、息子に背負われて行きたいというのは語る婆の願望かも知れない。

表10

項目	種類	爺	婆
捨てるのは（殺すのは）	息子	90	281
	嫁（娘）	4	64
	子	7	45
	子と孫	23	39
	孫	2	8
	その他	5	14

図10　捨てるのは

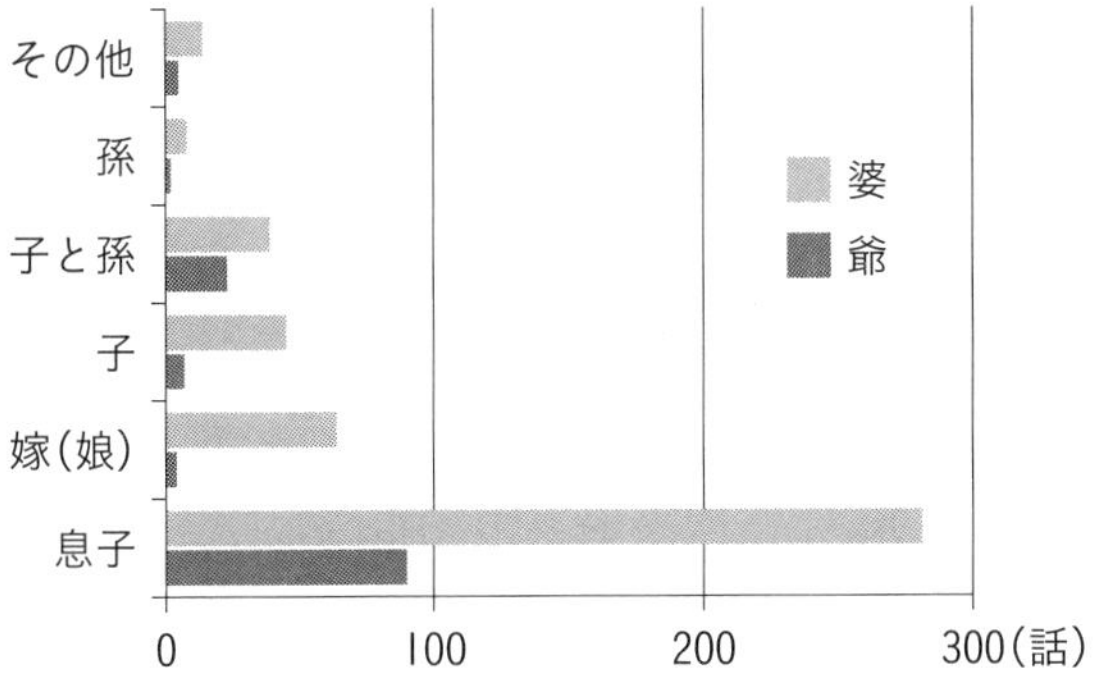

表10、図10「婆爺別の集計」では婆捨ての話では、息子の他、嫁、子、子と孫、その他も捨てる者になっている。嫁が捨てるというのは、「姑の毒殺」で、嫁が姑を殺そうとするのが含まれている。

爺捨ての話では娘、子、孫が捨てる者になるのは僅かである。子と孫があるが、これは「畚型」の話である。爺（父親）を捨てるのは殆ど息子である。

「語る人性別集計」では、誰が捨てるということについては大きな違いはない。捨てる人を書いていない話も一九九話ある。

〔7〕捨てる理由

捨てる理由の書いていない話が三六二話ある。

それを除くと、殿様の命令、仕来り・掟となっているものが七八％、葛藤が一三％、貧しいからが二％、その他が七％である。

表12、図12の「婆爺別集計」の婆捨ての話には、命令と同じくらい、葛藤がある。これは「姑の毒殺」などがあ

表11

項目	種類	合計
捨てる理由	命令（殿様など）	101
	仕来り・掟	332
	葛藤	73
	貧しいから	10
	その他	39

図11　捨てる理由

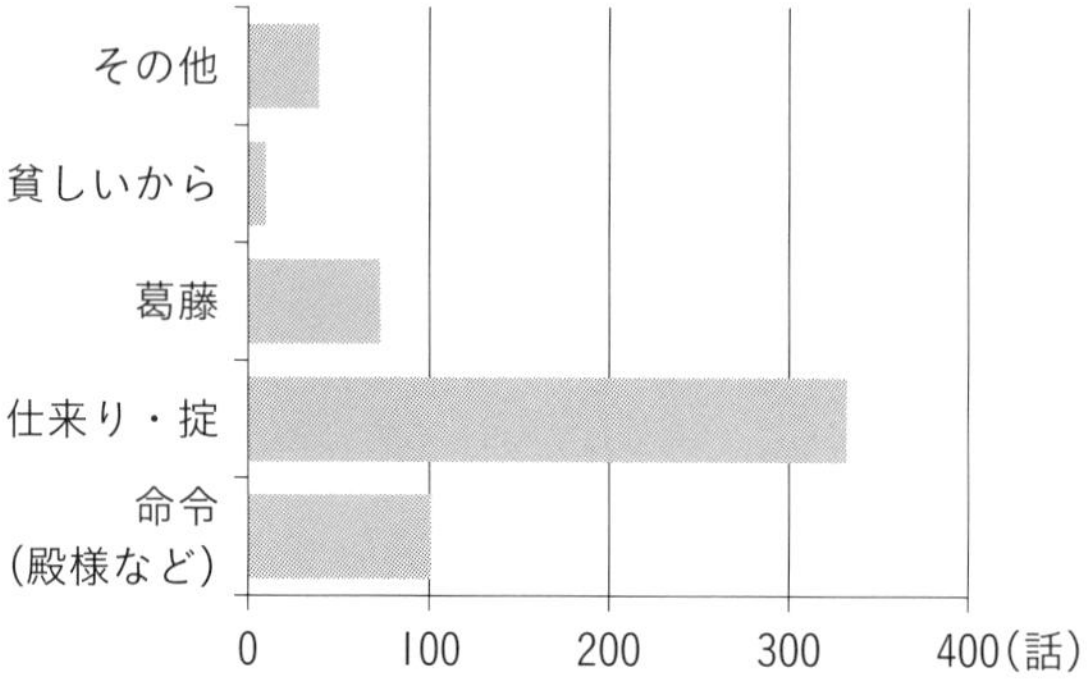

表12

項目	種類	爺	婆
捨てる理由	命令（殿様など）	16	62
	仕来り・掟	70	179
	葛藤	5	63
	貧しいから	0	8
	その他	14	18

図12　捨てる理由

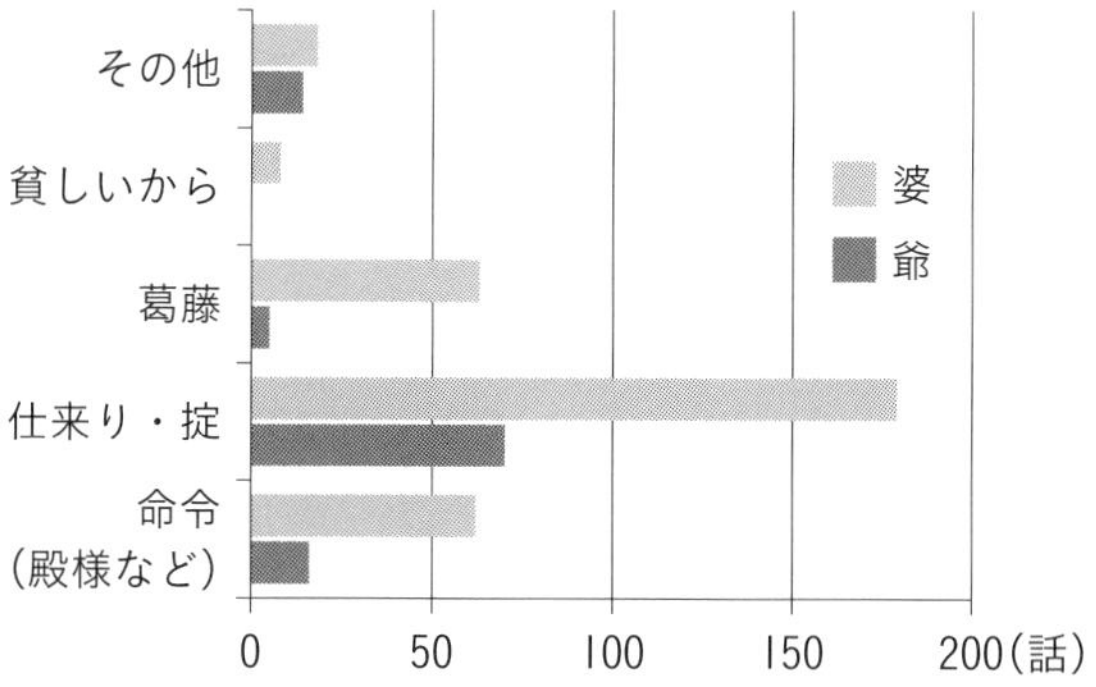

るためである。

爺捨ての話では命令と仕来り・掟が殆どで、葛藤は少なく、「竜巻由来」だけであろう。殿様などの命令と仕来り・掟が多いのは、子や孫に語るとき、話しやすいからだろう。葛藤などが多ければ、聞いている側にとっても楽しくはない。実際に葛藤を抱えているお婆さんが語ればさらに、家庭のトラブルにもなりかねない。悪いのは殿様ということにした方が、家庭が円満に治まる。

〔8〕葛藤の仲介者

葛藤というのは、姥捨が殿様の命令や、仕来り・掟でなく、「年寄りが働かなくなったので邪

表13

項目	種類	合計
葛藤の仲介者	孫	93
	医者	26
	坊さん	11
	聟	5
	娘	9
	その他	30

図13　葛藤の仲介者

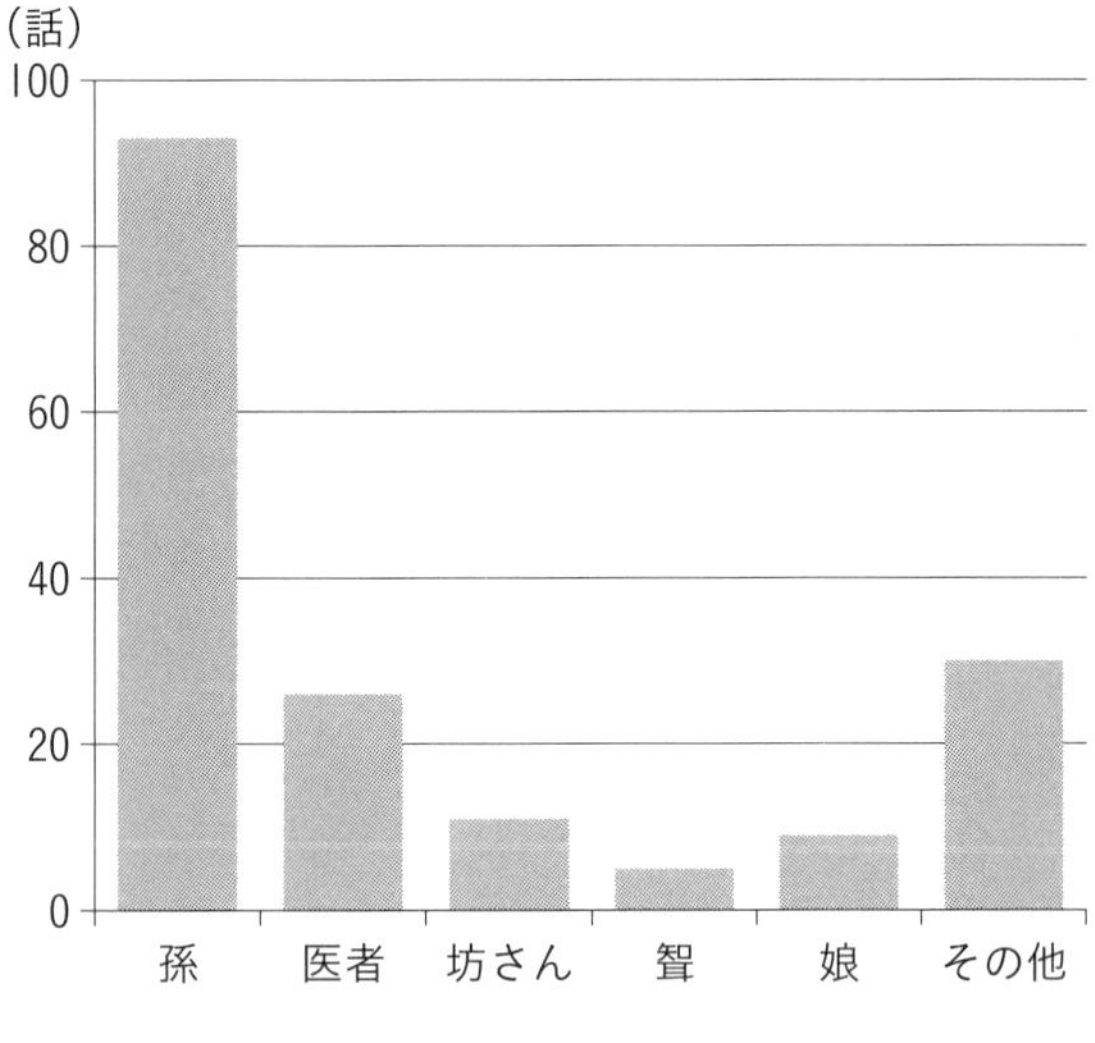

魔になった」「嫁と姑がうまくいかない」というものを入れている。

仲介者に孫が多いのは「畚型」の孫があるからである。

次に多いのは「姑の毒殺」の医者が多く、次に坊さん、夫、隣のおばさん、菓子屋、仲人、村の長老、里の母、世話人、娘、殿様などである。

娘の大部分は「竜巻由来」の中の娘で、父を助けるので、捨てる息子との仲介はしていない。

表14、図14の「婆爺別集計」の、爺は「姑の毒殺」に入っていないので、仲介者に医者、坊さん、聟はいない。

表14

項目	種類	爺	婆
葛藤の仲介者	孫	26	47
	医者	0	23
	坊さん	0	11
	聟	0	5
	娘	9	0
	その他	13	15

図14　葛藤の仲介者

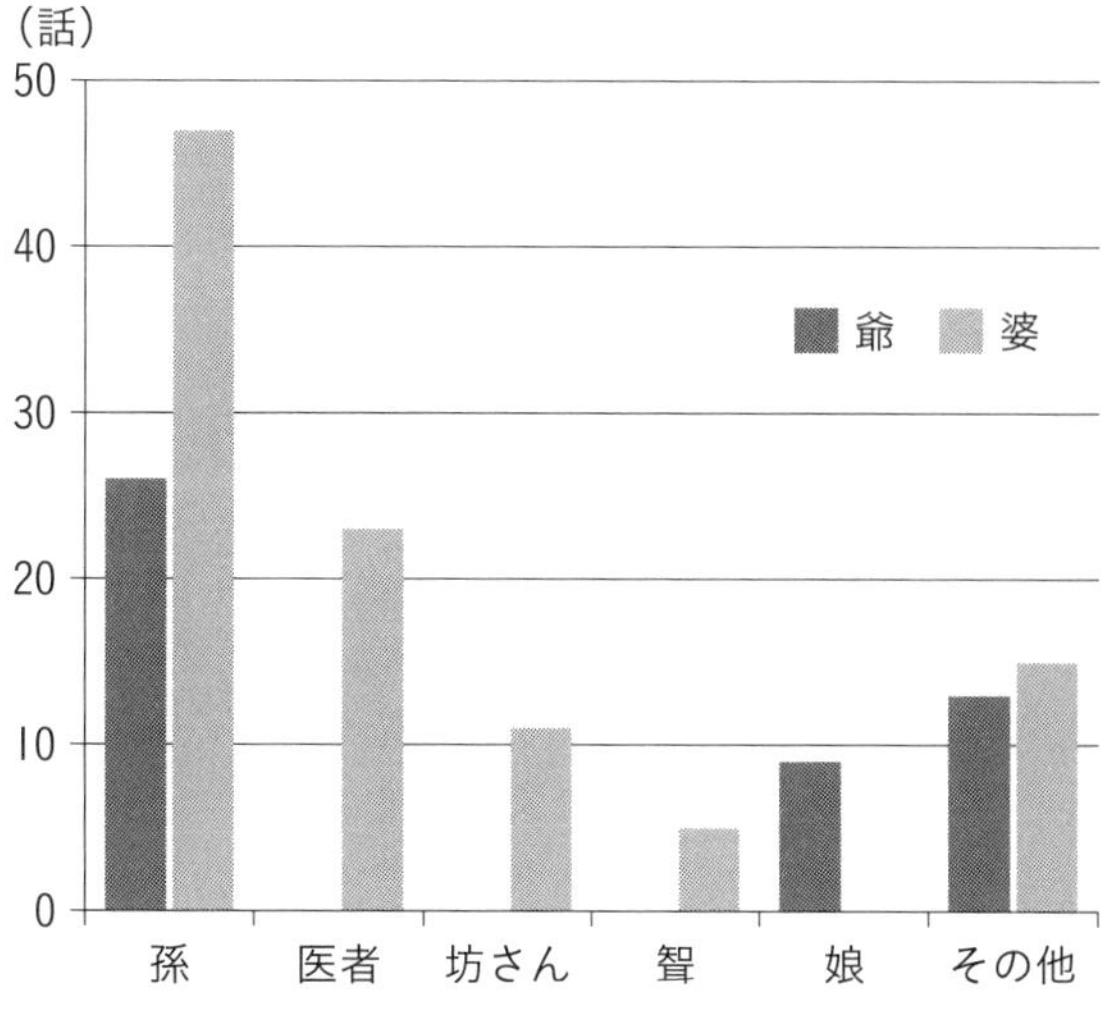

逆に婆捨ての話には、娘が助けてくれる話も娘が仲介者になる話もない。

「畚型」の話はいろいろあるが、孫が親の親不孝を真似て諭す様々な話がある。だから子より孫が可愛いという台詞もたくさん出てくる。

〔9〕捨てられた老人のその後

「難題型」は連れ帰って隠さないと、話が成り立たない。「畚型」も子が孫の言葉で反省し年寄

表15

項目	種類	合計
捨てられた老人のその後	家に帰る（隠れる）	493
	猿になる	5
	金持ちになる	13

図15　捨てられた老人のその後

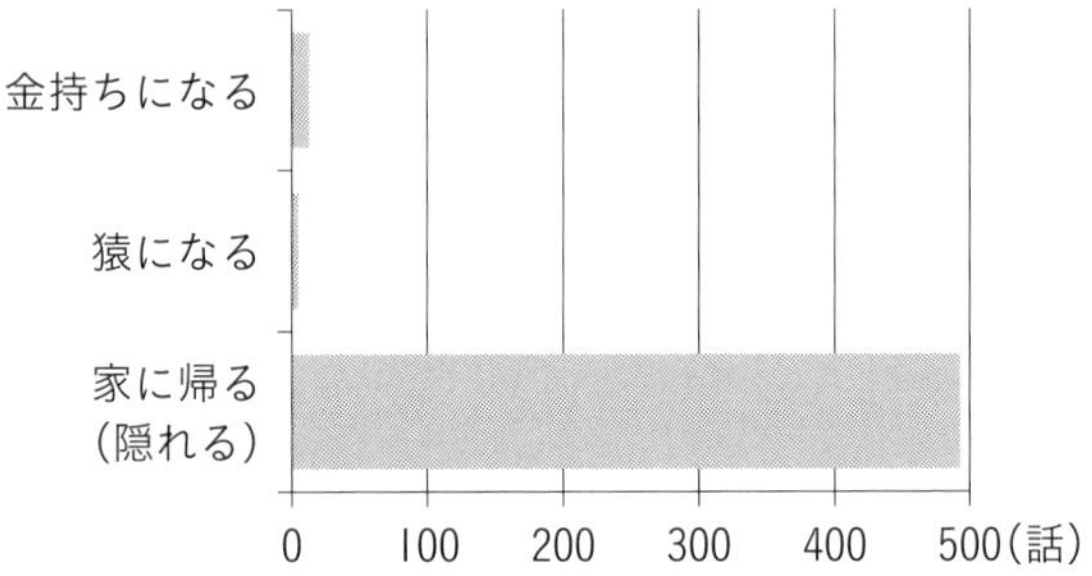

りを連れ帰る、という設定である、この二つの型は家に連れ帰るのである。しかし、連れ帰ったかどうか書いていない話は多く、「姑の毒殺」を抜くと三五〇話ある。

家に連れ帰る（隠した）という話が四九三話である。

「難題型」「枝折・難題型」「畚型」「畚・難題型」「枝折・畚型」の合計とは合わない。整合性はないが、連れ戻したと書いていないものについては数に入れなかった。

話の型から「連れ帰った」というのが多くて当然だが、連れ帰られたいという願望もあるだろう。

東北地方などには木の股年に木の股に刺して捨てるので、捨てられた老人は猿になる、だから猿は賢いといっている。木の上に登って、枝の間に置いて、降りてこられないようにしたのか。あるいは、猛獣に襲われないようにとの配慮でもあったのか。

金持ちになるのは、「援助型」「婆の新生」「婆の極楽」などの話である。

親不孝の息子夫婦に焼き殺されそうになる話が多く、婆は、神、玉、雀、風鈴、天狗、鬼の忘れ物、打ち出の小槌などに助けられ、金持ちになったり若くなったりして福を得る。この場合息子夫婦には罰が当たる。しかし、婆が復讐することから罰が当たるので、天罰というより、逆襲されると言った方がよい。この場合の婆は、子どもに対して容赦が無く、大胆にやっつける。親を焼き殺そうなんてとんでもないことだ、という話であるから、語る婆は気持ちがよいであろう。

この話は、捨てられた後の甦りの話でもあり、現代文学の中でも使われている。

金持ちになる話は婆の話が多い。

しかし、捨てられっぱなしの話も多いのである。その後捨てられた老人は猿になったという話は五話で、捨てられっぱなしの残りの話はどうなったかは語られてはいない。

〈10〉捨てた後のこと

捨てた後の息子や嫁はどんな態度であったかということが書いてあるのは少なく、八〇話しかない。類推はせず、書いてあるものだけを取り上げた。反省したとある話は六〇話、罰が当たるものは二〇話である。これらはどちらも葛藤の話である。

「反省」するのは「畚型」で、「罰が当たる」のは「援助型」「婆の新生」「婆の極楽」「竜巻由来」などである。全体の一割以下なので図にはしてい

表16

項目	種類	合計
捨てた後の息子・嫁	反省	60
	罰が当たる	20
	金持ちになる	13

ない。

〔11〕難題

難題は「難題型」「枝折・難題型」「畚・難題型」に入っているので、合計五一七話（約五六％）に入っている。

一つの話に難題は二題から三題ある。古典文学の説話にはない「灰縄」が一番多い。灰で縄を綯うというのである。日本独自の難題かと思ったが、朝鮮の伝承にもラテン語の格言などにもあるという。

関敬吾の『日本昔話大成』（角川書店）第九巻（一九八七年八月〈一九七九年〉）の笑話二の注にこの話が載っているので引用する。

灰縄の話はおそらく『砂で縄をなう』の変化形であろう。われわれの身近の例は朝鮮の伝承である。これはきわめて古い伝承を持つモティーフである。ラテン語の格言（ex arena funem nectere）で『汝は砂で縄をなう、汝は不可能な仕事をする』意味に使われる。これは北欧のエッダの中にも見られ、かつ前述のアヒカル昔話の中にもある。

難題「灰縄」の実物を、筆者は二〇〇八年八月に姨捨に行った時、ＪＲ姨捨駅の展示ケースの中にあるものを見た。確かに婆さんの言う通り作れば灰縄は出来ると納得したが、話を知らないと面白くも何ともないものである。現に友人は「なにこれ！」と言っていた。

次に多いのは、「蟻通し」である。これは、第一章、第一節の〔2〕の『枕草子』の「社は」の「棄老国の話」の中に出てくる難題と同じである。七曲がりの玉に緒を通せというものであるが、七曲がりの玉の他に、ほら貝、木、竹、石など様々あって、蟻に糸を結びつけ、穴の出口に蜜や砂糖を置いて、通すというものである。中には煙でいぶすというのもある。

次に多いのは「木の元末」である。きれいに削ってなにか塗ってある木の、どちら側が根の方か見分けよという難題である。これも木にはいろいろあるが、殆ど水に投げ入れて、

表17

項目	種類	合計
難題	灰縄千尋	402
	木の元末	105
	蟻通し	111
	馬の見分け	43
	打たぬ太鼓	50
	牛の重さ	9
	その他	61

図17　難題

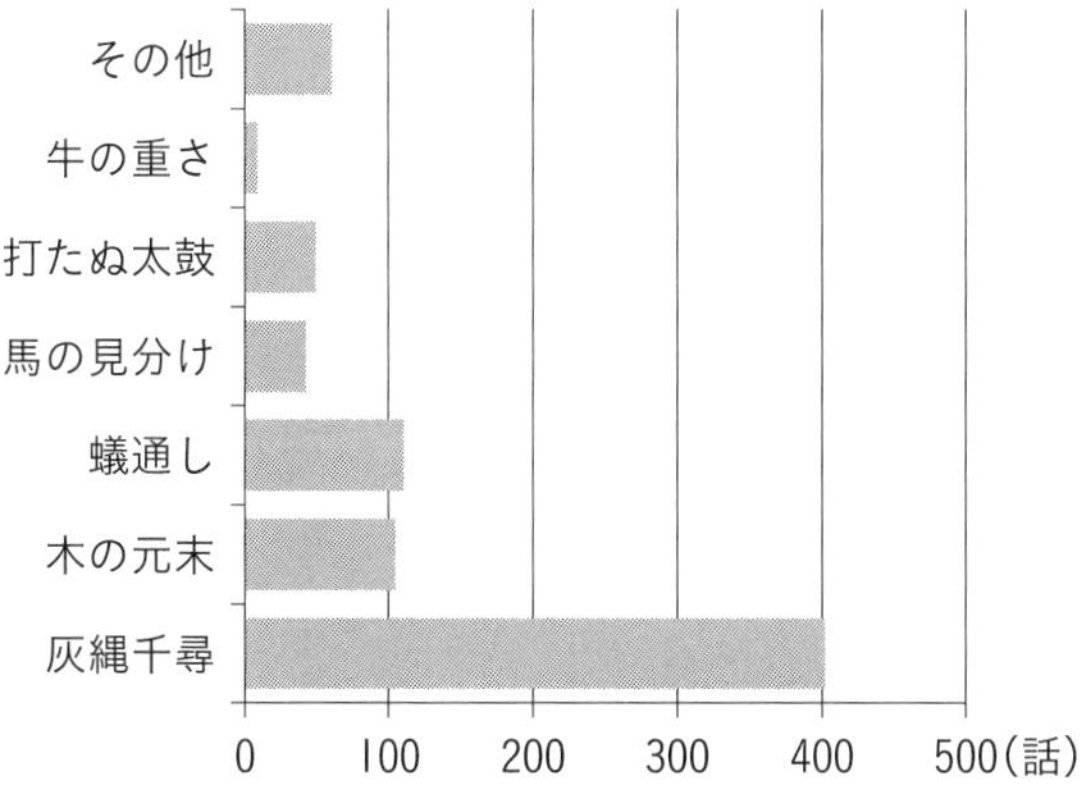

表18

項目	種類	爺	婆
難題	灰縄千尋	62	178
	木の元末	28	37
	蟻通し	16	55
	馬の見分け	8	20
	打たぬ太鼓	10	17
	牛の重さ	2	2
	その他	11	28

図18　難題

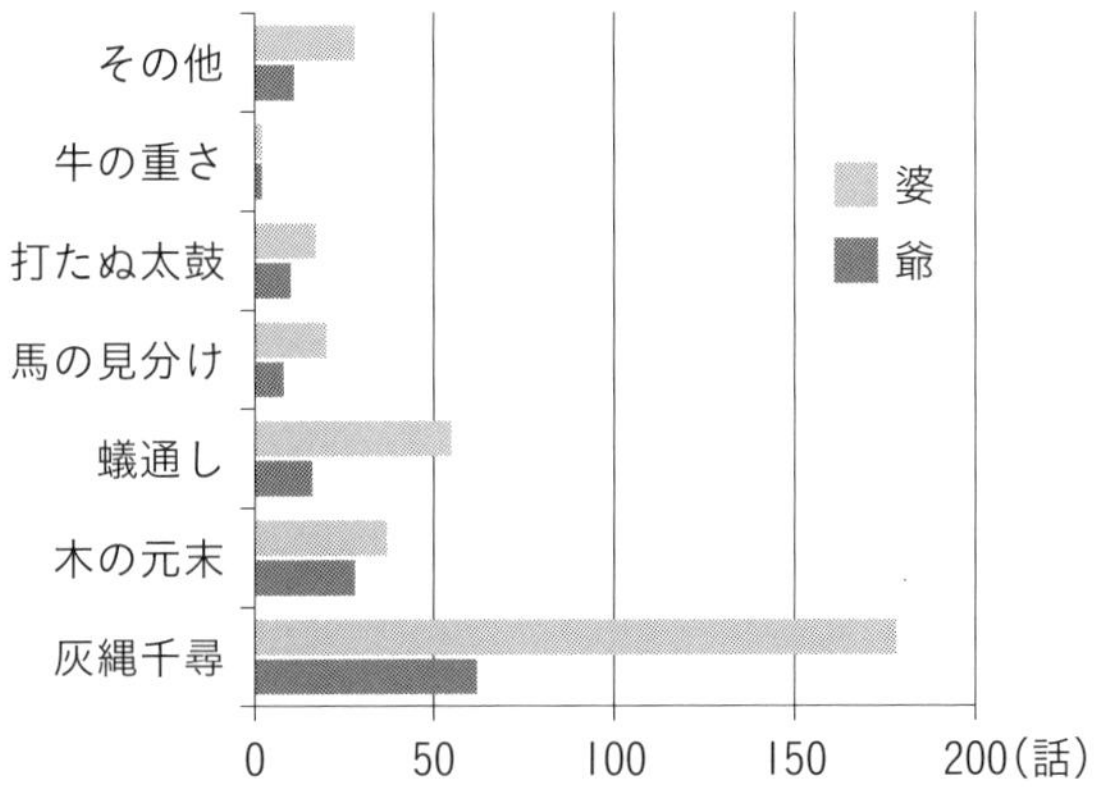

沈む方が末（根の方）である。これも「枕草子」の難題と同じである。

次は「打たぬ太鼓の鳴る太鼓」で蜂などの虫を入れてから皮を張ると打たなくても鳴るというのである。蜂の他に、蠅、カナブン、なども入れる。この難題は第一章、第一節の〔2〕「棄老国の話」には出ていない。昔話の中にだけある。

次は「馬の親子の見分け」である。これは『雑宝蔵経』の「棄老国の話」の中の難題である。『今昔物語集』の中にもある。二疋の間に草を置いて先に食べる方が子馬であるとか、母馬は子馬の方に草を押しやるとか、母馬が風上に立って風よけをしてやる、という答がある。

次は「牛の重さ」である。これは「石の重さ」など、重いものを計る問題である。『雑宝蔵経』

の「棄老国の話」の中では「象の重さ」になっている。答の出し方は、舟にその重いものを乗せ、水が何処まで来ているか船縁に印をつけ、その印まで測れる大きさの石を入れて合計する、という方法である。

表18、図18の「婆爺別集計」「語る人性別集計」では、婆捨ての話には「灰縄」が極めて多く、女が語る話にも「灰縄」が非常に多い。

爺捨ての話と、男が語る場合にも「灰縄」は多いが、非常にという程ではない。女は「灰縄」が好きということなのか、縄をなうのは婆が多かったためか。

〈12〉捨てられた場所

これは集計はしていないので図表はない。

山に捨てるという話が一番多かったが、山に小屋を造って捨てる、山奥の木の股に刺す、崖・谷に落とす、穴に埋める、島流しにする、土手に埋める、洞窟、空墓、海に流す、沖の岩に捨てるなどがある。

固有名詞が書いてあるのは以下である。

各部落の「山居の沢」（福島）、粕川村の奥の湯の口の上「人落とし」（群馬）、「ウバビトコ」（群馬）、須川南谷「地獄谷」（群馬）、伊郷名の「人岩」（東京八丈島）、こやつ谷の岩屋（石川）、地蔵ケ岳の沢（山梨）、大谷の山の「猪落とし」（兵庫）、浜坂町居組の「おば落とし」（兵庫）、西谷の「そうれん岩」、江波の下の「みん坂」（鳥取）、宇受賀の滝（鳥取）、丹後の姥捨て山（香川）、長荒山の赤滝という断崖（高知）、猪野々部落の「捨て磯」（高知）、祖母山（熊本）、武生水の「八畑」（長崎）、川部群笠沙町姥部落に姥捨山があった（鹿児島）、金竹村の「パアパア森」（沖縄）。

これらの固有名詞のついている所は、そこに棄老伝説があったと考えられる。

『日本残酷物語』には次のような話がある。「実際に、男鹿半島の「オジ捨森」には天保七、八年の飢饉のときは、働きのない老人をこの森に捨てたという。棄老説話は空想の所産ではなく現実にも存在していたのである」（『日本残酷物語Ⅰ　貧しき人々のむれ』宮本常一他監修　平凡社　二〇〇三年五月〈一九九五年〉三三一頁）。

第一章で述べた『隠居論』の中にも、「『日本後記』に飢饉に際し子を捨てたこと。『類聚三代格』には病人を捨てること」が出ているので、当然老人も飢饉の年には捨てられていたであろうとあり、「姥捨」の習俗はあったと考える。

〈13〉地域と分布

前述したが、『日本昔話通観』は話に地域名が付いているので、その地名をもとに分布図を作成した（図20）。

この分布図によれば、北海道を除く地域に「姥捨山」等の話は分布している。山だけではなく、海の傍、島にも多い。

第二七巻として補遺があり、そこに「姥捨山」等の話は表19のように合計六二二話ある。県名と本の名前と型（難題型と奋型のみで枝折型はない）だけであるので、本文の表には入れられず、地域名もないので、分布図にも載せなかった。新しい話の「婆の往生」があるが、内容は書いていない。「婆の新生」「姑の毒殺」は本文と同じ分類である。「ふかと竜巻」は本文の「竜巻由来」と同じ内容である。

本文の話と補遺の話を県別に集計し、表19のようにまとめた。表20は巻ごとの合計と話の数の多い順の順位である。

また、表19をもとに図19のように県毎のグラフを作った。

「姥捨山」等の話の最も多い県は、佐賀県の九二話である。その後に新潟八九話、奈良八一話、京都、島根の七一話、福島六六話と続く。少ない県は、北海道の〇話であり、宮崎、大阪の各三話、熊本の六話、福岡の七話、富山の一〇話、神奈川の一〇話と続く。多い県も少ない県も予想とはちがう。一番多い佐賀県と七話の福岡県は隣同士であるし、また二番目の新潟と一〇話の富山も隣同士である。八一話の奈良、七一話の京都に対して三話の大阪も隣である。どうしてこうなっているのか理由は分からない。寺が多いとか、歴史があるとか理由があると考えられるが、今回はそこまで研究するゆとりがないので、今後の課題とする。

この『日本昔話通観』は第一巻を（アイヌ民族）としているが、この中には、姥捨、棄老、親捨て、親殺し等の話はなかった。又、関敬吾の『日本昔話大成』の「親捨山」他の中にも、北海道の話はなかったので〇話としている。

表19　『日本昔話通観』本文と補遺の合計（巻番号順）

巻番号	県名	本論	補遺	計	順位	巻番号	県名	本論	補遺	計	順位
1	北海道	0	0	0	47	15	三重	3	8	11	38
2	青森	21	13	34	17		滋賀	18	25	43	14
3	岩手	23	8	31	20		大阪	2	1	3	45
4	宮城	15	13	28	24		奈良	3	78	81	3
5	秋田	17	5	22	31		和歌山	7	10	17	32
6	山形	43	12	55	11	16	兵庫	24	6	30	22
7	福島	48	18	66	6	17	鳥取	19	16	35	16
8	栃木	14	0	14	34	18	島根	50	21	71	5
	群馬	36	0	36	15	19	岡山	30	14	44	12
9	茨城	26	0	26	26	20	広島	49	11	60	7
	埼玉	24	0	24	28		山口	11	3	14	35
	千葉	12	0	12	37	21	徳島	8	25	33	19
	東京	12	1	13	36		香川	11	0	11	39
	神奈川	10	0	10	41	22	愛媛	31	25	56	10
10	新潟	42	47	89	2		高知	5	21	26	27
11	富山	3	7	10	42	23	福岡	1	6	7	43
	石川	20	14	34	18		佐賀	27	65	92	1
	福井	13	2	15	33		大分	11	0	11	40
12	山梨	30	13	43	13	24	長崎	12	17	29	23
	長野	17	42	59	8		熊本	6	0	6	44
13	岐阜	25	2	27	25		宮崎	2	1	3	46
	静岡	24	0	24	29	25	鹿児島	21	10	31	21
	愛知	15	9	24	30	26	沖縄	49	9	58	9
14	京都	27	44	71	4		合計	917	622	1539	

図19

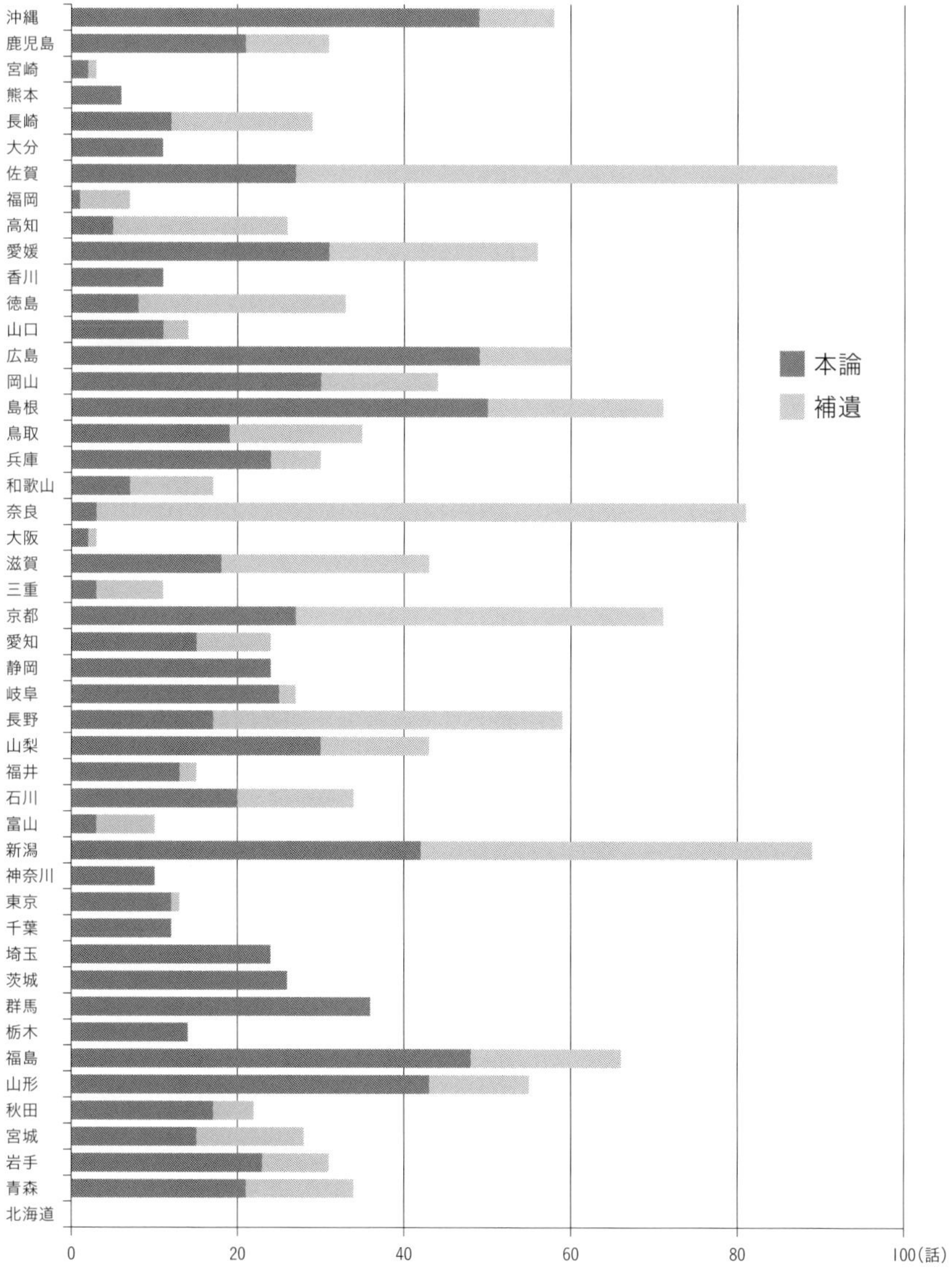
沖縄
鹿児島
宮崎
熊本
長崎
大分
佐賀
福岡
高知
愛媛
香川
徳島
山口
広島
岡山
島根
鳥取
兵庫
和歌山
奈良
大阪
滋賀
三重
京都
愛知
静岡
岐阜
長野
山梨
福井
石川
富山
新潟
神奈川
東京
千葉
埼玉
茨城
群馬
栃木
福島
山形
秋田
宮城
岩手
青森
北海道
0
20
40
60
80
100(話)
本論
補遺

表20　(話の数の多い順)

巻番号	県名	本論	補遺	計	順位	巻番号	県名	本論	補遺	計	順位
23	佐賀	27	65	92	1	13	岐阜	25	2	27	25
10	新潟	42	47	89	2	9	茨城	26	0	26	26
15	奈良	3	78	81	3	22	高知	5	21	26	27
14	京都	27	44	71	4	9	埼玉	24	0	24	28
18	島根	50	21	71	5	13	静岡	24	0	24	29
7	福島	48	18	66	6	13	愛知	15	9	24	30
20	広島	49	11	60	7	5	秋田	17	5	22	31
12	長野	17	42	59	8	15	和歌山	7	10	17	32
26	沖縄	49	9	58	9	11	福井	13	2	15	33
22	愛媛	31	25	56	10	8	栃木	14	0	14	34
6	山形	43	12	55	11	20	山口	11	3	14	35
19	岡山	30	14	44	12	9	東京	12	1	13	36
12	山梨	30	13	43	13	9	千葉	12	0	12	37
15	滋賀	18	25	43	14	15	三重	3	8	11	38
8	群馬	36	0	36	15	21	香川	11	0	11	39
17	鳥取	19	16	35	16	23	大分	11	0	11	40
2	青森	21	13	34	17	9	神奈川	10	0	10	41
11	石川	20	14	34	18	11	富山	3	7	10	42
21	徳島	8	25	33	19	23	福岡	1	6	7	43
3	岩手	23	8	31	20	24	熊本	6	0	6	44
25	鹿児島	21	10	31	21	15	大阪	2	1	3	45
16	兵庫	24	6	30	22	24	宮崎	2	1	3	46
24	長崎	12	17	29	23	1	北海道	0	0	0	47
4	宮城	15	13	28	24		合計	917	622	1539	

図20　『日本昔話通観』（編稲田浩二他）「姥捨山」等分布図

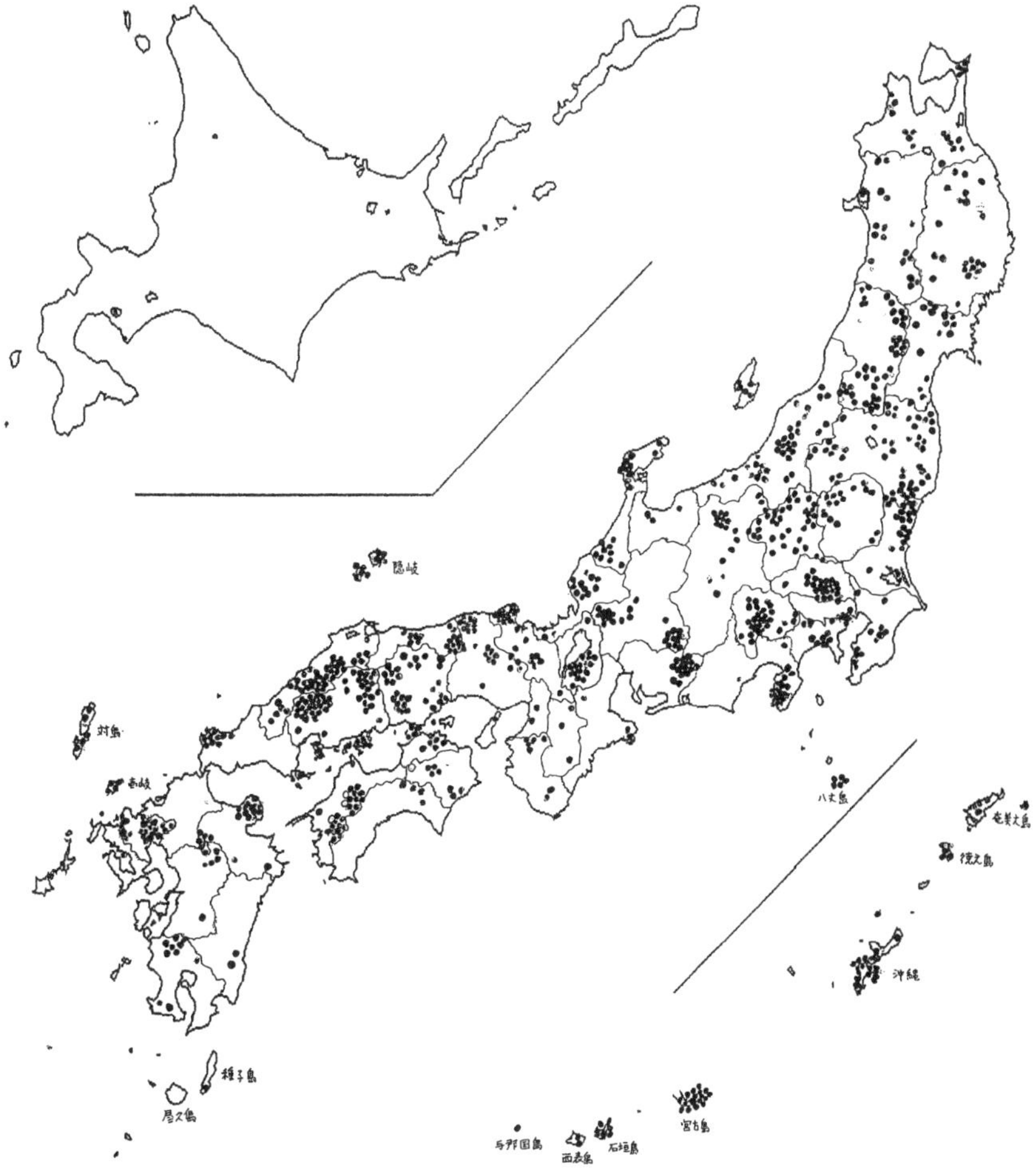

第二節　柳田国男の「親殺し」「棄老」

柳田国男の作品からは『遠野物語』の中の母親殺しと棄老の地（デンデラ野）と子ども向けのエッセイ「親捨山」を取り上げる。

〔1〕『遠野物語』

親殺しの話として遠野物語（『遠野物語』柳田国男　角川書店　一九七四年一二月〈一九五五年〉二一頁）の一〇話、一一話を以下に引用する。

一〇話

この男ある奥山に入り、茸を採るとて小屋を掛け宿りてありしに、深夜に遠き処にてきゃーといふ女の叫び声聞こえ胸を轟かしたることあり。里へ帰りて見れば、その同じ夜、時も同じ刻限に、自分の妹なる女その息子のために殺されてありき。

一一話

この女といふは母一人子一人の家なりしに、嫁と姑との仲悪しくなり、嫁はしばしば親里へ行きて帰り来ざることあり。その日は嫁は家に在りて打ち臥して居りしに、昼の頃になり突然と伜の言ふには、ガガはとても生かしておかれぬ、今日はきっと殺すべしとて、大なる草刈り鎌を取り出し、ごしごしと磨ぎ始めたり。その有様さらに戯言とも見えざれば、母はさまざまに事を分けて詫びたれども少しも聴かず、嫁も起き出でて泣きながら諫めたれど、つゆ従ふ色もなく、やがては母がのがれ出でんとする様子あるを見て、前後の戸口をことごとく鎖したり。便用に行きたしと言へば、おのれ自ら外より便器を持ち来たりてこれへせよといふ。夕方にもなりしかば母もついにあきらめて、大なる囲炉裏の側にうづくまりただ泣きてゐたり。伜はよくよく磨きたる大鎌を手にして近より来たり、まづ左の肩口を目掛けて薙ぐやうにすれば、鎌の刃先炉の上の火棚に引掛かりてよく斬れず。その時に母は深山の奥にて弥之助が聞き付けしやうなる叫び声を立てたり。二度目には右の肩より切り下げたるが、これにてもなほ死に絶えずしてあるところへ、里人ら驚きて駆けつけ伜を取り抑へ直に警察官を呼びて渡したり。警官がまだ棒を持ちてある時代のことなり。母親は男が捕へられ引き立てられて行くを見て、滝のやうに血の流るる中より、おのれの恨みも抱かずに死ぬるなれば、孫四郎は宥したまはれと言ふ。これを聞きて心を動かさぬ者はなかりき。孫四郎は途中にてもその鎌を振り上げて巡査を追ひ廻しなどせしが、狂人なりとて放免せられて家に帰り、今も生きて里にあり。

母親が悪いとは書いていないが、息子が逆上する程、仲が悪かったのか、息子がこらえ性がなかったか不明である。鎌を研いで執拗に追い回す姿がリアルに語られ、これは嫁の証言によるものだろうか。とすれば、嫁が泣いて諫めたというのは本当かどうか。母親の最後の言葉「自分は恨まず死んでいくので云云」には、母親の愛というより、執着が表れているように思える。息子が嫁をもらっても自分のものだという思いが強すぎたのではないか。嫁はこの後どうしたのだろう。実家に帰ったのか、夫と暮らしたのかわからない。

嫁と姑の葛藤は、いっしょに暮らせば起きる問題である。この女の悲鳴を遠くの山奥で兄にあたる人が聞いたという不思議な話が一〇話である。

次に棄老の場所の話として一一一話（前掲『遠野物語』柳田国男　五九頁）を以下に引用する。

一一一話

山口、飯豊、附馬牛の字荒川東禅寺および火渡、青笹の字中沢ならびに土淵村の字土淵に、ともにダンノハナといふ地名あり。その近傍にこれと相対して必ず蓮台野といふ地あり。昔は六十歳を超えたる老人はすべてこの蓮台野へ追ひやるの習ひありき。老人はいたづらに死んで死まふこともならぬゆゑに、日中は里へ下り農作して口を糊したり。そのために今も山口土淵辺にては朝に野らに出づるをハカダチといひ、夕方野らより帰ることをハカアガリといふといへり（＊ダンノハナは壇の塙なるべし。すなはち丘の上にて塚を築きたる場所ならん。境の神を祭るための塚なりと信ず。蓮台野もこの類なるべきこと『石神問答』の九八頁に言へり）。

ここで云う蓮台野は現地では「デンデラ野」とか「デエデアラ野」といっている。蓮台というのは菩薩の座る台座であるから、死の前の地を指しているのだろう。ハカアガリ（墓上がり）、ハカダチ（墓立ち）など、もう老人は仏の仲間入りした人の扱いである。

筆者は二〇〇八年八月にこの地を訪れたが、「遠野物語」に出てくる地名には、石碑が建っていて分かりやすくなっている。山口の蓮台野（「デンデラ野」の石碑がある）は、集落から二〇分もかからず歩いていける程の、ちょっとした丘であった。竪穴住居のような草屋根の小屋もあって、ここに部落の老人が何人かで暮らしたのかと思うと、夏だというのに寒々という思いがした。そこから上には畑もあった。

この話を元に、村田喜代子が『蕨野行』という小説を書いている。それは映画にもなった。映画では、もっと山深く、魚や鳥、獣も捕れるが、遠野のデンデラ野は今では居住地域になっている。

また、「ふるさと村」という、昔の家を移築し、昔の集落を再現した施設も見たが、家は立派なものが多く（貧乏人の家はなかったからか）、老人を捨てる程に貧しかったのだろうかとも思う。『蕨野行』では金持ちも貧乏人も、庄屋も小作もなく六十を超えたものは皆捨てられることになっていた。『遠野物語』でも六十歳を超えるものすべてと書いてある。あのように立派な家から、あの掘っ立て小屋へ移るのはつらいと言うより、惨めである。現地の語り部は、遠野物語は本当のことが書いてありますと言っていたので、習俗としての棄老と考える。

〔2〕「親捨山」

この話は『柳田国男全集』第一四巻（筑摩書房　一九九八年七月　四八一頁）にある。初出は『少女の友』第三八巻第二・三号　昭和二〇年二月一日・三月一日発行とあるので、戦争末期である。集団疎開の子ども向けに書いたエッセイである。

話は八つに分けて書いてあり、概要は次のような話である。

「親棄山」は有名な昔話で、親孝行や敬老を進める話である。四通りの話がある。その内二つは外国の話が元になっているもので、中国の孝子伝・親捨て畚の話と、雑宝蔵経にある棄老国の話である。これを元にした昔話にある難題は、日本には七つあり五つは外国から入ってきたものである。有名なのは七曲がりの玉に緒を通す、蟻通しで、これを解いたものを神に祀って、これが蟻通明神である。その他、木の元末、馬の親子の見分け、二匹の蛇の雌雄の見分け、象の重さの量り方（日本では牡牛）、これ以外に日本で考えたと思われる、灰縄千尋、打たぬ太鼓の鳴る太鼓。この二つは殿様の難題から持ってきている。

この二つの話は中国またはインドに始まった昔話である。千年以上も前の話が覚えられて居るのはただ面白いからだけではなく、我が国にも似通ったものがあり、それに継ぎ穂のように足されたからではないか。

次に信州更級の姨捨山の話がある。育ててくれた姨を捨て、月を見て反省し、歌を詠み迎えに行く。その時の歌「我が心なぐさめかねつ更級やをばすて山に照る月を見て」。

奥羽地方などでは悪い女房は罰せられた。老婆は日頃善い人だったので、打ち出の小槌を貰い、若く美しくなり、福を得る。悪い女房はそれをうらやみ真似てひどい目に遭い死ぬ。この話は、五つか六つ知っている。

その他、和歌を伴うものが他にもある。背負われた親が道々小枝を折る。帰りに子が道に迷わないように栞をすると聞いて、子は捨てずに連れ帰る。その時詠っている和歌は、「道すがら枝折り々々と折り柴はわが身見捨てて帰る子の為」「奥山にしをる栞は誰のため身をかき分けて生める子のため」。この歌を聞くと母を思い出し孝行の足りなかったことを悔やむとある。

この話は二回に分けて連載されている。子供たちに昔話「親棄山」の解説をしているものである。分け方は四通りで「畚型」「難題型」「信濃の姨捨山」「枝折型」になっている。外国の話が原典になっていても、日本に土台があったから残っているといっている。信濃の姨捨山の終わりに「援助型」「婆の新生」等の話が入っている。

第三節　関敬吾『日本昔話大成』の「親捨山」他

ここでは『日本昔話大成』（関敬吾著　角川書店）の中の「姑の毒殺」「親棄山」等を取り上げる。この本では「親棄山」等は笑話一、二の中にはいっている。

〔1〕「姑の毒殺」

第八巻の笑話一に「姑の毒殺」（二八五頁）がある。典型話一話（島根県仁多郡）の内容は『日本昔話通観』（以後「通観」と書く）の姑の毒殺とほぼ同じなので内容は省略する。類話は一一話で、分布は二五話ある。

〔2〕「親棄山」（親捨て山）①

第九巻の笑話二に「親棄山」があり、典型話は一話（鹿児島県大島郡）で難題型の話である。これも「通観」と同じ内容なので省略する。類話は八五話あり、難題型、畚・枝折・難題型、枝

折・難題型、枝折型の話が入っている。分布は二九六話である。

〔3〕「蟻通明神」

「蟻通明神」は典型話は一話（奈良県吉野郡　伝説）あり、この話は姥捨ではない、概略は中国が我が国を取ろうとして、屈曲した穴を持つ七つの玉に、縄を通して一連にして持って来いという難題を持って来た。これを解決した中将が神上がりして祀られたのが蟻通明神という話である。類話は一話で典型話の殆ど同じである。

〔4〕「親棄畚」（親捨て畚）

「親捨畚」は典型話一話（大分県直入郡）で枝折・畚型の話である。これも「通観」と同じなので話は省略する。類話は一五話で枝折・畚・後生型、枝折型、畚・難題型も入っている。分布は四二話である。

〔5〕「親棄山」（親捨て山）②

「親棄山」は典型話一話（青森県八戸市）で、「通観」の神援助型や、婆の新生と同じ話であるのでは省略する。類話は五話で援助型、婆の新生、婆の極楽と同じ話が入っている。分布は一話である。

　この本では、姥捨山を「親棄山」として三種類に分け、難題の入っているものは、枝折や畚が加わっているものも含め一つにまとめている。次は「親捨畚」で難題や枝折が加わっているが畚に重点を置かれているものである。三つめも「親棄山」で、援助型や婆の新生に近いもので、婆が焼き殺されそうになり逃げだし福を得る話である。「蟻通明神」の話には「親捨」「姥捨」の話はなかった。

　この本では「親棄山」「姑の毒殺」の典型話を四話、類話を一一六話、分布を三六四話取り上げている。内容は「通観」と殆ど同じである。

　最後に婆が親不孝の息子夫婦に焼き殺されそうになるが福を得て、息子夫婦が罰せられる話は「通観」では、援助型、婆の新生、婆の極楽などにあったが、この「日本昔話大成」（以後「大成」と書く）では、六話あった。柳田国男の知っている話の数に近い。

　花部英雄はこの型を「福運型」としている。分かりやすい分類なので以後はこの分類に従う。

　その他、注に中国、朝鮮の「親棄山」の話、「アヒカル昔話」の話も載っている。また、難題の数の集計も載っている。数を見ると（1）灰縄六八　（2）蟻通し三一　（3）木の元末の識別二五　（4）馬（動物）の親子の判断一八　（5）牛の重さの量り方四となっており、打たぬ太鼓の鳴る太鼓が入っていないが、それ以外は「通観」と順位は同じになっている。話の割合も同じようである。

また、「婆捨ての話」は六八話（姑の毒殺を含む）、「爺捨ての話」は二三話、「親または老人が捨てられる話」は二一話であった。この割合も「通観」と同程度で、「婆捨ての話」が「爺捨ての話」の三倍近く多い。

第四節　『日本伝説大系』の「うばすて」

＊〔『日本伝説大系』第四巻（北関東編）渡邊昭五編　一九八六年一一月、第八巻（北近畿編）福田晃編　一九八八年一一月、第一二巻（四国編）福田晃編　一九八二年九月　以上、みずうみ書房〕

この本の「姥捨山」の話も「通観」「大成」と殆ど同じであるが、話の場所が固有名詞で書かれていること、捨てる山、捨て方も具体的に書かれているので、そこを取り出して梗概を述べる。

〔1〕第四巻　北関東編の「姥捨山」

〔典型話〕　八四「姥捨山」（三五二頁）〈柳田――「親捨てもっこ」〉

＊群馬県利根郡新治村猿ヶ京――南山（利根郡と吾妻郡の境にある山）に地獄谷という所がある。昔は、六〇歳になると、年寄りをそこへ捨てたという。いろいろの物を持って行って捨ててき

たという。この谷へ入ると出られなかったという。(伝承者　本多憲作)

［類話］

＊利根郡月夜野町石倉――石倉にウバビトコというところがある。大昔、老人を捨てたと伝えられている。(ウバビトコは「通観」にもある)

＊多野郡鬼石町坂原――坂原の奥、雨降山のすぐ下の所、鏡森の少し上の所に姥捨山と言われる所がある。そこに岩穴があって、年寄りを捨てたという。昔は、六十歳になると山へぶっちゃったという。

＊勢多郡粕川村――赤城の南麓に狼谷という所があって、昔ここへ年寄りを捨てた。そのために、この狼谷のことを「赤城の姥捨」といっていた。

＊勢多郡北橘村小室――昔はお婆さんになると赤城山へ連れて行かれ、六道という辻を通って姥子坂へ入ると、そこに昔から建ててあるショウヅカノオバアサン・オジイサンの前で、子供と一緒に「観自在菩薩、行深般若波羅密多……」とお経を上げて姥子坂を登り、「南無延命地蔵尊　証大菩提成仏道、ソワカ」と言ってそこでお婆さんと子供は別れる。

＊前橋市下新田町――古市町(前橋市)に、おしょう塚(和尚塚)というのがあった。その近くにお婆さんが住んでいていい暮らしをしていたが、六〇歳になっておしょう塚山に捨てられた。輿に入れられて捨てられ、「おれは、この中に入っていて、鉦を叩いているから、鉦が聞こえるうちは命があると思え」って。そしたら、二一日間、鉦の音がしていたんだって。

＊佐波郡赤堀村西野――勢多郡粕川村の奥の湯の口の上に、人落としという場所がある。昔の話で、六十歳になると年寄りをそこへ持って行ってぶちゃったという。そこは、えらいゾロのようなところという。

＊太田市新井町――新井の市営住宅の前で東の方に、ばば山・じじ山といわれる所がある。昔は、ここへ年寄りを捨てたという。姥捨山のことだという。

［参考］

＊長野県更級郡冠着山附近――この御寺の文にいはく、彦火々出見尊の妹姫、おほん心、世にさかなうおましましかば、此かぶり山に捨てられ奉りしより、山は姨捨の名におへりとか。此のこと、いづれの文にかありけん。（『わがこころ』神宮寺の項）

〔2〕第八巻　北近畿編の「枝折山」

［典型話］　一・四「枝折山」（三三四頁）〈柳田――「六十落」〉

＊滋賀県彦根市川瀬馬場町――醒ヶ井に霊仙《りようぜん》ちゅう山があんの。その山は霧が出てよく登る人が迷う山だった云云。ほれからほのお爺さんが住んでるとこを『枝折《しおり》』ちゅうようになったんやて。

［類話］

＊愛知郡愛知川町長野東――年寄りが役立たんからとお殿さんが山に捨ててしまえと言うので、姨捨山ができたという云云。それから、しおりという言葉ができたという。

＊長浜市――琵琶湖の北東に霊仙という山がある。その麓の村はずれに、貧しい百歳の老人と息子が住んでいた云云。老人のよんだ歌「おく山の枝折の手折るはたがためぞ、われすてゆく子がためぞかし」。それから人々はこの村を枝折りの里と呼ぶようになった。

〔3〕第一二巻　四国編の「姥捨岳」

［典型話］　一二五「姥捨岳」（三三二頁）〈柳田――「六十落」〉

＊徳島県美馬郡一宇村――久日の墓地の上、久日・十家の旧街道に「たつの岳」がある。この岳は昔は六十一歳の老人となると、岳の上へ息子が連れて行き、岳から下に落として死なしていたそうだ。このことを通称「終命《じゅんみょう》」といっていた。殿様に父の助命をした　ところ難題を出され、父親の智恵で解決し、許された。それから棄老もやめた。

［類話］

＊徳島県名西郡神山町――下分の名本という所にある崖を仏殿の滝という。昔は老婆が六一歳になると桶に入れてこの崖に転がして捨てたうば捨て山だったという。

○美馬郡一宇村――剪宇にある高さ百米の断崖を言う。土地の人はごうどだきと呼び、また女除《おなんじょ》と呼ぶ。昔貧しい家では六十歳を超した老人はこのだきへ連れて行き突き落としたのだという。

＊高知県香美郡香北町猪野々――この聚落に「捨て磯」という所があり、かっては六一歳になると年寄りをここに負って捨てたという。

＊吾川郡伊野町旧神谷村鹿敷――鹿敷の仏が峠に六十歳になると捨てなければならない。これらの話は伝説である。捨てる場所が固有名詞になっていて、そういう習俗があったといっている。昔話に比べると具体的であるが、昔話はこれらの話も含めている。

婆だけを捨てたらしい場所がある（ウバビトコ、赤城山、仏殿の滝、女除）。ここでは典型話に爺を捨てる話を使っているが、婆を捨てる話の方が多く、実際にも婆が捨てられる方が多かったと考える。

第五節　お伽噺の中の「姨捨山」・「姥捨山」

子ども向けの「うばすて山」等の話を集めた。明治時代に発行されたお伽噺から、現代の子ども向け民話まで、六作品を取り上げる。

〔1〕『日本お伽噺』の「姨捨山」

この本は明治四三年の発行である。『日本お伽噺』として二四分冊出版された中の第九編（大江小波編　博文館　一九一〇年二月〈一八九七年〉）に「姨捨山」がある。大江小波編で梶田半古の畫も付いている。概略を述べる。信濃の国に姨捨山がある。殿様が年寄りが嫌いで、殺してしまえと命令を出す。見つかると殺されるので、孝行な百姓が母親を山に捨てる。母は枝折りをするので連れ帰り隠す。殿様が国中の百姓の智恵試しをしようとする。難題は「灰縄作れ」「本末のない材木を作れ」である。母の智恵で作り差し出すと、殿様は褒め、年寄りの智恵と聞き、年寄りを殺すことを止めた。その後もその百姓は孝行したが、母は死に、毎日泣き暮らした。ある十五夜の夜、月に住む天人が嫁に来て、仲良く暮らす。殿様は、隣の国と戦争をするので、二、三日のうちに城を造れと言う。嫁が懐から小箱を出して、呪いを言いながら蓋を開けると、中から大工や左官がたくさん出て来て瞬く間に城ができ、またすぐ、大工や左官は箱に戻った。城は丈夫で、敵を追い払い大勝利である。これも、百姓の孝行の徳といって、殿様は褒美をたくさんくれ、百姓は金持ちになり、日本一の長者になった。

この本の言葉遣いは、とても丁寧である。始まりはこんな具合である。「東山道の信濃の國に、姨捨山といふお山が御在ます。此處は昔時から月の名所で、今でも十五夜に成りますと、わざわざ遠方から、お月見に行く者がある位ですが、云云」これを読むと明治時代の子どもは大切に扱われていると感じる。話自体は、枝折・難題型にかぐや姫の前後が逆になったような話が付いていて、孝行すると徳だという話である。

〔2〕『日本お伽集』の「姨捨山」

東洋文庫二二〇の日本お伽集は全二巻で、一に「姨捨山」（『日本お伽集一』東洋文庫二二〇　撰者森林太郎他　平凡社　一九八二年一〇月〈一九七二年〉二七五頁）がある。撰者は森林太郎他で、初版は一九七二年である。この本も挿絵がある。概要は次のような話である。

信濃の國の殿様は年寄りが嫌いで七〇歳以上を島流しにした云云。この後の話は、枝折・難題型と同じである。隣国からの難題は、「灰縄」「蟻通し」「打たぬ太鼓の鳴る太鼓」である。隠した母が解き、国が救われ、殿様は年寄りの島流しを止める。

これも信濃の国である。どちらも「大和物語」や「枕草子」の姨捨を混ぜている。この話もとても丁寧な語り口である。

〔3〕坪田譲治の「親すて山」

『新版　日本のむかし話七』（坪田譲治　偕成社文庫　二〇〇八年一月　五七頁）に「親すて山」がある。挿絵入りで、二〇〇八年一月発行である。概要は次のようである。

薩摩の国の野蛮なしきたりがあって、六〇になると子や孫が年寄りを捨てる云云。以下は枝折・難題型と同じ。難題はよその国からで、「蛇の雌雄の見分け」「木の雌雄の見分け」である。隠した爺さんが解き、殿様は喜び、親捨てのしきたりをなくした。

〔4〕『新釈信濃の民話』の「おばすて伝説」

この本は長野県歴史館にあったものである。——民話を読み返す——という副題が付いている。藤岡改造著、切り絵春日麻江、二〇〇七年一二月発行である。概要は次のようである。

大和物語の「姨捨山」の話の嫁が、狢（むじな）であったという話にしてある。自分の父と夫がこの村の猟師に殺されてしまったので、敵を取ろうと、婆を山に捨てさせ、息子を殺そうとした。見つかった狢は隣の猟師に殺され、山から連れ戻した婆と男は狢を弔ってやる。

この本には他の姥捨伝説の解説もある。

〔5〕『聴耳草子』の「棄老」

著者佐々木喜善は柳田国男に「遠野物語」の元話を語った人である。この本には一八三話入っていて、第一三五番に「老人棄場」として棄老の話がある。概要は次のようである。

昔、六〇になればデエデアラ野へやられたものだ。以下難題型の話で、捨てられるのは爺である。唐の殿様から「灰縄千束」「七曲がり曲がった木に紐を通せ」難題が出る（デエデアラ野は村々にあり、棄老譚を伝えている）。

この文は、非常に短く、一ページくらいのものである。デエデアラ野・デンデラ野は「遠野物語」では蓮台野といい、『遠野物語小辞典』（編著野村純一他　ぎょうせい　一九九二年三月　一六五頁）によれば蓮台野の転訛である。

〔6〕『遠野の昔話一』の「棄老」

「デンデラ野」として上の「聴耳草子」と似た話が入っている。佐藤誠輔編ＮＰＯ遠野物語研究所発行　二〇〇七年九月（一九九七年）発行　薄い冊子で二〇話入っている。概要は、次のようである。

昔は六〇歳になればデンデラ野さ送られたと。殿様の命令でやむをえず捨てる。以下枝折・難題型である。難題は唐の殿様から技比べで、「灰縄千本」「打たずの太鼓」「曲がった管に糸を通せ」。隠された父親が解き、殿様が技比べに勝ち喜び、親を捨てる沙汰は取りやめになる。

これも短い話である。

〔1〕から〔4〕までは古典の説話を子ども向けに書いたものである、話の場所は〔1〕〔2〕〔4〕が信濃で〔3〕は薩摩である。〔4〕は狢が嫁に化けている。〔5〕〔6〕は岩手の遠野の親棄て場デンデラ野の話である。〔4〕は長野の歴史館で〔5〕〔6〕は遠野に出かけた時に手に入れた。

著者はほとんど男性である為か、捨てられるのは婆が三話と爺が三話である。「通観」と同じ傾向で、男が語る場合は男が登場することが多い。

〔1〕は明治の発行で親孝行の息子に褒美として月から天人が嫁に来る。ここで福を得るのは息子になっている。その他は現代のものである。「姥捨山」の話はこれからも引き継がれていくのだろう。

［参考］モンゴルの親捨ての話

『オルドス口碑集』「孝行息子」（東洋文庫五九　訳者・磯野富士子　一九七九年一二月〈一九六六年〉）

古い時代には、人が六十の年に達すれば、その子供たちがお母さん・お父さんを羊の尻尾をくわえさせて、頸骨でもってのどに押しこみ、つまらせて殺すというならわしがあった。そうやって殺さなければその時代の帝《ハーン》たちは法律がきびしく、家（ゲル）中の生き物を孫子の末まで追って、すっかり残りなく根だやしに殺すという法律があった。

ある家族《アイル》の家の主人《グリン・エジン》が、六十の年に達した。もう殺す時になった。息子は三度かさねて殺そうと用意をして、お父さんを見ると、心がひるんで殺すことはどうしてもできない。そうして、その息子は考えた。

「わたしは殺してしまうか？　お父さんなしになってしまう。殺さないと法律・刑罰が重い。わたしはこれについて、一つ手段《てだて》をつくそう」と考えて、家《ゲル》のなかに一つの大きな深い穴を掘って、そのなかにお父さんをかくれさせておいて、毎日お茶《チャイ》や御飯《ブダー》を運んで食べさせて、何年かすごしているうちに、突然に帝の御殿《ウルドウ》に外国の帝から二種類の、人に見わけのつかない物を持って来た。その一つというのは、ラバのような形をした一匹の大きな動物である。人の姿を見れば、体がふくれてますます大きくなるのだ。もう一つは、本・末の見わけられないように同じにこしらえて、塗料を塗ってしまった、大梁《はり》のような太い木である。それを持って来た人はその帝に、「見わけなさい」と言うが、見わけがつかなかった。見分けられないので、帝はおふれを出した。

「われわれの国に、外国から人に見わけのつかない一種の大きなラバのような動物、本・末両方をそれと見分けられない一本の木、われわれの国にありもしない、こういう二種の物を持って来た。わしに見わけろと言うが、わしは見わけられなかった。見わけられないので、わしはお前たちにふれを出し、お前たちを来させ、この二種の物を何人でもそれと見わけるのならば、わしは高い官職を与えて、またその上に公主《ひめ》をほうびとしよう」というお達しをひろめた。国中の人々《ウルス》をすっかり集めさせて来て、

「お前たち、この二種類をそれと見わけよ！」と命令を出した。命令を出したところ、その大勢の人々は、一人さえも見わけられず、引き返して散っていった。

「よろしい！　お前たち、明日もまた来なさい！」と言った。

散って帰った後で、あのお父さんを穴のなかによけておいた男は帰って行って、お父さんに話した。

「わたしたちの帝の御殿に、一本の太い木があります。両方の先が細さも太さもきっちりと、全くおんなじの木があります。外側には塗料をぬってしまってあるのです。どちらが本の方でしょう？　どちらが枝の方でしょう？　それを見わけをつけろと言うと、その木は両はしが同

じなので、誰一人見わけられずにいます。また、一匹の大きなラバのような形をした動物がいます。人の姿を見れば、ますます、大きくなるのです。それをさあ、何と言ったらいいのか？名のつけようもありません。こういう二種の見わけのつかない物です」と言うと、お父さんが言った。

「その木を、本・末をそれと見わけようというのならば、河の水に持って行って、置いてみなさい。木はどんなことがあっても、水の中では本の方が先に行くので枝の側が後から行くのだ。その大きな動物はまさに外国のネズミの悪魔《シュルム》だ。お前さん歩きまわって、八斤以上九斤に達する猫を一匹手に入れて、袖のなかにおさめて、その動物のそばへ行って、その（猫の）頭を袖の口からのぞかせて見せなさい。それがネズミの悪魔にちがいないならば、猫を見るや体が小さくなるだろう。もし小さくなったならば、猫を放しなさい」と話してやった。

　息子はお父さんの話をききとって、翌日、一匹の大きな猫を手に入れて、ちゃんとお父さんの言った言葉のとおりに帝の御殿に行って、例の動物のそばに行って猫を見せると、その動物はちぢんでちぢんで、なんとネズミになった。それを見て、猫をパッと放すと、猫はそのネズミを捉えて食ってしまった。木を河の水に持って行って、置いて見ると、木は水のなかで一度まわってから、（流れて）行った。重ねてその木をとって、先の方にあった端をうしろにまわして、先に出して、もう一度水に置くとぐるりと一まわりして、まさに前のとおりに（流れて）ゆくので、先に行った端を、

「これが本の側にちがいありません！」と言って見わけた。

見わけた後で、帝はその男にたずねた。

「一国のどんなに多くの人にも見わけずにいたのに、お前はこれをどうやって見わけたか？」とたずねた。その男は言った。

「わたくしが見わけたのではございません！　わたくしの父が見わけたのでございます！」

「お前の父はどこにいるのだ？」とたずねるので、

「わたくしの父が六〇の年に達すると、わたくしは殺すことができませんでした。わたくしは父を、帝のご命令にそむき、穴に住まわせているのでございます！　私たちの国に、このような一匹の見わけがたい動物が来たと言うので、わたくしはこれを父のところへ行って話しますと、わたくしに教えてくれたのでございます。わたくしは父が言ったとおりにして、見わけたのがこれでございます」と言った。帝はそこで考えた。

「六〇の年に達したらば人を殺すというのは、これはあやまったならわしである。この昔の人がいれば、このようないろいろな物がわれわれの国に来れば、この昔の人が大変役にたつのではないだろうか？」と考えて、その時から後は
「殺すのはやめよう」と言うおふれを出して、その男に高い官職を与えて、その上公主をほうびとして与え、さかんな婚礼《ホリム》の宴をはり、祝をして、平和にめでたく栄えた。


この話は、「姥捨山」の難題型である。モンゴルの草原はあまりにも山が遠いので、山に捨てるのではなく、殺すことになっている。この殺し方は他の書物（ドーソンの「蒙古史」下、後藤富

男「蒙古の遊牧社会」）などにもある。難題は「木の元末」「ネズミの悪魔」である。日本の昔話には「ネズミの悪魔」の話はない。この難題が解けて息子は帝からほうびを貰う。高い官職と、公主である。ほうびに嫁をもらう話は、「日本お伽噺」の姨捨山で、月から天人が嫁に来ているのが似ている。このような話の原典があったのだろう。

「棄老国」の話は日本だけではなく世界にある。

第六節　昔話・昔語り・お伽噺の中の「姥捨山」等の考察

『日本昔話通観』の話の数が多かったが、昔話・昔語り・お伽噺全体を通して考察してみる。昔語りは本来語ってもらうものであるが、観光として残っている地方だけになりつつある。全国語り部の会などもあると遠野で聞いた。大多数がボランティアだという。中高年の女性が中心である。

〔1〕書くのは男・語るのは女

「通観」では語るのは女性が五二％、男性が三四％で女性が多い。遠野での語り部も女性が多かった。しかしお伽噺の著者や編者・撰者は殆ど男性である。第一章の古典文学のなかでは、「枕草子」の清少納言や「更級日記」の菅原孝標の娘などの女性もいたが、お伽噺の中には僅かしか見えない。

実際には、昔話を地域でまとめている場面では女性も大勢いるのだろう。遠野物語研究所を訪ねた折には、そこにいたのは女性だけであった。本にする時に代表名を男性にしてしまうのではないか、惜しいことである。これからは、遠慮せずに、最も関わった人が、名前を出してもらいたい。

〔2〕「姨捨（おばすて）山」から「うばすて山」へ

第一章における「棄老」の老人たちは、「枕草子」では殺され、「今昔物語集」の中では他国に流し遣られ、「日本霊異記」では殺されかけたり、見捨てられたりしていた。

古今和歌集に、おばすて山が詠われ、「大和物語」「今昔物語集」「俊頼髄脳」謡曲「姨捨」では、夷母は「おばすて山」に捨てられる。和歌、俳句でさらに「おばすて山」で詠われ続ける。和歌や俳句の数が圧倒的に多く、「棄老」と言えば「おばすて山」というイメージが定着しているようにみえるが、古典文学の中では「おばすて山」というのは、信濃の更級の「オバ」を捨てた山だけである。

昔話、昔語り、お伽噺では「うばすて山」が登場した。この山は老人を捨てる山である。

親や祖父母（伯母、叔母の場合もある）を捨てる山である。「雑宝蔵経」の棄老国の話では遠くに放逐したので山ではない。しかし、これを原典としたと思える難題型の話も昔話では題名がたくさん「うばすて山」と名付けられ、山に捨てに行く。

日本には山が多い。佐藤常雄の『貧農史観を見直す』（講談社現代新書　一九九五年八月　三〇頁）によると、古代・中世の段階の農村では人は平地でなく、山麓・山間部・台地などに住んでいた。山からの幸も多かったであろうし、山にも親しんでいたが、山の恐ろしさも知っていただろう。そこで捨てるといえば「山」となったと考える。さらに「山姥」として生き直すチャンスもある。それとは別に、島流しや、海（崖から突き落とした）に捨てたという話も多い。江戸時代に「姥」の字が使われるようになり、次第に読みが「おば」から「うば」に変化し、捨てられる山は「うばすて山」が増えていった。

さらに分かりやすく「親棄山」という題名も多数ある。これは題名のとおり親を捨てる山だからである。

次になぜ「爺捨て山」ではなく、「うばすて山」なのか考える。

「通観」も「大成」も『日本伝説大系』（以後「伝説大系」と書く）も「婆捨ての話」が「爺捨ての話」の倍以上ある。「うばすて山」という題名から婆を捨てる話にしてあるのか、婆を捨てることが実際に多かったのでそういう名前にしたのか。古典の「おばすて山」の流れで自然にそうなっていたのか分からない。しかし、社会の中で、あるいは家族の中で婆の地位が高いものではなく、捨てられても文句の言えない場所にいたとも考える。

日本人の平均寿命の変化は、室町から江戸時代にかけては三八歳、明治・大正期は三八・五歳、一九三五年（昭和一〇年）四八歳、一九四七年（昭和二二年）五二歳、一九六五年（昭和四〇年）で七〇・三歳となっている（朝日新聞二〇〇一年三月二日後藤眞氏作成）。男女別は分からない。乳幼児の死亡率が高かったので、そこをクリアした人はそれなりに長生きしていたと思われるが、それでも、六〇歳、七〇歳を越える人はそんなに多くはなかっただろう。また『良妻賢母という規範』（小山静子著　勁草書房　二〇〇七年二月〈一九九一年〉一三六頁）によれば、日本の女性は身体が虚弱であったともいわれている。当然、老婆がピンシャンしているとは考えられず、病気がちで、のろのろ動き、たいした働きもできなくなり、他の家族の邪魔になっていたと考えられる。老婆自身もそのように自覚していたかもしれない。そうでなければ、このような話を、女自らが語ろうとは思えない。今も語り継いでいるのだから、現在の地位も高くはないと考える。親孝行な息子と、自分の智恵で助けられる話なので、これは婆たちの願望と考える。

〔3〕話の型

「通観」では巻によって話の型が変わっているものがあり、すべて押さえることはできなかった。「その他」の中に入れてしまったものも多い。

「大成」や「伝説大系」他と共に考えると、「うばすて山」「おばすて山」「おやすて山」は、「難題型」「枝折り型」「畚型」「福運型」の四通りの話があって（花部英雄の分け方）、前の三つが重なった話がまたある。「枝折・難題型」とか「畚・難題型」とか「枝折・畚型」などである。中には三つの要素すべてを入れている話もある。本によっては難題の入っているものはすべて難題型としているものもある。

その他に親捨てとして「酒泉型」「竜巻由来」があり、嫁と姑の葛藤として「姑の毒殺」がある。

「難題型」は原典が『雑宝蔵経』の「棄老国の話」である。殿様が老人を嫌う、昔からの仕来りでやむを得ず捨てに行くという話が多い。

「枝折型」は原典ははっきりしない。昔からの仕来りもあるが、年寄りが重荷になってとか、邪魔になって捨てに行く話もある。和歌が付いている話もある。この歌は古典文学の中では江戸時代に下川辺長流が取り上げている。それ以前にはない。

「畚型」は中国の孝子伝「孝孫原穀」の話が原典である。しかし、グリム童話にもおなじ話があって、ヨーロッパにも存在する。インドがその源泉だろうと『日本お伽集二』（東洋文庫二三三撰者・森林太郎他　一九八二年一〇月〈一九七三年〉三四三頁）の解説では述べている。父親が不孝でというのが多いが、仕来りや殿様の命令で捨てに行く話もたくさんある。

「福運型」は『雑宝蔵経』の「婆羅門の妻が姑を殺そうとした話」が原典であると考える。福のもらい方は、鬼や、天狗や、盗賊の落とし物や忘れ物だったり、鬼を脅して取ったり、神からの贈り物だったりする。また、息子夫婦との確執があるが、息子夫婦は罰を受ける。これも、姿に騙される場合と、天罰を受ける場合とがある。

「酒泉型」は親捨ての結果として酒ができる話である。

「竜巻由来」は海に親を捨てる話である。「福運型」にも似ているが、爺がフンドシを振って神に祈り、息子たちに復讐するだけで、何も福は貰わない。

「姑の毒殺」は嫁と姑の確執である。互いに優しくなればなくなるという。はっきり言えば、女には優しくない話である。

一番多い型は「難題型」である。難題を語る人も、聞く人も楽しんだからであろう。親子の葛藤はできれば避けたい。親はいつでも子を思う「枝折型」も多い。子より孫が可愛いと孫にサービスして「畚型」は語られただろう。しかし、「福運型」は数は少ないが、婆の鬱憤を晴らすにはうってつけの話である。もっとあってもいいのではないだろうか。

〔4〕地域の伝承――棄老はあったか

昔話は原典が語り継がれてきたものだけではない。地域に残る伝承も含まれる。それはどんなところにあるかと言えば、物語の場所、捨てられる場所が固有名詞で話され、具体的に捨て方が語られているからである。

固有の場所が提示されているのは「通観」では一九話あり、「大成」では固有名詞の棄場が書いてあるのは五話、具体的な捨て方が書いてあるのは八話、木の股年、留め年など、風習の名前が伝えられているものもある。「伝説大系」では殆どの話に地名がある。これらから考えて、老人を捨てる習俗が事実あったと断言はできないが、あっただろうと推測するのは許されるだろう。日本には地域により実際に飢饉や戦乱で、老人を殺し、子どもを殺しているのだから（前掲『日本残酷物語Ⅰ　貧しき人々のむれ』二三〇頁）、習俗として過去にあったが故に、いざというとき行われると考える方が自然である。

〔5〕棄老の理由

話の中では、殿様の命令でと仕来り・掟が圧倒的に多い。元の原因は貧しく食料が足りないからである。馬鹿な殿様が年寄りが嫌いでというのは、それほど多くはない。

庶民の生活では、冬は寒く、貧しいものだったと思う。私たちの生活でも豊かになったのは、最近二、三〇年のことである。子供の頃は寒く、飢えていたという記憶がある。働かない年寄りの食物を惜しいと考えたであろう。それを、親不孝としたのが儒教であり、仏教である。しかし、昔話には、宗教を連想させる話は少ない。『雑宝蔵経』では、仏の教えを守らないと地獄が待っているという話になっているが、昔話ではそういう話は少ない。

もう一つは葛藤である。「大和物語」にあるような嫁と姑の葛藤が、息子に親捨てをさせる。婆も爺も連れ戻される話が多いのだが、その後、仲良く暮らしたと言っているのは「姑の毒殺」にはあるが、「うばすて山」には嫁と婆との関係はその後どうなったかについて語っていないものが多い。葛藤は未解決のままである。

〔6〕昔話の拡がり

「うばすて山」の分布は「通観」で調べたように、北海道を除く全国に拡がっている。どうしてそのように拡がったのか、について考えた。

一つは、仏教の広がりが考えられる。「日本霊異記」の時代（八世紀）には、仏教は広い地域に行き渡り、熱心に信仰する女性も多かった。「大和物語」のおばも、「日本霊異記」に出てくる母たちも熱心な仏教徒で、尊い僧の話を聞きたいと、山にも登る。そういうところで、お経とともに、あるいは、まさにお経として「雑宝蔵経」などが伝えられたのではないだろうか。室町・鎌倉時代には僧は寺にいるだけでなく、巷にあふれ出ていたので、こういう僧の話からも拡がったと考えられる。昭和に入っても地方では、丹羽文雄の「菩提樹」（『丹羽文雄集』筑摩現代文学大系四八　筑摩書房　一九八四年一〇月〈一九七七年〉五頁）を読むと、実に頻繁に寺に行くし、菩提寺に集まって寺の行事に参加し、説教などを聞いている。庶民と寺が離れてしまったのもつい最近のことである。

また、語り部、話芸の旅芸人なども考えられる。さらに、家庭の中では、子守を担当するのは婆だから、婆から孫へと伝わったのであろうし、話し好きの爺も加わったであろう。

別の面から考えると、貧しさとか、家父長制の抑圧とか、葛藤とか、「うばすて山」的な事実が日常生活の中に存在した。次の章で取り上げるが、水上勉の「じじばばの記」がそれを語っている。そのような、婆爺にとっての過酷な暮らしで、語ることで慰められることも考えられる。現代でも捨てられたと同じような生活を強いられている高齢者は大勢いる。物語というのは事実を反映しているものである。

〔7〕婆（爺）の再生

「うばすて山」では、いったん山に捨てられ、帰ってくると、蘇ったものとして扱われることがある。

「福運型」は若返ったりもするので、その傾向が強い。殿様や、息子夫婦の不当な扱いに対して、敢然と立ち向かい、難題を解き、体力知力を駆使して、鬼や天狗を脅かしたり騙したりして福を手に入れる。ひどい目に遭わせたものには、復讐する。そうして生き直すのである、生き生きと楽しい話であるが、話の数は少ない。智恵があって役に立つからとか、親はいつでも子を思うとか、ではなく、年寄りにも生きる権利があるのだと主張する。不当な扱いには息子であろうと立ち向かい自分の生を全うする。爺婆にとってはこうありたいと思う話である。

「隠居」になってからも姥捨山で婆爺が隠されたような納戸や、中二階のようなところに隠居部屋があったり、北東の寒い離れを隠居所にされたり、捨てられなくなっても豊かで温かい老後にはなっていない。「福運型」の婆爺のように敢然と主張しないと、姥捨と同じ生活である。

第三章　近現代表現の中の老人排除

第一節　棄老伝説を元にした小説

近現代表現のはじめに、棄老そのものを小説にした作品を二つ取り上げる。説話や、昔話・昔語りではない、リアルな棄老の小説である。

〔1〕深沢七郎の『楢山節考』（新潮社　一九七九年〈一九六四年〉）

この作品は一九五六年に書かれたもので、著者はこれで中央公論新人賞を受賞している。当時の文壇の中で衝撃を持って迎えられ、正宗白鳥は「人生永遠の書」と言い激賞した。深沢七郎は、山梨県の出身である。この小説のモデルの地は境川村の大黒坂という山奥の村で、そこにいとこが嫁ぎ、村にはものすごい申し合わせがあるというのを聞いた（内容は不明）。そこの話に加え、著者は少年の頃からおばさんたちの世間話を引き出すのがうまく、それらを土台にしてこの作品は出来ている。

棄老が主題である。話にリアリティがあって、和歌や俳句で、月を観賞して姨を忍ぶというようなものでもなく、昔話・昔語りのように思い直して帰れるという救いもない。棄老とはこういうことだ、こういうことをやってきたのだと、読者に提示したことにより、衝撃を与えた。「楢山節」というのは、著者がこの作品の中で、作った歌の名である。その他にも様々な歌を書いている。それが昔からその村にある民謡のようなリアリティがある。以下に概略を述べる。まずはじめの部分を引用する。

山と山が連なっていて、どこまでも山ばかりである。この信州の山々の間にある村――向う村のはずれにおりんの家はあった。家の前に大きい欅の切株があって、切口が板のように平たいので子供達や通る人達が腰をかけては重宝がっていた。だから村の人はおりんの家のことを「根っこ」と呼んでいた。嫁に来たのは五十年も前のことだった。この村ではおりんの実家の村を向う村と呼んでいた。村には名がないので両方で向う村と呼びあっていたのである。向う村といっても山一つ越えた所だった。おりんは今年六十九だが亭主は二十年も前に死んで、一人息子の辰平の嫁は去年栗拾いに行った時、谷底へ転げ落ちて死んでしまった。後に残された四人の孫の面倒を見るより寡夫になった辰平の後妻を探すことの方が頭が痛いことだった。村にも向う村にも恰好の後家などなかったからである。

その日、おりんは待っていた二つの声を聞いたのである。今朝裏山へ行く人が通りながら唄ったあの祭りの歌であった。

楢山祭りが三度来りゃよ
栗の種から花が咲く

もう誰か唄い出さないものかと思っていた村の盆踊り唄である。今年はなかなか唄い出されなかったのでおりんは気にしていたのであった。この歌は三年たてば三つ年をとるという意味で、村では七十になれば楢山まいりに行くので年寄りにはその年の近づくのを知らせる歌でもあった。

時代設定は江戸末期（天保銭の話が出ている）、信州の山間にある食料の乏しい村の棄老を主題とする物語である。主人公は六九歳になる寡婦で名前はおりん、息子の辰平と四人の孫が家族である。嫁の事故死の直後で、田畑のことから家事の一切をこなしている。七〇歳になると村の掟で楢山に行く（捨てられる）決まりがあり、その準備をしている。また家事を任せる息子の後妻も探している。村には二二軒の家があり、みな貧しい、貧しいが故の事件（泥坊）が起き、制裁がある。息子の後妻は、向う村（隣の村）の夫を亡くしたばかりの女で、喪も開けぬうちにやってくる。孫は隣の娘を孕ませ、その娘も家に居付く。その娘は大食いで、家事もできず優しくもないので家族は困惑する。

ものがたりの冒頭から、主人公のおりんは楢山まいり（棄老）に向けて、準備をしている。切腹する武士のようである。自分がいなくなった後に家族がうまくやっていけるように様々に手配する。やむなく従うというより、積極的に掟を遵守する姿勢である。自分の食糧が家族に廻るように、悪い評判で残されたものが、生きにくくならないようにと配慮するからである。

口減らしのために棄老を掟とし、子殺しもする。気の優しい息子夫婦に対して、早く祖母に出て行ってもらいたい孫夫婦、二人の間にできた子は、捨てられる運命にある。

おりんより一歳年上の隣の老人は捨てられるのがいやで、逃げ回っている。その息子は掟に従わせようと追いかけ回している。最後に、主人公は累々と屍の連なる山の頂で、一人雪の中に自らの意志で取り残され、死を迎え入れようとする。雪の降る日に捨てられたいというのは、早く凍死できるからだし、雪の中ならばカラスに食い荒らされないという思いがある。隣家の老人は息子に崖から突き落とされる。

舞台は信州であるから、「大和物語」の姨捨山が原典かと考えるが、中身はちがう。仕来りで捨てる昔話に近いが、息子が思い直して連れ帰るような甘い掟ではない。食料が足りないから捨てるのである。だから捨てられる婆のおりんは覚悟を固め準備をしている。孝行息子は捨てるのを嫌がる。嫁との葛藤もない。孫は昔話の孫のように婆に優しくはない。婆は枝折りをしない。村の親捨ての先輩が捨てに行く息子に道を教える。その道の途中には、抵抗する婆爺を突き落とす崖もあり、その場所も教えられる。老人は山の上で凍死するか、餓死するか、崖から突き落とされて死ぬかである。そのようにして死んだ者たちの骸骨が累々と残っている山である。

謡曲「姨捨」の婆は騙されて捨てられて山で死ぬが、甥は反省して出家する。「楢山節考」では息子はつらい気持ちで捨てたが村に帰り、自分の子どもたちが平静なのでホッとしている。婆は亡霊にはならないだろう。あの山には八月一五日夜に月を見に登る者もないだろうし、月を見て歌を詠む気にもなれないだろう。そんな甘い話ではない。

何かの条件をつけて、はみ出るものを、捨てる（殺す）ことにした時、次にまた新しい対象が生まれる。未婚の妊娠と、その生まれてくる子どもは捨てられる。夫が死ぬと喪も明けぬうちに女は婚家から捨てられ、他家に嫁がされる。女は多産であれば淫乱と蔑まれる。曾孫を見るのは、淫乱の家系と恥とされる。早すぎる結婚も非難される。この物語では、捨てられるものは女の性に関わることが多い。盗みをして、制裁を受け夜逃げをした家族も多産な家で子どもが多く食べていけない為であった。

極限状態に追い詰められた時、どのように行動するかを、自分を犠牲にして家族の生活を守る、おりんの姿を通して描いている。作者の母親がモデルであるという。戦中戦後を越えてきた読者にとっては、おりんたちの暮らしをみて、自分たちの生きてきた道を振り返り頷くことも、痛むことも多かったと考える。

この物語は棄老をテーマにしているが、自然の過酷さに加え、女の産む性が貧しさの根源に繋がるように描かれている。爺も捨てるが、女は婆になる前にも何度も捨てられているので、棄老というより「姥捨」の物語であると言いたい。

「楢山節考」は一九五八年に木下恵介監督で、また一九八三年に今村昇平監督で映画化され、姥捨とはこういうものだとさらにはっきり提示された。

〔2〕村田喜代子の『蕨野行』（文藝春秋　一九九四年）

この作品は柳田国男の「遠野物語」一一一話を下敷きにし、日本農業全書を参考文献にしたとある、東北の寒村を舞台にした棄老の小説である。

著者の村田喜代子は福岡県在住の作家で、一九八七年『鍋の中』で芥川賞を受賞した。独学で小説を書き始め、地方の土着的な現実に密着しつつ、特異な想像世界が展開する作風は際立って独創的であると評価されている（『女性作家シリーズ一九』「作家ガイド・村田喜代子」近藤裕子　角川書店　一九九八年）。

以下に概略を述べる。冒頭の部分を引用する。

お姑《ばば》よい。

永ぇあいだ凍っていた空がようやく溶けて、日の光が射して参りたるよ。鋸伏山を覆っていた雪も消え始め、山肌の残りの雪がとうとう馬の形を現わせり。まだ尻尾のところは出ずなるが、この数日の日和りが続くなれば、すぐ馬の姿も出来上がりつろう。春が参るよい。

ヌイよい。

残り雪の馬が現れたるなら、男ン衆の表仕事の季節がきたるなり。田の打ち起しが始まりつろう。裏の庭にもコブシの花が咲いた。大きな花が五十も百も、真白に満開なるよ。田打ち桜と申して、昔からコブシは百姓に田打つ仕度せよと知らせるやち。男だちが田の用意するあいだに、女子等は大豆選り分けて良き種を取り置いたか。味噌大豆を煮るべしよい。味噌は一年中欠かせぬものなれば、これを種蒔きの前の仕事とするやち。

団右衛門はこの里の庄屋なれば、男仕事の頭領。したら嫁のおめは女仕事の頭やち。テラにもいろいろ尋ねて相談し、名子、小作のかか等、下女だちを使うて、おれがしてみせたよにやるがよい。

第一節　棄老伝説を元にした小説

小説は、このように庄屋の嫁（若い後妻）と、姑との対話の形式で展開する。方言で書かれているので、独特のリアリティがある。

冬は雪深く、五、六年おきに凶作に見舞われるこの地では、食料に限りがあるから密かに人口調節が行われる。足入れ婚、堕胎・嬰児殺し、そして棄老である。この棄老が主題である。ここでは六〇歳になると老人を、蕨野（遠野物語では蓮台野、またはデンデラ野といっていた）に捨てる掟がある。早春に、部落中の六〇歳が一緒に捨てられる。この年も男三人、女六人が僅かな着替えを持って蕨野入りをした。そこには粗末な小屋が三つあり、老人たちは二、三人ずつ小屋で一緒に暮らす。鍋釜はあるが、蒲団や囲炉裏はない。庄屋の姑が主人公のレンである。レンは賢く、長年の経験と、沈着冷静な言動とで庄屋のかかを務めてきた。夫は先に逝き、息子を助けてきたが、若い嫁にそれを託す。捨てられた老人たちは、直ぐには死ねないので、春から夏にかけては里に下りて、農作業を手伝い一日の糧を貰う。病気で働けない者は貰えない。誰も分け与えない掟だ。動けなくなり食を断ち餓死する者が出る。一人が死ぬと次々に、病になったり、憤死したり、山へ入って戻らなくなったりして、老人は減る。秋には農作業もなくなり、里との交流は絶たれる。老人たちは木の実や茸、鳥、魚、小動物など食べられるものは何でもとって集め、残った者で分け合って食べる。レンには妹がいたが行方不明であった。それが山姥のような姿で現れて、一緒に山で暮らそうと誘うがレンは断る、里で六〇年生きたので里の掟に従うとレンは言う。妹は婚家から追い出され、実家でも受け入れてもらえず、山に入り山姥のように暮らしていた。この年は飢饉の為か、婚家から追い出された若い女が子ども連れで何人も山に入っていると妹は言う。

本格的な冬をむかえる頃には、レンも友だちも死ぬ。しかしその魂は、息子の嫁のお腹にいる子の元に向かい、この地でもう一度生き直そうとする。

この物語も、棄老とはこういうものだと描いている。六〇歳というのは「楢山節考」より一〇歳若い。しかし昔話「姥捨山」の集計表の捨てられる年齢の中で最も多い年齢である。この小説でも捨てられるのは婆の方が爺の二倍になっている。同じ六〇歳であるから、女の方が長生きだという設定である。遠野物語では、部落毎に蓮台野があったと書いてある、一人で捨てられるのではないので、切迫感が薄い。しかし、一年過ぎるうちに殆ど亡くなる。生き残った者はあったのか。

　　ヌイよい。

　弱ぇ年寄りはワラビ野にては、命保たぬなり。かならず死に尽きて有るやちよ。このよにして六十の齢のジジババを、ふるいにかけて選るなり。命強く生きる年寄りは残し、弱ぇ年寄りは早々に逝かせるべしよい。六十の関所と申すはこのことにて有るやち。

この文からすると生き残った者は、また里へ戻れるのか。物語では一人を除いて死んだ。早春には誰も残っていなかった。

婆になる前の女達の過酷な暮らしがこの物語でも語られている。一に足入れ婚である。春に足入れし秋には破婚になる。妊《みごも》っていても実家にも帰れないので、子連れで乞食になって放浪したり、首を吊る女もいる、山に入って暮らす女も出る。足入れ婚は労働力として使う為に娶ったが、秋から冬には食べさせたくないから追い出すのである。二は破婚にならなくとも、妊娠すると堕胎をされたり、嬰児殺しをされたりする。中年期の女は一家の柱で賢くなければ家中が飢える。老年になれば、智恵のない女、病気がちの女は邪魔にされる。そして六十歳で捨てられる。捨てられるのは婆になってからだけではない、女は何度も捨てられるのだ。これが農村の実体に近い話である（参考資料として日本農書全集第一巻・第二四巻が挙げられている）。この物語は東北の厳しい自然の条件と凶作、それに伴う女の悲惨が語られている。「姥捨」と言える。

しかし最後は、婆は若い嫁のお腹にいる子となって甦ることになっている、豊かで楽しい村だからではなく、苦い場所だからもう一度生き直してみたいと。「楢山節考」のおりんに通じる婆である。この物語も二〇〇三年恩地日出夫監督で映画になっている。棄老物語であり、女の悲惨がたくさん語られているが、女たちは逞しく生活に立ち向かっており、決して暗い物語ではない。困難な状況でも力強く生きようという気持ちになる物語である。捨てられても、生きるぞという気持ちが伝わる作品である。

第二節　和歌や俳句の心情を継承するもの

ここで取り上げる作品は具体的な「姥捨」を描いてはいない。古今和歌集にある、姨捨山の歌や大和物語、謡曲「姨捨」などの心情に絡めて、登場人物の言動を姥捨的な行為と捉えている作品である。

〔1〕井上靖の『姨捨』

（『井上靖集』筑摩現代文学大系七〇　筑摩書房　一九八四年〈一九七五年〉）

この作品は昭和三〇年一月に「文藝春秋」に掲載された。作者が見た姨捨の地、幼い時の「おばすて山」との出会いの記憶、『姨捨山新考』という本のこと、和歌のこと、自分の母親の姨捨願望、妹や血族の姨捨的な行動をエッセイ風に描いた小説である。以下に概略を述べる。

五つか六つの時姨捨山の棄老伝説を聞いて泣いた。母と別れなければならないことと結びついて激しく泣いた記憶がある。新聞社に入った頃『姨捨山新考』という本を手に入れた。別の機会に『大和物語』にある和歌「我が心なぐさめかねつ更級や姨捨山に照る月を見て」に出会い、この歌に幼児の体験が重なり感銘を受けた。

その後、母親の姨捨願望により姨捨山を思い出した。母が七〇歳の時、生来老人嫌いであったが、自尊心と負けず嫌いから、最近の風潮が気に入らず、「姨捨山に捨てられたい、ひとりで住めるだけでもよい」などという。著者は姨捨付近を通過する時、母を背負って、捨てる場所を探し、彷徨う情景を想像した。空想の中の母は我が儘で、あちらこちらと引き回す。その様が母の性格をよく表していて苦笑する。

この夏九州北部の炭坑町に講演にいった時、二年ぶりで末の妹清子に会う。彼女は戦時中結婚し二児を儲けたが、夫と子どもを置いて婚家を飛び出し、一時実家に戻ったが自活すると家を出て、今は美容師をしていた。兄弟の中では一番好きだったが、勝手な行動を許せず、交流は途絶えていた。話題は母の姨捨願望に触れ、妹は母は本当に棄てられたい、一切の煩わしいことから離れ、一人きりになりたいと思ったのではないかと言う。自分もそうだった、姨捨になりたかった、と笑った。

母や妹を襲った姨捨山に棄てられたい気持ちは、一種の厭世観と言えるものではないか。弟の承二を思い出す、終戦三年目に一流新聞の記者を辞めて、妻の実家のある地方都市の小さい銀行に勤めた。母の弟である叔父も、現在は六〇を越えているが、土木会社の社長を終戦直後、理由もなく退いて、その後薬種商、雑貨屋と、小さい資本で二、三の商売を始めたが、痛ましい感じがした。彼らの行動を、在る共感を持って理解し、彼らがそうしないよりも、そうしたことにより好きである。

実際に姨捨の地を踏んだのはこの秋のこと。更科村には老婆が多い。姨捨駅の在る丘陵の向こうに重なるように、冠着山がある。遠い高い山である。駅の近くの道を歩くと石碑がある、文字は消えている。さらにいくつかの詩碑もある、風流というより不気味な感じがする。やがて道は巨大な岩の上に出る。姨石とよばれている石である、捨てられた老母が石になったものだという。

作者は母や妹の姨捨願望を血族にある、絶頂期からの逃避のような厭世観と言っているが、果たしてそうなのか、私は違うと考える。妹の場合、子どもが二人いて婚家を飛び出すというのは、よほどの理由があるはずである。まして戦時中のことであれば現代の女性よりも子どもを置いて出るということは決断力のいることだ。耐えられない事があるとしか考えられない。転職するのとは違う、身を切るような辛さだと考える。母親の姨捨願望も厭世観とは違うと思うのではないか。七〇歳ともなれば自分の身体さえままならず、まして、敗戦で価値観が変わり、世の中の変化に対応できず焦燥し、プライドも傷つく。そんなことなら一人でいたい、捨てられたいと思っていたに違いない。

作者は、幼い頃の姨捨山の記憶、母や妹の姨捨願望、血族の厭世観など思いながら、姨捨の地を歩く。これは、捨てられたオバの気分で、あるいは捨てる甥の気分で月を見て俳句を詠もうとしている俳人達と通じるものがある。

子を捨ててきた妹や、姥捨山に自分を捨てたいという母親の気持ちは、十五夜に月を見ながら俳句を捻るというような生易しいものではないと考える。

〔2〕里見弴の『姥捨』（東京出版　一九四八年）

この作品は昭和二一年二月の作品である。「姥捨」の他四編が入っている。作者は有島武郎、有島生馬の弟である。白樺派の作家として多彩な仕事をした。

この小説は戦争末期に妾とその老婢を疎開させる話と、戦争をしている国家を憂い、戦争責任者に対する怒りを描いている。婆と言っていい年齢の女二人を信州へ連れて行くので、比喩的に「姥捨」を使っている。捨てたいのは戦争をしている国家、戦争責任者たちである。以下に概略を述べる。

物語は昭和二〇年五月一日午前四時。五〇半ばの小説家加島晋策は、二人の女を疎開させるため汽車に乗せなくてはならない。二人とは元芸者の自分の妾お孝五一歳とその老婢のお春六五歳である。疎開先は信州上田で元弟子の女の家である。加島には鎌倉に本妻、子ども、孫もいる。大きな家具類など荷物の殆どは先に送り、手回り品と衣服の小さい荷物で出発する予定が、女二人が要領が悪く人荷物になって出発が遅れ、番町から上野までの道中も置き引き騒ぎ、落とし物や荷崩れで、晋策はいらいらしどうしであった。

晋策の両親は憂国慨世の言葉を口にすることが多かった。自分も時局に対して文に書きたいが書けない情勢であるが、どんどん戦局も悪くなり書く気さえも失せた。空襲がひどくなり都心で暮らす二人の疎開を決意する。疎開先は元の女弟子の都留の家である。この疎開の許可や切符の手配に大嫌いな賄賂袖金も使ってしまった。

上野から上田までの列車では、席をめぐる言い合いにウンザリし、自分も「心貧しきもの」になってしまう。その中で思うことは、時局に対する怒りであり自分の敵は軍部であり、この戦争は聖戦でなく軍部の私闘だと思う。長男、次男、三男、娘婿までが応集され末の子までもっていかれそうだ。子どもをとられているので、怒りも陰鬱になる。

疎開先の都留の家は男たちは皆戦争にとられ、大人は母親、姉、都留の女三人。男は国民学校五年生の一人だけ、女三人が農作業、家事育児をこなし、忙しいのに親切である。それに引き替え、連れてきた二人の女はノホホンなもので、二人の性格から察して、「田舎っぺい」などと決しいて言うなと事前に釘をさしているのに言っている。

荷物が届き、荷ほどきや大工仕事などをする。荷物の詰め方が悪く高い茶碗が壊れている事を嘆く。

帰京前日の夜中に目覚め、月がきれいなので散策に出る。鎮守の森の社殿に出て女二人の守護を願う、謡曲「姨捨」を謡うとなにか急にこみ上げ、祖国の運命が悲しくなる。しかし、更に朗々と謡うと自分の声に慰められている。

最後に謡曲「姨捨」を謡って自ら慰められたこと、国を見捨てて国の甦りを予見すること、二人の姥を信州に置いていくことを、姥捨山に仮託し、題名にしている。二人の婆に対するうんざりする気持ちも愛情も描いてある。真実捨てたいのは、戦争に国民を巻き込んだ国家、あるいは戦争責任者である。月を見ながら謡曲「姨捨」を謡うという様が、俳人たちの心情に重なる。

二人の女は、信州に来ても言動が変えられず、人に頼りきりで晋策はげんなりする。それに対して田舎の女性はよく働き、優しくおおらかである。田舎の子どもたちもそうだ、健康で逞しい。田舎の女は男たちが戦争に行き、男の仕事を背負うことで、自立した人間になっている。「楢山節考」「蕨野行」とは違った農村女性像である。自立した女性は戦争中であろうと明るく強い。

〔3〕堀辰雄の『姨捨』

（『堀辰雄／三好達治集』現代日本文學大系六四　筑摩書房　一九六九年）

この作品は初版は昭和一五年に書かれた短編で、「更級日記」の現代語訳に近い小説である。著者は、日本女性の美しさは、運命を受動的に受け入れ、堪え忍ぶ姿にあると考え、更級日記をそのように読み、描いている。以下に概略を述べる。

前半は更級日記と同じなので省略する。不断経の夜の場面から変わるのでそこから描く。

不断経の夜、時雨れていた。読経を聞きに誘われ、聴いていると、殿上人らしき男が現れ言葉を交わす。男は心地よさそうに、昔伊勢に旅した思い出など話し、今夜のことも思い出に残るだろうといった。時雨の夜の相手が右代弁の殿であることをそれとなく聞き出すことができ、女は宮仕え中も、家でも寡黙になり、上の空でその男とのことを考えていた。右代弁もその女のことを時々思い浮かべていた、控えめでありながら物語めいた思いに誘われるような、そういう女ともう一度会って二人きりで、しめやかな物語などしてみたいと思っていた。翌年春、右代弁は一の宮に招かれ、暁にそぞろ歩きして女に会う。時雨の夜を忘れていないと言うと、歌が返ってくる。人がやってきたので、女は隠れ、右大弁も彼らと共に立ち去ってしまう。その後、女は二〇歳も年上の前の下野の守の後妻になった。夫は歳を取っていたが、優しく、女の意をかなえようとした。

女はひたむきに何かを堪え忍び、寂しく思い出し微笑むようであった。夫が信濃の守に任ぜられ、附いていくことにする。逢坂の山を越えるとき「私の生涯は決して空しくはなかった——」と振り向き、信濃路へ入っていった。

この作品には副題のように古今和歌集の「わが心なぐさめかねつさらしなやをばすて山にてる月をみて　よみ人しらず」が付いている。作者はこの歌を、主人公の女が信濃に行って月を見ながら歌ったと設定している。作者は「更級日記」を三カ所変えたと言っている。題名、副題の和歌、結末である。作者が「姨捨」と付けたのは、唯一の心のときめきを封印して、二〇歳も年上の夫と信濃へ行くことが、人生を捨てる行為だと考えたのだ。もしかしたら新しい展開があったかも知れない出会いを、ときめく思いだけに留める姿を、女性の理想としたのである。

更級日記の中では、不断経の夜の頃には女は既に結婚していたし、夫は再婚であったが八歳しか年上でない。結婚していても恋はする。確かに、更級日記の中には恋らしき話はこの一話だけであるから、女性としては淋しいものである。しかし彼女は夫と共に信濃には下らなかったが、夫や子供の為に宮詣をよくしているし、子どもも二、三人生まれている。夫が信濃の守になって一年で病気になり亡くなるので、寡婦になった自分を、姨捨山の姨に喩えて「更級日記」としていると思うが、控えめで淋しい女だったとは思えない。日記を書いたり、物語（浜松中納言物語や夜の目覚めを書いたといわれている）を書いたりする女は、体力も気力も充実した女性に違いない。

堀辰雄の「姨捨」の女は封印した恋を胸の奥に抱いて残りの人生を生きる。精神的には死んでいる。この心境を姨捨としている。その後を共に過ごす夫や、生まれてくる子どもは作者の中にはいない、捨てられている。

第三節　メタファとしての「姨捨」

役に立たなくなった厄介なものを捨てる事を「姥捨」と称している。そして昔話のように甦りを計りたいのだ。実際に日本では、建築廃材、焼却残土、ゴミなどいろいろな邪魔なものを山に捨てている、そして有毒ガスや、地下水の汚染として甦らせている。山に捨てるということは厄介者から逃れるという意味にもなっている。

〔1〕太宰治の『姥捨』（『太宰治全集二』筑摩書房　一九六七年）

この作品は昭和一三年に書かれたものである。この頃著者は痛み止めとして使ったパビナールという薬の中毒症状がひどく、薬を買う為の借金もあった。これをを治す為に精神病院へ騙されて入院させられた。治って退院したが、鉄格子の付いた病院へ隔離されたことでひどくプライドが傷つけられていた。騙して入院させたのは井伏鱒二と妻であった（『太宰治研究』奥野健男編　筑摩書房　一九六八年四月　七九頁）。その妻が入院中に不倫をしていたというので、二重に裏切られた思いが強い。その妻を捨てるというのが「姥捨」である。以下に概略を述べる。冒頭の部分を引用する。

そのとき、

「いいの。あたしは、きちんと始末いたします。はじめから覺悟してゐたことなのです。ほんたうに、もう。」變つた聲で呟いたので、

「それはいけない、おまへの覺悟といふのを私はわかつてゐる。ひとりで死んでゆくつもりか、でなければ、身ひとつでやけくそに落ちてゆくか、そんなところだらうと思ふ。おまへにはちゃんとした親もあれば、弟もある。私は、おまへがそんな氣でゐるのを、知ってゐながら、はいさうですかとすまして見てゐるわけにゆかない。」などと、ふんべつありげなことを言ってゐながら、嘉七も、ふっと死にたくなった。

「死なうか。一緒に死なう。神さまだってゆるして呉れる。」

ふたり、嚴肅に身仕度をはじめた。

あやまつた人を愛撫した妻と、妻をそのやうな行為にまで追ひやるほど、それほど日常の生活を荒廢させてしまた夫と、お互ひ身の結末を死ぬことに依つてつけようと思つた。早春の一日である。

作者の自伝的小説の一部で、事実に近いといわれている。

不倫をした妻が、死ぬようなことを言うので、自分も死にたくなった夫が、心中しようとい

う。無垢で従順だった妻に、自我を持つように勧め、一方で自分は放蕩三昧、生活費もろくに入れない芸術家嘉七が主人公。この夫婦の、早春の三日間の心中行の話である。夫婦といっても二人は若く、結婚してまだ六、七年である。二人はあるだけのものを持ち、質屋に行き三十圓ばかりの金を作り出かける。新宿、浅草、上野と動き、睡眠薬、足袋、外国煙草など買う。映画を観て寿司屋で食事をし、漫才館にも寄り上野駅に着く。甘栗やウイスキーや探偵小説など買って夜汽車に乗る。早朝水上に着きタクシーで谷川温泉に向かう。この地は去年の夏、本当に身体が苦しくて静養に来た場所であり、宿の夫婦とは馴染みである。そこで温泉に入り酒を飲むが、妻は昼寝をする。午後になりいよいよ決行しようと出かける。淋しい所は嫌だと妻が言うので、水上の町の見える林の中のちょっと陽の当たる泉のある場所にする。そこで妻は一瓶、夫は常用しているので大量に睡眠薬を飲む。更に夫は薬だけでは死ねないと思い、兵児帯で首が絞まるように仕掛けをする。しかし結局二人とも死ねない。先に目覚めた夫は、自分だけ生き残ったかと慌てる。妻を捜し回り、生きていることを確認してホッとする。睡眠薬のよく効いた妻はなかなか目覚めず、無様に暴れ騒ぐ。人に気づかれないように、あれこれ気に病んで奮闘して夫は大変疲れ、つくづくと妻が重荷でいやになる。

ああ、もういやだ。この女は、おれには重すぎる。いいひとだが、おれの手にあまる。おれは無力の人間だ。おれは一生、このひとのために、こんな苦労をしなければならぬのか。いやだ、もういやだ。わかれよう。おれは、おれのちからで、盡せるところまで盡した。

そのとき、はつきり決心がついた。
この女は、だめだ。おれにだけ、無際限にたよつてゐる。ひとから、なんと言はれたつていい。おれは、この女とわかれる。

妻が目覚め、夫は東京に妻は宿に戻り迎えを待つことにする。夫は妻の叔父に事情を話し、妻を引き取ってもらうことにする。叔父が迎えに行くと妻は宿主夫婦の間に布団をひいてのんきに寝ていたそうだ。

妻が姦通したので離婚する。とは言い出せず、そのようにし向けた責任を問われはしないか、自分はいい子振りっ子、仏面したい。借金もあるし、妻には世話にもなったが、自分の肉親とも折り合いが良くない。また自分には歴史的に悪役になる使命があるしなど、あれこれを汽車や宿で思い煩う。そして、心中の失敗で、姦通した妻なのにもう尽くせるだけは尽くした。結局、単純素朴に無力な自分には重すぎる、自分には相応しくない妻だと言って捨てるのである。結局妻を二度捨てている。自分にとって価値の無くなった（不倫をして汚れた）女、重荷の女は捨てる。姥捨てのように、そこでこの題名にしたのだ。確かに、この女は、無能で（そのように書いてある）、死ぬと決めたのに映画を観ては笑うし、探偵小説にも没頭する。死を前にして怯えたり動揺したりする様が見えない。覚悟を決めた人のようにも見えない。死ねばいいんでしょ！　と居直っている。

『太宰治研究』の「太宰治と武蔵野病院（山岸外史）」によれば、この直前に太宰はパビナール中毒と結核を治す為に、騙されて精神病院に入院させられた。それに妻が荷担していた上に、不倫もしたのでショックが大きかったとある。しかし、柵のないところでは脱出して失敗しているので、井伏鱒二と相談して隔離病院を選び入院させたという話である。作者のパビナール中毒は相当重く常人では死に至る量を使っていて、それを手に入れる為に狂人のようになっていた。その為に金もかかり借金も多かった。妻は本気で助けようとしていたとある。この作品はそれに触れず、不倫をしたことでもう自分には不要になったとのみ書いてある。不甲斐ない自分も共に捨ててしまいたかった。しかし死にきれず、先に自分が目覚めると、自分だけ生き残ったのかと動揺する。そして妻の世話をしながらもう一度本当に捨てようと思う。この作品で主人公は二度妻を捨てた。山で二人とも甦り再出発したと書いている。不要な妻と不甲斐ない自分を「姥」としている。

この他にメタファとしての姥捨には、堀辰雄の「姨捨」も相当する。時めきを封印した女は自らを「姨」として捨てようとしている。また里見弴の「姨捨」も同様である、滅びつつある国家を「姨」として捨てようとしているといえる。

第四節　近現代家族の中の「姥捨」

七五歳以上の老人を医療費や介護が嵩む年代であるとして、「後期高齢者」と政府が名付け、一般の制度から切り離し差別を始めた。「姥捨制度」と怒る人も多い。

ここではこの年代の老人と共に暮らす家族の小説を五つ取り上げて、老人の存在と家族の中の「姥捨」を考える。

〔1〕丹羽文雄の『厭がらせの年齢』

（『丹羽文雄集』筑摩現代文学大系四八　筑摩書房　一九八四年〈一九七七年〉）

この作品は一九四七年二月に「改造」で発表されたものである。著者が四三歳の時の作品で、老いの気配はないのだろう、老人に対して異星人を見るような視線である。巻末にある亀井勝一郎の「人と文学」では、人間の欲望の行き着く先が化け物化した、そうした化け物を書いた小説がこの作品といわれている。

以下に概略を述べる。

主人公は八六歳のうめ女で孫娘の世話になっている。越後の生まれで、二一歳で結婚し東京に出てくる。古い由緒ある家柄の出である。東京では下町で暮らしていた。三二歳の時夫と死別。以来未亡人で戦災で焼失し、すべて忘れた人となっている。五二歳の時一人娘が亡くなり残された孫達を育ててきた。上の孫は伊丹仙子四三歳、次の孫美濃部幸子三六歳、末の孫瑠璃子二〇歳（上の二人と同じ母親ならば年齢が矛盾）、もう一人男の孫敬吉は年齢不明であるが、戦争に行ってまだ帰ってきていない。

ずっと美濃部家に居たが、戦災に遭ったので、焼けなかった伊丹家に厄介になっている。伊丹家は、子どもはなく妹の瑠璃子と、会社員の夫と女中がいる。

毎晩、家の者が便所に行く時うめ女の部屋の前の廊下を通るたびに「どなたですか？」と聞く。これが伊丹にはたまらなく嫌！　である。また、昼間寝て、夜中起きているのも腹立たしい、こそ泥もする。伊丹はそれらの事がたまらなく嫌で家に帰るのが苦痛と言い、会社で宿直をする。うめ女は昔の雇い人が訪れると、「この家では、腹一杯食べさせてもらえない呪ったりてやる」などと言う。伊丹は仙子にうめ女を追い出さなければ一週間でも二週間でも家に帰らないと言うし、仙子はやむを得ず山村に疎開した幸子の家にうめ女を追い出すことにする。

二〇歳の瑠璃子がうめ女を背負って汽車に乗り、連れて行く。道中の汽車の中で同じように八〇歳の老女を連れた女と向かい合って座り、年寄りを持った者同士の愚痴を言い合う。「なんの役にも立たない」「本人も生きる事に飽き飽きしている」「配給制度も理解しない」「皆が意地悪をしていると言う」「ご飯を食べる化け物だ」などとこぼす。老女二人はそれぞれ心付かぬように虚ろな目をして外を見ている。乗り合わせた周りの人の眼は何か珍しい長寿の植物か、長齢の動物を見る眼で自分達もいずれこの運命に陥るとは思っていない。

汽車を降りて、一里半の道を瑠璃子はうめ女の痛い痛い下ろせという声を無視して歩く途中で人が来ると「助けてくれ、死んでしまう」とも言う。丘の斜面に下ろすと、腰を打ち、溝に転り落ちてしまう。通りがかった農夫が起こしてくれ途中まで背負ってくれる。幸子の疎開先は百姓家の八畳と六畳の二間を借りているが電気はなく、台所もない中で、家族五人が暮らしている。そこにうめ女が加わるとどんな事になるかと、幸子は瑠璃子に激怒するが、瑠璃子は喧嘩になっても構わないから置いてこいと言われたと言う。夫の美濃部は徳義や忍耐や犠牲というものを持っていない人に何を言っても通じないだろうと諭す。うめ女はお世話になりますと頭を下げる。六畳の隅に小さい蒲団、炬燵を抱え、枕屏風で囲った所がうめ女の居場所となる。障子を隔てて廊下になり、そこを台所としている。縁側が料理場である。

疎開先でのうめ女の奇行は、障子の破れ目からのぞいて、誰もいないと物を盗む、マッチ、布巾、小刀など、人目を忍び、素早く、電光石火の早業、瞳の鋭い光方でやる。もともとうめ女は歴とした家筋の出で盗みは後天的なものである。また、温かい日は日向ぼっこをしていて眠り、縁側から転げ落ちる。若い頃は美人だった顔を幸子の夫（洋画家）がじっと見ると、はじめは照れて笑うが、しまいには横を向いて無視する、動物が無用心に横を向く、すさまじさである。客が来ると「越後の人ではないか」と言って首を出すようになる。うめ女は便所を覚えない、毎晩幸子を起こす。電燈のない農家の真夜中、途方に暮れ、マッチの使用を禁止されているので、ヨロヨロ立って、障子をしっかり掴み障子を破る。一晩に三回は後架に立ち、あちこち音を立てて探し歩く、便所の戸の把手を探すのにもひと苦労。用を済ませてからも、方向がわからず、「幸子さん何処へ歩けばいいのか、助けてくださいよ」と毎回言う。その都度夫婦は目が覚める。手洗い鉢の水を飲む、叱られてもやめない。炬燵の火をいじり回して消して叱られるが、「火を下さいよ、寒くて死ぬ」と繰り返し、貰うまで言い続ける。炬燵布団を焦がして叱られる。家人がいないと茶箪笥の引き出しを開けて盗む。盗んだものは蒲団の下に隠しておく。毎朝掃除の時発見されてもまたやる。耳が遠い振りをする、欲しいものをあげるというと、小さな声でも聞こえる。

それでも山村の生活にまいり東京に帰りたいと言うが、自分の言動で追い出された事に頓着しない。竹とんぼを子どもが飛ばしたのが頭に当たり鬼のような形相で叫び、血を拭った布巾をしまい込み「一生の記念にし、人にも見せてやる」と言う。子どもの遊びにそんなに言うならこちらにも考えがあるなどと言うと「今のは冗談ですよ」、とクスリと笑って口調も変える、喰えない婆である。

幸子一家が東京に戻ってからは新居の玄関脇の三畳がうめ女の部屋になる。万年床となり、不思議な癖が始まる。着物、布巾などの布を一センチ幅にズタズタに引き裂き、引き裂かれる瞬間の微妙な手応えに恍惚としている。引き裂かれた布ははたきになる事もなくごみ箱に入るが、うめ女は脇目もふらず着物を引き裂く、襤褸の山を眺めてニコニコとほくそ笑んでいる。繊維類は統制で回ってこない上に、換えがないのだ。食べるものは甘いものは好まず、塩を欲しがるので長生きしそうな上、一日六回も食事をする。昼は炬燵で足は出し手だけ温めて眠り、夜は一晩中眼を覚まし、電燈は付けっぱなしである。真夜中に空腹を訴え、便所を出たり入ったりし、便所のスイッチは付けっぱなしである。身体の下にも締まりが無くなり、用便の匂いの消えないものを着物に付け、また廊下に落とす。便所のぞうりにもそれが落としてあり家人が足を突っ込み悲鳴を上げる。その上使った落とし紙を元の紙箱に入れる。夜中に「苦しい死ぬ、死ぬ、助けて」と叫び駆けつけるとケロリと床に座っている。曾孫に買い物を頼むが、売っていないと断ると自分で行こうとするが行けない。部屋で昔習った事をぶつぶつ言い、食事を取ったかどうか迷い、ひもじいと喚き出す。「火を下さい、熱いお湯を一杯下さい、奥様、旦那様お願いします」などと繰り返す。人目がないと納戸に入り、手当たり次第に何でも持って行き、衣類は引き裂かれてしまう。代用パン、ご飯を捨てる（冷やご飯は嫌なのか）、便所の掃き口から捨てる、捨てた事を知らせたい。他の人は旨いものを食べているのではないかと覗く。卑屈になってぺたりと座り拝む真似をする。客が来ると「越後の人かしら」と言い、「お腹がすいたよう、ひもじい、今朝から何も食べていない、何か食べさせて下さい」と喚く。きつく叱ると、窓から脱出し、片手で拝む形を作り、片手で喉を突く真似をする。人に見られるように叱られた腹いせをする。五二歳の時無くした幸子達の母親の写真を持って行くと、おろおろと泣いたが泪は一滴も出ない、家人が部屋を出ると泣き声は止み、写真を脇にのけてせっせとパンツのゴム紐を引き抜いていた。

この小説では、世話をしている幸子夫婦が、老婆のうめ女の行動が全く理解できず、家庭生活を脅かされるので苦痛に思う。孔子の説く親孝行とは何なのか、どのようなことまで容認するのかと悩む。欧米の老人ホームが必要である、老人を引き受けるのは本来誰か。老人は癌だ、兄弟姉妹の仲違いの原因にもなる、理性が無くなるほど長生きする事はよいことかなどを問うている。

はじめにも書いたように化け物としての老女の奇行を醒めた目で描いている。ひとりのモデルの話ではなく、老人を抱えて困っている人の話を集めて描いていると考えられる。今でいう認知症に近い行動であるが、家族は明らかに精神的に捨てている。

長女が次女の疎開先にうめ女を送りつけるのは、山村の疎開先であるから、「姥捨山」に捨てたのであろう。長女の夫は「大和物語」の嫁と同じ言動である。三女が老女を列車に乗せるが、同乗の客と本人の前で尊厳を冒す言葉を言うし、物を運ぶように背負い、敵でもとるような扱いである。早く死ねと言っているのだ。

しかし、老女の行動をこれでもかこれでもかと描くことにより、老人対策について考える契機にはなる。描かれる老女の心の内、理性が失われる程の長生きと言っているが、理性は失われているのかどうか分からない。うめ女の言動は尊厳無視に対する怒りの表れであるかも知れない。老人とは誰もゆっくり話をしない、老女の心の内を見ない、満たされないものは何なのか誰も聞かない、触れない。こういうことに対する怒り、無茶苦茶な復讐であるとも考えられる。

この作者は「菩提樹」という作品の中で、主人公が不義の関係を続けてきた妻の母親も化け物として描いている。自分の欲望を満たしたいが為に娘を追い出してしまうというのは、確かにひどい母親であるが、彼女の心の内は語られていない。誰も聞いてはやらない。そういう描き方である。この女性も主人公からも周りからも捨てられる。

　この二人は共に捨てられるべき女として描かれている。当然悩みや苦しみがあるが、それに触れない。悩み苦しむ人間と、そうでない人間とがいる。悩まない人間は凄まじい化け物になる。この小説のうめ女は化け物にされている。化け物に尊厳はない。

〈２〉大田洋子の『八十歳』（『大田洋子集』第三巻　三一書房　一九八二年）

　この作品は一九六〇年一〇月「世界」に発表されたものである。作者は広島で被爆し、「屍の町」を描いた作家である。

　自分の母親と暮らして、母の老いていく有様をみている。母は三度結婚して、それぞれの夫と子どもを作った。作者は二度目の結婚で生まれた。やむを得ず離婚した場合もあるが、母の意志による離婚もある。生まれた子どもは、作者は連れ子として三度目の夫のところへ母と共に行ったが、はじめの結婚で生まれた長女、二度目の結婚で生まれた作者の弟二人は置き捨てにされた。三度目の結婚でも三人の娘を産んでいる。そのような母の生き方が著者には受け入れがたい。その他のきょうだいも母との暮らしを拒否して、作者と暮らしている。

　以下に概略を述べる。冒頭の部分を引用する。


　私の母は、八十歳になった。八十歳という、一人の女の年の数は、子である私にも無気味で、ひとつの家にいる母の顔を、私はできるだけ見ないように暮らしていた。

母の顔を見るのをおそれていたが、彼女は格別こわい顔をしてはいなかった。むしろ小さな艶艶しい顔が、可愛らしい小娘の顔になることが、しばしばあった。そのような顔を怖れるわけには行かず、明治十年に生まれた、八十歳という女の年齢をこわがっているに違いなかった。それでいて、なおも私は、母の顔や姿を見るとおそろしかった。

しずかな、おとなしやかな様子をし、唇のまわりにしわの渦まきがあったが、下ぶくれの小さな顔で、廊下の向こうからひっそりと歩いてくる母とすれ違うときなどに、私はふっと死の匂いにふれた気がしたりするのだ。ひと握りのひからびた乾いた肉体が、その人には僅かに残っているだけで、人間ともいいがたい感じが、そのまわりにただよい流れていた。そのくせなんらかの意味では、厳然として女がそこにおり、人間が残っていた。

八〇歳の母親と暮らしている主人公は母の顔や姿を見るのが恐ろしい。死の匂いに触れた気がし、干からびた乾いた肉体は人間とも言い難い感じがするが、厳然として女がそこにおり人間が残っている。女の情感は捨ててなく、概して嫉妬の感情などで見せつける。

急死した女性作家のF・Hが夫と自分の母親の反目を随筆に書いていて、母親の妬みと怒りは夫と女中に向けられていたが、彼女が亡くなった時八四歳だった母親が、三回忌の打ち合わせでF・Hの良人を訪ねた時「僕と一緒になろうと言うんですよ」という話を聞く。八六歳になって三〇歳年下の娘の夫と「夫婦」にという意志があった。

いまひとつの話、八〇歳の女が六一歳の良人に持てあまされて殺されたという話。「女房があまりに妬くんでうるさくて絞め殺した」。五九歳で四〇歳の男と連れ添いはじめ、二一年間の間一日も欠かさず女の嫉妬が介在し八〇歳まで尽きる事がなかったという。

作者の母親は、一見おとなしやかだが、不平と不満を内に潜め、その気に入らぬ数々を室内の物音や身振りや気配で室外までもたらす。「無存在のようで、実は強烈な存在」だと元のお手伝いが言った。花や野菜を作ったり、小鳥を飼ったり猫を飼ったりしない。「もの」＝金　がいるから。関心があるのは人間だけ。一つの家の中にいる者を極度に意識する感情生活で、それは殆ど嫉妬の情である。

母は三度結婚し、それぞれの結婚で子を産んだ。最初の結婚では女の子を産み、夫の手に残し出てくる。二番目の結婚では主人公と二人の弟を産み、主人公のみ連れ、弟二人を捨てて帰り、三度目の結婚をする。そこでは三人の娘を産むが、夫にも二人の息子の連れ子があった。捨てきた二人の弟は時折母の実家に姿を見せたが、下の弟は山口県へ貰われていった。兄弟姉妹との行き来はしているが、母は手放した子を姪だとか甥だとか人に言っている。作者はそれが嫌だと思っているが母はそれには気づかない。

現在の八〇歳の母は、お手伝いさんに対する不平、不満、不信が山盛りである。料理は気に入らない、自分の好きなものだけ作るし勝手に食べる。昨晩は自分だけをのけ者にして皆で何か食べていたが自分も食べたかった。母は上品に振る舞う事を最上の価値としていて、外出などに手間どる。しかし、置いてある生肉の醤油付けなどは食べてしまう。お手伝いさんに食べられてしまうのが何より耐え難いらしい。上品さは精神には及ぼしていない。八〇歳の母の孤独、空虚、つまらなさが作者の胸を犯す。手紙やゴミくずの点検をする。特にお手伝いのは入念に見る。自分がいるのが邪魔なら出て行くと主人公に詰め寄るが他の兄弟姉妹は誰も引き取らない。言って聞かせても結局通じない。後ろ姿に八〇歳の哀れを摑めず、肉親以外の人間を愛そうとしない一つの気質なのか。「母親っていうのは仇敵だわ」と友人も言っている。母親は三番目の夫の連れ子の軍人恩給を貰っているが、その額も年金証書も人には見せない。六〇前にはよく「死んでもよい」と言っていたが、六〇を過ぎ、軍人恩給を貰うようになってからは言わなくなった。主人公は旅に出る。荷物が多く、お手伝いを連れて行きたいが母親は反対し自分が行くという。八〇過ぎの老人に荷物を持たせられないと言っても、自分だけ置いて行かれるのを恐れる。旅に出ると母へのいとおしさが心に流れる。しかし、愛するものと結婚した後も、性への憎しみを抱いたのは、母の三度の結婚のせいだと作者は盲信していて、母親に恨みもある。旅から帰り、母の顔をじろっとみる。片方の目は動かない。もう片方の目は、よく見えないと言いつつすべてを見ている。「家に帰って安心したでしょう」と言い、身の回りの干渉をするので、汽車や電車やバスの中の方が安心と休息を覚える。散歩に出る時でさえ見送りに出る。ちょっと友だちの所へ寄るからと言っても、少し遅いと、お手伝いを迎えに行かせ、作者を苛立たせる。母が自分を独占しようとすることが作者には煩わしい。

この作者は、原爆小説「屍の町」を書いたが、戦争中に戦争協力の作品を書いて、戦争責任には触れずに戦後に被爆小説を書いているので、文壇では阻害されていたと解説にはあった。その後ろめたさや被爆者としての苦痛が、屈折したものになっている。この作品でも、母親の三度の結婚で受けた苦痛があるが故に、母親を見る眼に甘さはない。他の兄弟姉妹はそれぞれ母に対する思いは違い、子どもの頃を思い出して泣く弟もいる。そして皆、母親を引き取ることを拒否している。「厭がらせの年齢」と比べれば奇行は少ないが、何度言い聞かせても母の振る舞いは変わらない。母親の価値観、言動が主人公には耐え難い。この作品には、自分の母以外の八〇代の女性の嫉妬や執着がさまざま語られている。これらを読むと八〇歳になるのが怖い。これらの女性は八〇になる以前から嫉妬し、執着を続けていたのだが、老いると同じ執着や嫉妬が怖ろしいものに変わる。早く視界から消えて欲しいと望む周りの人間の目にそのように映る。主人公自身も初老に入り、疲れと被爆者としての怖れから包容力が狭くなり、自己嫌悪もあってなおさら苛立つ。自分の母だからこそ捨てたい。あなたは他の兄弟姉妹から捨てられているのだと母親に残酷に言う。娘は包容力のある穏やかな老人になって貰いたいと願う。しかし、母親は変われない。八〇歳では変われないのだ。

〔3〕円地文子の『猫の草子』（『円地文子全集』第五巻　新潮社　一九七八年）

この作品は一九七四年八月の「群像」に発表された。息子家族と共に暮らす老女を描いたものである。この時作者は六九歳であり、自分の老い、目の不自由さ体力の衰え、家族との確執がものがたりの老女の話と錯綜する。

以下に概略を述べる。

語り手は著者とおぼしき老女性作家、堀井という古い付き合いの画家が猫の草子を知っているかと話を持ち込む。猫の草子は、木原志乃女という七〇を超えて間もない老女が描いたものだという。志乃女は自宅の外物置の梁に絹紐を掛けて縊死した。息子夫婦と孫二人の家族に同居していた。自分の居間もあり煮炊きもでき、半分一人暮らしのようであった。都の学校の教員だったので年金もあり、自立して生活できていたが、健康を害してからは食事は一緒になった。学校を辞めた後も日本画の個人教授をしていたが、白内障の手術の予後が思わしくなく家に居るようになった。

堀井はその草子を、「気味が悪い、いやなんだ」と言いつつ、好事家の喜ぶ傑作だとも言う。志乃女の家に出入りして身の回りの用をしていた教え子の矢口さくが、志乃女の縊死の直後に猫の草子を持ち出した。志乃女は以前は猫嫌いで潔癖な人だったという。殿村圭泉という画家の女弟子であったが、師との間に子どもが出来てから、画業は辞めて教師になった。教え子のさくは週に一、二回訪ねて身の回りの用を足していた。息子は庶子という事もあり母親としっくりしていない。孫も大きくなり離れていき対話はなく、孫にとっては祖母の存在そのものがうっとおしいようだ。猫は二匹いた。野良の子猫に孫が食べ物を与えていたのが居付いてしまい、志乃女は牛乳や魚の切り身を小さくして与え、糞は外に箱を置いてさせている。嫁はこれを志乃女の道楽だと言っている。志乃女は自分でも猫が捨てられない気持ちが分からないと言っている。息子夫婦とは口争いをするより冷たいものが流れていたようだ。大寒があけて志乃女は滑って転び左手首を捻挫した。二匹の猫が外でじゃれて遊ぶのが見たくて近づき滑ったそうだ。そのとき家族は留守でしばらくぽかんとしていたという。その頃にはもう猫の草子は描いていて、子猫の首を寄せて眠る画、這い回る動作、行間にはやるせない孤独感がみえる。仰臥している女の姿もある。

捻挫している間に家族とはさらにかなりまずい事になる。息子に半分居候だと言われ断絶感が深くなる。猫の草子には食卓の様子も描かれており、家族の顔が皆○にしてある。三月になってクロという猫が見えなくなり、午後になっても現れないので探すと、隣家との間の溝に猫が動けないでいる。それを救い出した志乃女の姿は不気味で、衣服は崩れ、髪は乱れ、眼だけがきららして、気が変になったかと思ったと矢口さくは言う。猫は前足を骨折していた。志乃女は献身的に食事や排泄の世話をし、逆に家族にいやがられる。糞まみれの猫をお湯で拭いてやる。この匂いが幼い息子や孫の襁褓の世話と同じ匂いで懐かしいと言うと、猫婆の匂いがすると嫁や孫に言われる。

その後徐々に志乃女は猫のようになってくる。音がしないのにいつの間にか後ろに座っていて、嫁は呆けたらどうしようと恐ろしく思う。五月になって、志乃女は食卓で大声で笑い、猫が周りの猫に見物させて交尾をする話をする。人間もそうだ自分を奪った師に対して、自分を好きだった仲間の弟子は凝とみているだけだったと話す。息子夫婦は苦り切る。さらに息子に父に似てきたと言うと、彼は癇癪を起こしてものを壊した。母が息子に復讐したのか。

この頃から絵が変わり、セクシーなものが混じってくる。堀井は傑作だと言う。この後異常に黙り込むようになり、家人と口をきかない。猫はそばに置いておくことが多くなった。ある日志乃女は出かけて午後八時を過ぎても帰って来なかった。猫はこの日以来姿を消した。志乃女が亡くなった後、矢口の同窓生がその日、明治神宮の菖蒲園で志乃女と会ったと便りを寄こした。「色の鮮やかなのが本当の色か、それが灰色に見える事があるか」などと言っていたと伝えて来た。その日猫を捨てたのだろう。猫に対する愛着がなくなったというより、猫が自分の中に住み着いたのか、自分が猫になったり、猫が自分になったり。

作家の見た猫の草子は、はじめ絵日記ふうで、次は猫の姿の自伝画集、最後に菖蒲と猫の絵が二枚ある。菖蒲と猫の絵の一枚は絢爛な色彩の中に灰色の猫が静かにうずくまる絵。もう一枚は墨の濃淡だけで菖蒲が描かれ、猫の目がいっぱいに見開かれ何を見ているとも知れない虚しさに滲んでいる。この一枚の絵を描くために志乃女の一生はあったと作家は思う。志乃女の縊死した理由はかいていないが、死ねる力があるうちに死んだと考える。

〔4〕山本昌代の『デンデラ野』（河出書房新社　一九八九年）

この作品の初出は一九八六年で、文藝特別号に掲載された。

デンデラ野というのは遠野の棄老の場所であるが、この話は現代の団地の家族の話である。棄老を主題にしてはいない、現代家族の絆のもろさを描いている。以下に概略を述べる。

主人公は吉田のおばあちゃんで八三歳である。3DKの団地住まいでおばあちゃんの三男の利夫家族と同居している。おばあちゃんは夫、長男、次男が死んだので、半年前から三男の所へやってきた。利夫はサラリーマンで、嫁の文江は主婦、二六歳になる孫娘の千代子はアルバイト、一九歳の孫息子の透は浪人中である。おばあちゃんの居場所はＤＫのテーブルの一角で、寝る時はテーブルを移動して布団を引く。朝寝坊のおばあちゃんは朝家族に邪魔にされる。家事はしない、新聞は見出しだけ読み、テレビは息子夫婦の部屋にあるのでついている時だけ遠くから眺める。暇なので団地の中及びその周辺を散歩する。食事は出されたものは何でも食べ、お菓子は出ていれば誰のものでも食べる。話し相手は孫娘がたまに言葉を掛けるが殆どなく、嫁は用がある時だけ声をかける。

おばあちゃんは、夫と長男が亡くなって次男の所で暮らした時、さんざん嫌みを言われていたので、ちょっとしたひどい扱いにはへこたれないし、自分もひどいことを言った憶えがある。家族の中に突然加わったので、迷惑だと思われている。しかし、育ててやったのだから息子が面倒見るのは当然のことだと思っている。息子が口も聞かないのを生意気なやつだと思っている。自分から話しかけたりしない。朝寝坊を嫁が嫌みを言うが、家事の妨げに成らない程度には従っている。

こうした中で、家族に様々な小さな事件が起きる。孫娘がヌンチャクを振り回しそれが孫息子にあたり怪我をする。怪我の為か、受験ノイローゼか、孫息子は様子がどんどんおかしくなる。身体の不調で息子は休む。おばあちゃんにとって人が困る事件は楽しみである。散歩に出かけるが、親しく話をする人はいない。ゲートボールはばかばかしいし、人の悪口もしたくはない。そんな時、嫁から「デンデラ野」の話を聞く。遠野の語り部が姥捨山の話を公民館でしたという。

主人公は、「デンデラ野」に行きたいと思う。誰かに聞きたいと思うが、話し相手がいない。夜の公園で、孫娘と話をする。別の日、深夜の公園で孫息子に出会い、声をかけるが彼は無視してか、頭が変なのかどこかへ行ってしまう。もう戻らないような予感がする。

この作品は、おばあちゃんの考えていることが中心に語られている。この家族は、おばあちゃんを歓迎していない。引き取る人がいないのでやむを得ず一緒に暮らしている。お金があれば施設に入れるだろう。僅かに好意を示すのは孫娘であるが、ある種負け組の孤独から来る優しさのためである。孫息子にとってはおばあちゃんは人ではない、にもかかわらず自分の部屋をこっそり覗くので許し難い存在である。息子夫婦は互いの交流はありそうだが、息子の気持ちはまったく分からない。ばあちゃんにはもう一人息子がいて、三男が死んだらそこへ行くつもりである。

ばあちゃんは孤独だ。しかし、孫娘も、孫息子も孤独だろう。ばあちゃんがデンデラ野に行きたいのは、居場所がないからだ。このおばあちゃんはまだ年金をもらえない世代なのか、お金の話はない。女三界に家なしの現代版のようで、安住の場所がない。育ててやったのだから息子が自分の面倒を見るのは当然と思っているが、それでも疎まれているのは嬉しくはない。姥捨山の話をされて、八三歳は長生きしすぎのように、あからさまに言われるのも嬉しくはない。年寄りの居場所があるならそこに行きたいと思う。自ら姥捨てられたいと思う。この話も精神的には息子家族はおばあちゃんを捨てているが、家族の絆も薄く、脆い。お互いが正直に熱く語り合えない。ばあちゃんを捨てる程に熱くなれない。

〔5〕小池真理子の「姥捨ての町」（『危険な食卓』集英社　一九九四年に収録）

この作品は一九九二年「オール讀物」九月号に掲載された。家族の中の姥捨に入れているが、話の主題は「姥拾い」の話である。ばあさんは実の子どもに渋谷のデパートで捨てられる。その後に新しい家族を見つけるのだが血の繋がった家族ではない、疑似家族である。内容は心理サスペンスと言ってよいだろう。

以下に概略を述べる。

田舎の高校を卒業し一七年になる恒夫は、クリーニング店で外回りの仕事をしていた。店主の関根は調子のいい男で、ちょこちょこ恒夫に金を借り、見込みがあるから店を出すことになれば援助すると言う。喫茶店のウエイトレスだった峰子と結婚し、店を出そうと倹約し、ボロアパートに住む。その妻をいやらしい目で見るような店主だった。

店主の借金で突然クリーニング店が潰れ、給料も支払われず、恒夫に七〇万円程の借金を残して、店主も家族もいなくなってしまった。恒夫の妻は妊娠して仕事を辞めていた。アパートも建て直すからと追い立てをくい、妻にはこれからのことで攻められていた。

恒夫が津田沼へアパートを探しに行って、逃げた店主の関根に声をかけられる。関根はは相変わらず調子がよく、借りた金も、店を出す資金もいくらか都合できると言うので、恒夫は金を返してもらいたくて自宅へ連れて帰った。そこで寿司や酒などを振るまい話がはずむうち、関根は恒夫を侮辱し、馬鹿にする。また妻にも、嫌らしい振る舞いをする。恒夫はカッとして、スコッチの瓶で殴りつけ殺してしまう。その死体を奥多摩に捨ててから、恒夫は毎日怖くてジッとしていられない。

恒夫が渋谷のデパートの休憩コーナーで休んでいるとき、夫婦連れが、母親とおぼしき老婆を置き捨てにするのをみる。その老婆ハルがなぜかずうっと、恒夫の後をついてくる。交番に届けたくとも、警察官が怖く届けられない。何回もまこうとしたが、結局アパートまでついて来られてしまう。恒夫を末の息子のように言って居座る。妻は怒り、文句を言うが老婆は平気で一晩泊まる。翌朝、捨てるつもりでいると、警察が来て店主の死体が見つかり、恒夫のアリバイを尋ねる。ハルが顔を出して挨拶し、息子夫婦と東京見物をし、夜はここで寿司を食べて過ごしたことになり、アリバイの証明になる。二週間ほど老婆はこのアパートで過ごす。新しいアパートも見つかり、就職先も決まる、妻の身体も順調である。しかしハルはものすごい食欲で、食費がかさむし、本来親でもないので捨てろと妻に攻められ、恒夫も本気で捨てようと決心する。渋谷のデパートの屋上に、置き捨てにしようとして物陰で様子を見ていると、ハルは声をかけられた中年女性に、自分の息子が人殺しをし、それを捨てたが、自分は息子が大切だから黙っているのだと話しているのを聞く。慌てて飛び出し、母は呆けているので、ドラマと現実を混同していると話し、連れ帰る。妻がどんな顔をするか想像しながら。

この小説では老婆のハルは実の子どもには捨てられた。姥捨山は渋谷のデパートである。恒夫に出会わなければ、迷子（迷婆？）として警察に保護され、子どもの元へ返されるのか。最近筆者の住む市では毎日のように、迷子の老人を捜して欲しいという放送が流れる。このような老人を電車に乗せて連れ出してしまえば、戻ることは出来ない。ハル婆さんはこのようにして捨てられ、恒夫の後に付いてきて居座る。恒夫夫婦の弱みにつけ込むようにして暮らすが、夫婦にとっては福の神のような存在にもなっている。新しいアパートが見つかり、就職先も決まり、お腹の子どもも順調である。しかし、ハル婆さんの食欲はものすごく、親でもないのにという気が、殺人の容疑が遠のくと起こり、邪魔になり捨てたくなる。妻の方がより婆さんを目障りに思う。攻め方は大和物語の嫁と同じである。捨てに行くが捨てられず連れ帰るという設定は昔話と同じだが、反省してとか、親を思ってとかでなく、身の危険を感じてやむを得ずである。ハル婆さんの作戦勝ちとでもいうか。婆さんは本当は、呆けているのか、居心地の悪い自分の子の家からはからは捨てられて、居心地のいい家を狙ったのかもしれない。ハル婆さんの考えていることは分からない。しかし恒夫夫婦は捨てたいと思っている。

五作品共に女性の高齢者を主人公にするものを選んだ。姥捨というテーマの為でもある。〔2〕の「八十歳」が母親と娘、〔3〕の「猫の草子」と〔4〕の「デンデラ野」が母親と息子、〔1〕の「厭がらせの年齢」は祖母と孫娘、〔5〕は他人の関係である。どの作品も家族は老婆の存在、言動を疎ましく思い、一緒に暮らしたくないことが明らかである。老婆の夫は先に死んでいて寡婦である。

この老婆たちの経済的な問題はあまり語られていないが、「八十歳」の母は義理の息子の軍人恩給がある。「猫の草子」の志乃女は教員の共済年金がある。「デンデラ野」の吉田のおばあちゃんは、はっきりしないが自分の気に入った服を買っているので、小遣いぐらいの年金があるかもしれない。「厭がらせの年齢」のうめ女も買い物を頼む場面がある、自分でも買い物に行こうとするのでお金は持っているのかもしれない。「姥捨ての町」のハル婆さんはお金は無いに違いない。

自立して暮らせるのは「猫の草子」の志乃女だけである。師との間に結婚でない子を作り、援助無しに育ててきたので、自立心もある。それが心身共に衰え、壊れていくのを自覚した為に、縊死したのではないだろうか。その他の老女は、自立できる程の経済力はなく、古典文学に出て来た母たちと同じく親の面倒を見るのは子どもの務めと思っている。

国民生活基礎調査（二〇〇五年）によれば、八〇歳以上の女性の場合、配偶者が居る人は一〇%、二〇数%が一人暮らし、残りの六〇%弱が子と同居し、施設に入るなどその他は数%である。半数以上の女性は配偶者を亡くしてから子と同居する。八〇歳以上になれば自分の身体も自由にならないことも多いだろう。母親が子どもの家に入るにしろ、子どもが親の家に戻るにしろ子ども世帯に負担をかけるのだから、歓迎されるとは思えない。

経済的な条件も大きいのではないだろうか。老人施設には入れる資金がないとか、別居して暮らせるほどの経済力がないという理由も大きいと考える。身体的にも一人で暮らすのは難しくなる。

これらの小説にあるように、八〇歳近くになれば若い家族が望むような言動はできない。若い人が直して欲しいと望んでも、変えられないというのが実態だ。頭も働かなくなるし、目も不自由、耳だって遠くなる。だからといって、人間の尊厳を否定していいことにはならない。家族である方が遠慮がないので、辛辣になる。

二〇〇七年の調査では高齢者の虐待死が二七人である、加害者は親族が一番多い（厚生労働省）。虐待は埼玉県内だけで五八四件である、介護ストレスによるものが最も多い（二〇〇八年一〇月八日　埼玉中央）。これらは現代の「姥捨」である。

第五節　社会の中の「姥捨」

社会の中で老人はどのような扱いを受けているか。ここでは三つの作品を取り上げる。一九六〇年から七〇年代における若狭地方の地域の老人に対する扱いと、首都圏近辺の養老院における病人の扱い、および一九九〇年代の社会における老人たちの生を描いている作品の中の「姥捨」を考える。

〔1〕水上勉の「じじばばの記」

この作品は、著者の短編集『三条木屋町通り』（中央公論社　一九六四年）のなかにあり、一九六四年六月のあとがきによれば、『宝石』誌に「若狭姥捨考」として連載されたものとある。作者の故郷若狭の老人の姿、二人の祖母のつらい生活とそのようにさせた周りの人間に対する怒りを、エッセイ風に描いている。以下に概要を述べる。

著者の出身地、若狭の岡田部落は三方が山、屏風を立てた谷底で谷奥の田は汁田と呼ばれる泥田で暗い。乳房のあたりまで泥に浸かって苗を植える。幼い頃母が田植えするそばで遊んでいた著者は、谷奥の山を覗く、山は神の山と言われ、部落の神社が所有する原始林で、白い骸骨のようなものが落ちているのを見た。入ってはいけない山である。幼い頃「爺取ろ婆取ろ」と大人が話しているのを聞いた。山の神様がじじばばを取りに来ることなのではないかと大人になって気づいた。

このあたりの家の構造は、屋敷地の南には広く空き地を取り、土を固めて広場にしてあり、ここに小豆を干したり、豆の皮をむいたり、爺婆が孫の守をしたりする。広場から通りに面した南に「雪隠」がある。北側に母屋があり、風よけのため竹藪や、椤の林を抱えて部屋は暗くて冷える。爺婆の居場所は囲炉裏の周りでは嫁の後ろの土間からの風が通るところ。寝間は納戸で北側の隅で暗いところ、板敷きか良くて筵が敷かれているくらい。若夫婦は「寝間」で、日当たりのよい座敷は空けてある。現在も同じで、弟に両親の隠居所を作ってやってとお金を送ったが、北側の奥まった藪陰に作られてしまった。老人の居場所が北側の冷たいところであるのは、老人の死出の旅を急がせる仕組みではないか。この辺の老人はすべて、足腰の立たぬ衰弱死である。爺婆の納戸は臭い、表の便所へ行けず寝小便をするから。納戸は棺桶の手前の座である。爺取ろの神様に「山の上は暖かい、待っているぞ」と誘われれば、それについて行きたいと思うだろう。

和田の釈迦浜は原始林と波の荒い岸壁である。「釈迦浜の下は大きな穴になっていて、若狭の下をくぐり長野の善光寺の下まで続いている。この穴には漂流物や、日本海の塵が海の青どろとなっていっぱい詰まっている。海の細道の入り口」という言い伝えがある。「釈迦浜で死ぬと極楽往生ができる。海へ沈んでも善光寺参りができる」と言って爺婆を捨てたという話があり、海にも姥捨があった。

桑畑の真ん中に大きな穴がある。壺のようになっており縁を叩き固めてある。三男四男が生まれると捨てる。家族に対する思いやりとして、爺婆が捨てに行く。元気のよい子は夜のうちに這い上がり桑の落ち葉の上でオギャアオギャアと泣いている。こういう子どもを桑子と言い、強い子だから家に連れ帰り大切に育てる。老人が悲惨な目に遭うところでは子どもも悲惨な目に遭う。貧しいから仕方がないといえるのか。

毎年一〇〇人を超える年寄りが松尾詣りをする。一日がかりで青葉山の中腹にある松尾寺（真言宗）に登り、一〇日ばかり寄宿する。著者も子どもの頃、母方の祖母とお籠もりをした。山へ向かう道の脇には墓地もあり、湧き水もあり一休みする。墓のそばには大きな箱があり、骸骨らしきものが入っている。無縁（寄る辺ない者）である。子のない老人はこのようにのたれ死ぬ。

母方の祖母は八九歳まで生き、著者は七歳までこの祖母に育てられた。長い間寡婦で一男二女を育てるが、息子は京都で下駄屋をし、娘達は嫁いでいたので、祖母は村歩きをして暮らしを立てていた。この仕事はもっとも貧しい家庭に与えられ、区長の子使いのようなもので、触れごとを言って歩くのである。葬式、村の掃除、配給などの連絡をする。葬式があると墓堀の連絡もし、仏を埋めて土盛りも見届けその日当を届けるのも仕事である。八〇歳過ぎまでやっていた。戦争が厳しくなり下駄屋の一家が疎開してきて、今まで住んでいた家をその一家に譲った。家で若い孫が働かずにいるのを見るのはいやだからと、そば畑に小屋を造り家を出る。昭和二八年六月に台風が若狭を襲い、土蔵に避難したが、水が入ったとき誰も助けに行かず、翌日死んでいるのを発見される。ちょっと様子を見る気持ちもなかったのか、一人で死んだ祖母が哀れで、息子一家は冷たいと著者は怒る。

貧乏だからやむを得ず爺婆を粗末にするのではない。部落では金持ちの家でも老人は虐待されている。冷たい北の納戸に入れて、けちな家では電気も付けない。

父方の祖母は盲目で、著者が五歳の時八二歳でなくなる。この祖母も村歩きをしていた。盲目なので、著者が背負われて目の役割をしていた。村の悪童のいたずらで川に落ち、風邪をひき寝付いて死んだ。その子たちに対する憎しみが今もある。

村の葬式は、誰が死んでも「まいまいこんこ」の行事をする。菩提寺の和尚がお経を上げ引導を渡してから、三角の紙を額に貼り付けた親族の者が、棺を担いで三べん堂の前の広場を廻る、このときに親族が村の子どもに菓子を配る。子どもは菓子を貰うと散ってしまう。祖母の葬式のとき、祖母に悪戯をした子どもたちも菓子を貰った。祖母は誰からも捨てられていた。盲目の祖母に村歩きのような仕事をさせていた父、母、村人、いたずらする子ども、村全体を著者は憎む。

貧しい村には、貧しいしきたりがあって、対面を重んじ見栄を張り、隠れた場所で悲惨を冒す。殺人罪の適用される今日の姥捨ては、形を変えて現存すると思う。

この作品の中で著者の見た故郷の姥捨は、爺取ろ婆取ろと釈迦浜である。山の姥捨と海の姥捨がある。次に無縁の者ののたれ死にがあり、骨さえ拾う者がない。生きている老人も、北側の、便所から一番遠い冷たい板敷きの間が寝間である。病気になると、そこに寝たきりになり悪臭が満ちる。著者の二人の祖母は八〇歳過ぎまで生きたが、家族に見捨てられて、生涯を終わっている。しかし、見捨てられることによって、自立した生活をしていたといえる尊厳を否定されてはいなかった。

この地で、実際にかつて姥捨が在ったかどうかは不明だが、老人の扱いが姥捨である。地域ぐるみと考えられる。老人を長生きさせないシステムとしている。今もその伝統を残しているというところが、考えさせられる。第一節の「楢山節考」、「蕨野行」を地でゆく「姥捨」であり、老人が自立的に生きられないのがさらに悲惨である。

〔2〕大原富枝の『鬼女誕生』（中央公論社　一九七〇年）

一九七〇年一〇月「海」に掲載。この作品自体は姥捨を主題にはしていない。作者が作家として山姥のように山を駆けめぐり苦しんで作家生活を続けようと覚悟する作品であるが、そこにいたるまでに、戦死した恋人の母親に、老人施設に連れて行かれる。そこが現代の姥捨山のように描かれているのでそこを取り上げる。

「四　危機感への考察B　直の場合」

戦死した恋人の母親である直と主人公の志摩は養老院に新しい襁褓を持って訪れる。寄附者として有志と書き作業をする。以下に引用する。

渡り廊下を折れ曲がって重症者の病室にはいってゆくと、入口からもう、ものが腐敗したようなしんねりとした臭いがする。それはいつも、生が死に向かって緩慢に変質してゆく発酵作用の発散するもののように、志摩には思われる。

ほんとうは、それはこの部屋に一本の通路を中に身動きもできず横たわっている老婆たちの身体から、いや、いつも汚物にまみれているその股間から臭いでてくるものだと、志摩は勿論知っている。

老婆たちは二列に分かれて、寝台というよりも板を打合わせた台の上に寝ている。直と志摩は老婆たちに飴を配る。老婆たちの手は例外なく死人のように冷たい。緩慢に進行しつつある死が伝わってくる。老婆たちは志摩の手を握ろうとする。

耳が聞こえない老婆、目の見えない者、絶えずぶつぶつと腹立たしそうにつぶやきつづけている者もあれば、自分の僅かな持物を洗い晒しの風呂敷に包んで、しっかりと手首に結びつけて寝ている婆さんもいる。

なにが嬉しいのか、涎を流しながら聞きわけられない言葉をつぶやき、ひとりで肯き、笑いつづけている老婆がいる。彼女にとっては、自分でできることといったら唯一つ、笑うことだけであった。身を引きしぼる哀しみも、怒りも口惜しさも、感動のいっさいが笑うことでしか表現できない。人間が壊れるということの無惨さ。人生にはこんな悲喜劇さえ待伏せているものであった。

飴玉を配った後は汚物まみれの下のものを交換する作業をする。

ミイラのような褐色の足を、案外重いその脚をやっと持ちあげて、皺ばんだ三角の小さい尻の下のぼろ布を引きぬいて用意の籠に投げこんでは、新しいものをあてがってゆく。その前に汚物にまみれている尻と股間を拭いてやるために、クレゾールを薄めたバケツやアルコールの瓶も用意している。クレゾール液で絞った脱脂綿でそっと拭いてやるさえためらわれるほど、赤く爛れている痛ましい股間にゆき逢うのも珍しくはない。

いまのいまだけは自分は物のように打捨てられているわけではないのだ、いまはこうして自分の身体にさわり、自分を構ってくれる人がいる。多分、そのことだけで幸福なのであったこの老女たちに尊厳はない。直にこの奉仕に誘った理由を尋ねると、どうせ人間は皆ああなるのだから、はっきり見ておいて悪いことはない、人生には怖いことがやってくる、怖いことは格闘する力のなくなった時にはじめて顔を突き合わせてくる。どんな怖い世界も慣れてしまえば怖くなくなる。だから月に一回しか来ない。自分を慣れさせたくないからという。

この話は一九七〇年頃の養老院の重病の病室の話である。養老院でなくとも老人病院でもこれに近い状態だった。自分で手洗いに行けなくなると、お襁褓は一日に一、二回しかとりかえられず、寝たきりにさせていた。認知症になって暴れるものは、ベッドに手足を括り付けているのを見たことがある。これを「姥捨山」といわず何と呼ぶだろう。この老女たちが快方に向かうための医療はなされたのか不明である。

〔3〕新藤兼人の『現代姥捨考』（同時代ライブラリー二九一　岩波書店　一九九七年）

この作品は一九九六年一二月に「同時代ライブラリー」のために書き下ろされたエッセイである。この中には「老人になった私」「老人とは何か」「黒ネコの死」「現代姥捨考」の四作品がある。「黒ネコの死」以外の三作品について触れたい。以下に概略を述べる。

「老人になった私」

著者の日常が書かれている。この時著者は八四歳である。一人暮らしで朝起きて散歩し、朝食をとる。昼近くにお手伝いさんが来て、食事の支度や家事をしてくれる。著者はまだ仕事をしている。近代映画協会の会長と映画のシナリオの他頼まれれば様々なものを書いている。最近（二〇〇八年）映画の監督もしている。朝は六時に起き、夜は一〇時半に寝る。この間散歩をしたり、会社に行ったり、原稿を書いたりしている。妻の音羽さんは亡くなり、子や孫は逗子にいる。仕事では会社の渉外係をやってくれるH女史が面倒をみてくれ、家にはお手伝いさんが来ているので、それなりに自立した一人暮らしである。羨ましい老後といえる。

「老人とは何か」

この中で六〇歳から著者のした仕事に触れている。三本の映画を撮り、ＮＨＫの特別番組を二本撮っている。また横岳の山案内人のマコトさんの話もある。マコトさんは七六歳であるが別荘も造り、別荘の管理もし、暖房や煮炊き用の薪の手配もする。マコトさんの戦争体験とその後の暮らしが語られている。四年戦争に行き命がけだったのに、軍人恩給がもらえないと言って怒っている。著者自身の戦争体験も語られ、クズと呼ばれて精神棒（野球のバットを一回り大きくしたもの）で尻を殴られた経験など語っている。マコトさんも妻を亡くしたが、息子に東京から嫁が来て、元気に働いている。今八〇歳前後の老人は戦争を体験している。

「現代姥捨考」

八八歳のＫ氏は元プロデューサーで、社会主義思想史を書き上げて気が抜けた。酒が好きだが足が弱くなり、ある時目眩がして転び怪我をしてから、外出が嫌になった。目も耳も悪くなりラジオもテレビも駄目になったが、今は考えている、考えているだけで間が持てるという。Ｋ氏が手を挙げるとその動きで、お茶とかお代わりとか夫人が素早く応じている。深沢七郎の「楢山節考」が発表された時、これを企画して論議した。Ｋ氏は姥捨は人間が生存してきた最大のチエだといい、役に立たなくなったら自分も捨てて貰いたいと言う。木下恵介、今村昇平で二度も映画化され、姥捨というテーマは人間にとって永遠の課題かも知れないとある。ある医師は老人性痴呆症になった老人はすでに植物だから人間のネウチはないと言ったが拍手を送る者もいる。

姨捨山は観光の日玉である。おばすて山の民話を母の懐で聞いた。

Ｅ子は四一歳未婚で躁鬱症である。父親はアルコール依存症で失禁を繰り返し、痴呆気味だ。弟と妹がいるが父を嫌がり来ない。Ｅ子は仕事が続かず、宗教を渡り歩き、父の年金で食べているが、父を老人ホームに入れたいと思っている。

「午後の遺言状」に入れた老夫婦のはなしである、息子の世話になっていた老夫婦の妻が痴呆になり、夫は子どもに迷惑を掛けたくないので、夫婦で旅に出て入水心中をする。

川氏の話、映像作家で家族をテーマにし、被爆者の妻を撮り続けている。父を亡くした後、母も撮り続けている、老衰した母の全てを撮り続けている。

カリフォルニアのエンシニタスで七八歳で亡くなった著者の姉の話である、高額の結納金で家の倒産を支えるため、二〇歳の時アメリカ移民に嫁いだ。戦争中は強制収容所にも入れられ、戦争直後夫が事故で死に、一男四女を五エーカーの土地と闘いつつ育てた。姉は癌で亡くなった。

一九九六年豊島区のアパートで七七歳の母と四一歳の長男が餓死する事件が起きた。長男は病気で寝たきり、収入がないので食べるものがなくなる。母の日記が残る、役所に行ったが何もしてくれなかったと何も食べるものがないと書いてある。

八五歳の映画監督Ｙ氏は夫人が体調を崩したので台所に立っている、そんなことをする人ではなかった。名匠といわれた映画監督で、二度の大患いで現場を退いたが、本を書いている。子どもはいるが、自分のことは構うなと言い、包丁を握っている。買い物に行き、転んで歯を折ったが、夫人の為に食事を作っている。

シナリオライター山氏の義母は九五歳である、シナリオライターN氏の未亡人でもある。N氏が七四歳で亡くなってから、山氏の家に同居した。料理が得意で台所を担当し、カルチャーセンターで源氏物語を通読もした。夫が死んでから元気である。九五歳でもかくしゃくとしていて、その妹も八八歳でとても元気である。パーティーなどやっても料理を作り、また料理の講評もする。

これらの話が、楢山節考の引用文と、著者の独り言の間に挟まっている。元気なN氏の未亡人に姥捨山の話をして、「私は姥捨山には登らない」と言われている。

あとがきに渋谷の住宅地に特別養護老人ホームを造ろうとしたところ、周辺住民が反対運動を起こした。反対する会は「緑を守る会」という。反対の理由は、「高級住宅地に似合わない」「資産価値が低下する」「車いすの老人を見て希望をなくす」などで、裁判も辞さないというのである。正直で言いたい放題の発言だ。著者は、生活能力をなくした老人の事を考えるのは、安定した生活をしている人の義務だといっている。

この作品は現代の様々な問題が語られている。何歳になっても、身体が痛んでも、自立した生活をしようとしている老人、夫婦で助け合っている老夫婦。かくしゃくと元気な老婦人の一方で、アル中の父親を抱えて自分も病気の女、病気の子どもと餓死してしまう老母、痴呆症の妻と心中する夫など。経済大国日本とは思えない貧しさがある。その上に老人とは関わりたくない、見たくもないとはっきり言う人間も現れて、自分が老いることを想像できない人間がいる。覚悟を決めて老人にならないとひどい目に遭う。我が国は文明国ではないのだ。ボンヤリしていると老人施設は人目に付かない山へ持って行かれてしまう。そこに入れば姥捨山ではないか。

〔1〕の「じじばばの記」は若狭の農村での老人の扱いが姥捨だ、といっている。山や海に投げ捨てれば、刑法の言う犯罪であるが、家の納戸に投げ捨てるので免れている。年寄りは大切に、と、口では言っているが、その扱いは年寄りにとって過酷なものだ。病気になる前に衰弱してしまう、早く死を迎えるように仕組まれているようだ。著者の祖母二人が八〇過ぎまで生きたのは、村歩きという過酷ではあるが身体を動かす仕事に就けて、健康を維持できたためであると考える。

〔2〕の「鬼女誕生」の施設は一九七〇年代の養老院である。どういう人が収容されていたのか不明であるが、人間の尊厳をなくしている。同じ時代の老人病院へ行ったことがあるが（父が一週間程入院した）、そこは男女一緒の大部屋で、襁褓交換も一斉にやっていた。正気の人も多く、抵抗する人もあった。何の為にそのような扱いをするのか、せめて男女別に並べカーテンの一枚も引けないのかと、怒りが込み上げた。

二〇〇八年五月に私の姉が脳梗塞で入院した時も一時期、部屋は男女同室であった。一人一人カーテンで仕切られはするが、ずっと閉めておくこともできず、気詰まりであった。ベット数がぎりぎりでやむを得ないと病院の説明があった。老人に対する人権意識も向上したかに見えたが、医療制度の改悪によってまた逆行している。

〔3〕の「現代姥捨考」では、著者自身高齢者になっているが、自立し仕事をしている。高齢者の考えていることとして読むと、我々となにも変わらない。第四節の家族の中の姥捨では老女

の気持ちが一向に分からず、化け物になっていた。分かろうとしないことも化け物を作る根源である。

老人になっても仕事が続けられるのは幸福である。殆どの老人は仕事をなくすと、生き甲斐もなくす。大多数の勤め人、特別の才能を持っていないもの、そして仕事をしてこなかった主婦たちの老後が課題である。

第六節　近現代表現の中の老人排除についての考察

棄老・姥捨そのものを小説にしたもの、姥捨的なことを語った小説、精神的には姥捨と考えられる小説、エッセイ、映画などを取り上げた。これらから明らかになることは何かについて考察する。また高齢者施設や、終末医療についても考えてみる。

〔1〕新しい規範への問いかけ

「君には忠」「親には孝」という規範は、儒教と仏教が入ってきた時から日本の為政者が使ってきたものである。どの政権にとっても、庶民を支配するのに都合のよい規範であった。七世紀から第二次世界大戦の終わる二〇世紀半ばまで庶民はこれを背負っていた。

第二次世界大戦の敗北によって、「君には忠」という規範は否定された。では「親には孝」という規範は生きているのか、という問いかけを、現代表現の中で行った。

第一節の「楢山節考」「蕨野行」では、食糧難で苦しみ、喘いだ終戦直後の世相と重なって読者にショックを与えただろう。しかしここでは捨てられる老女は、聖者のようだ。共に賢く、家族や社会の掟に自分を犠牲にして役立てようとしている。六〇歳、七〇歳であれば理性的にもなれるか、年寄りの理想の姿をしている。

しかし、「棄老・姥捨」という問題は、平均寿命が五〇歳であった一九五〇年代には、多くの人にとってまだ現実味が薄かった。七〇歳過ぎの人は少なかったと考えられる。

第二節における井上靖の「姨捨」、里見弴の「姥捨」、堀辰雄の「姨捨」、第三節における太宰治の「姨捨」で語られるものは姥捨の心情やメタファであり、これらは古典文学や和歌、俳句、謡曲などに親しんだ作家たちが、実際の姥捨を語るのではなく、自分にとって価値のなくなった物を捨てるとか、厭世観などを姥捨・姨捨と称している。ジェンダーの視点で見ればなぜ「姥」「姨」なのか問いたいところである。

第四節には、実際に老人を抱える家族の苦悩（苦闘）と老人の孤独が語られている。これが現代小説の「姥捨」の重要なテーマである。七〇代後半からの老人は人間としての機能を、理性を含めて徐々に失っていく、あるがままを受け入れるというのは、言うは優しいが肉親にとっては苦痛である。身体機能の場合は失ったものを補う人がいる、それは家族なのかということである。「親には孝」という規範は、家族だけに負わせてよいのかというのである。

二〇五〇年には高齢者の割合が全人口の四割に近づく、これらを家族だけがみるということであれば、社会は成り立たない。夫婦二人で四人の年寄りをみるということもありうる。長生きの時代だから親だけでなく、祖父母の面倒を見るということにもなるだろう。結婚していない子どもも多い、一人で両親を背負うのか。子どものいない高齢者もある。第五節における「じじばばの記」の若狭の岡田部落のような地域社会はまだあるのか、「鬼女誕生」の養老院のような施設が今どうなっているか調べてはいない。それらを今後の課題として研究したいと思う。

「現代姥捨考」を見ると、老人夫婦で助け合って暮らしていても、転んで怪我をしたり大変である。補助がいると思うが、補助のない人の方が多い。高齢になったら、一人二人で暮らすより、大勢の目のあるところで暮らせないものか。

「親には孝」の子は社会全体になり社会が背負う規範にするべきと私は考える。

〔2〕古い規範は生きているか

現実には子どものいる高齢者は、配偶者を亡くし一人になると、半数以上が子世帯と同居をしている。八〇歳以上となれば、六割以上である（『高齢社会と男女共同参画資料』 袖井孝子　二〇〇八年二月）。親の面倒を見るのが当たり前でなくなってしまったとは思えない。その中で、親が認知症になったり脳梗塞になったりして身体介護で苦闘している人がいる。「親には孝」という規範は、そのように認識されているかどうかは別として、また内容は問題を含みつつも、形としては残っているといえる。経済的な問題も様々あるだろう。しかし現在のような高齢者との暮らしは、二〇五〇年までは持たないのではないか、現代の若者は将来親と同居するか、そういう教育もしていないし、宗教の影響力も強くない。第五節の「現代姥捨考」のあとがきにあからさまに言われるように、老人を目にするのは嫌だと社会的に発言するようにもなってきている。また、後期高齢者医療制度は明らかに、老人を切り離した制度であるから、デンデラ野の社会である。老人は長生きせずに早く死ねという政策である。年金問題の不正、振り込め詐欺など、老人を追い詰めるものが迫っている。このままでは「姥捨」は復活するかも知れない。いやもう復活しているのか。子から捨てられるのではなく、社会から捨てられる。

〔3〕明るい未来はあるか

現代の老人施設と終末医療を扱った作品を三つ紹介する。ここでは老人は尊厳が守られ安心して死ねるのか。

①久田恵の『母のいる場所　シルバーヴィラ向山物語』〈文藝春秋　二〇〇四年〈映画・槙坪多津子監督〉〉

この作品は二〇〇三年映画にもなり、第一六回東京国際女性映画祭に出品され最高観客動員数を記録した。以下に概略を述べる。

「母のいる場所」は「シルバーヴィラ向山物語」という副題が付いている。

主人公は三八歳の著者とおぼしき物書き、父は七〇歳、母六三歳、息子七歳の時、両親と同居することになる。一年後に母が脳血栓で倒れ言葉を失い半身麻痺になり車椅子生活となった。父は会社をリタイヤしたところで、母の介護の中心は父であった。主人公は、育児、家事、仕事に介護があった。倒れてはじめの四年は治療とリハビリが中心であったが、五年頃から急速に衰え、一〇年で殆ど寝たきりの状態になった。

父も八〇歳になり、主人公も五〇代、息子は大学生になり一八歳で家を出て行った。父も主人公も体力的に自宅介護は限界であった。東京の練馬区にある「シルバーヴィラ向山」という主に介護が必要な人のホームに入居を勧められた。向かい側に「アプランドル向山」という自立型ホームがある。入居方法は、長期、短期、年齢別、生涯など様々あり、一時預かり保証金は五〇〇万～二〇〇〇万円、また一ヵ月の管理費は朝食付きで一一万～一七万円である。全室個室でバス、トイレ付きである。父の決断で母は「シルバーヴィラ」へ父は「アプランドル」へ主人公は近くのマンションへ入る。

シルバーヴィラには、ヘルパーを始め看護師、契約した医師なども出入りしていて、入居している人の希望を生かすシステムになっている。またアプランドルは食事は用意してもらうことも、自炊もできる。文化活動で教養講座もあり、講師は入居者もやる。しばらくして、父は自宅を処分しホームの近くに家を購入し、主人公と同居する（老人ホームに飽きたらしい）。毎日母の所へ朝と昼と夜三回通う。

シルバーヴィラの生活は正常の人も、痴呆の人も、障害のある人も、車椅子の人も、寝たきりの人も、引きこもりの人もいる。親の介護をしながら会社勤めをしている人もいる。どこでもトイレにしてしまう人の為に、鳥居のマークが廊下などにある。

様々な行事がある、毎日曜日の夜「花ちゃんクラブ」（飲み屋）が店を開き、誰でも参加できる。草津温泉旅行、葬式、介護保険狂騒曲、花見、ミニコミ誌、ショップなど様々な行事や事件がある。これらの紹介の中に、入居者、そこで働く人、経営者たちの人生が語られる。例を挙げると、自動車を買いに行く男性がいる、明らかに運転は危険だが本人には認識がない。一人にするとパニックになりあたりをメチャクチャにする女性がいる。結婚詐欺に遭い財産をなくした男性がいる。大恋愛をする男女がいる。夫の性的暴力で狂った女性がいる。夫婦共に痴呆になっているカップルがいる。盗った盗ったと騒ぎわめき散らす女性がいる等々。入居して二年半頃から母は少しずつ衰え、呼吸困難になり亡くなる。延命処置はしなかった。

老人は老いてくると自分の衝動や感情を抑え管理する力を失う。欲望や衝動が剥き出しになり、個々の性格の偏りが強くなる。周りや相手のことに無頓着になり、理性の制御能力の喪失は程度の差はあるが平等に訪れる。老いてなお人格者で尊敬される人でいたり、世間的な規範を維持するのは至難である、とあった。

しかし、それをあるがままに認め、容認することにより尊厳は守られる。あるべき老人の姿などにとらわれない環境が欲しい。かゆいところに手の届くような対応ではなく、出来ることは自分でする、死ぬまで自立した人間でいられるような施設が望ましい。

②水上勉の『姥捨体験』（小学館　二〇〇三年）

この作品は『植木鉢の土』の第一章「八十四年目の生」の中にあり、著者が施設に入った体験である。以下に概略を述べる。

著者が八二歳の時、二〇〇一年の正月に特別養護老人ホーム北御牧村「ケアポートみまき」に入った。この施設はふるさと創生資金を使い、著者も建設運営委員になっている。温泉もあり、車椅子で入れるプールもある。一日三回食事もあるので、パソコンを持ち込んで仕事をする目的で入ったが、睡眠不足になり、一二日で家に帰ってしまった。ホームは夜が騒々しい。ナースコールがひっきりなしに鳴り、壊してしまう人もいて鳴りっぱなしである。知恵遅れのまま老人になったような人がいて、一晩中、「すっちゃかすっちゃか」と歌ってホームの中を歩く。ショートステイに預けられた九〇歳のお婆さんがすすり泣く。この三重奏で仕事は出来ず、メールの返事を書くだけであった。休日の夜勤は六〇床を四人の看護師でやる、廊下を走る音も絶えない、それで仕事は出来なかった。仕事があって、収入があり、忙しさに追い回されている人間はまだ姥捨て山に行くなということと思った。知り合いのデザイナーとの話でも、上流階級でも高齢の親を抱えて大変との話も出る。看護師さんも大変。それが日本の現状である。

一般的な養護老人ホームでは、介護の必要な老人で他に行く場所のない人が入るところなのだろうか、やむ負えずでなければ正常な人では居られないことが分かった。

③羽田澄子演出の映画『終わりよければすべてよし』（参考 EQUIPE DE CINEMA No.161 編集・岩波律子　岩波ホール　二〇〇七年）

終末期医療を扱った作品である。以下に概略を述べる。

この映画は日本での先進的な在宅医療とオーストラリア、スウェーデンの終末医療の状況を取材し、終末ケアはどうあるべきかを問いかけている。日本の在宅医療はまだ始まったばかり、ここでは二つのシステムと一つの施設を紹介している。

「ライフケアシステム」

東京水道橋に事務所がある。東京を中心、会費一カ月約七〇〇〇円、医療費は健康保険、会員数三五〇人、常勤の医師は三人、非常勤の医師二人が二四時間の対応システムをとっている。毎月一回定期検診、老人施設「アプランドル向山」にも会員がいる。映画は医師が会員宅を検診していく場面を映す。病気でない人もいる。

「特別養護老人ホーム・サンビレッジ新生苑」

岐阜県、一九九〇年作の映画「安心して老いるために」の中心になった特別養護老人ホームがターミナルケアに対応する体制をとった。施設の中を医師と看護婦が巡回検診。この施設は自宅へ帰ることも出来、ヘルパーや訪問ナースも派遣する。グループホームもやいの家もサンビレッジの系列で同じ医師が回っている。ターミナルケアで大切なのは医療はもちろんだが、生活を支える介護が最も大切。作業療法士、言語聴覚士、理学療法士の働きが効果を上げる。

「医療法人アスムス」

栃木県・小山市、茨城県・結城市、在宅療養支援診療所、健康保険、介護保険でやっている。

常勤医師五人、非常勤四人、おやま城北クリニック、診療所街かどクリニック・世田谷、蔵の町診療所が基幹施設。提携協力は、にこにこ歯科、さわやか内科、あおぞら整形外科、オリーブ訪問看護ステーション、わくわく訪問介護ステーション、介護老人施設生きいき倶楽部（訪問介護もしている）、ショートステイ、通所リハビリステーション、訪問介護、グループホームエプロンハイム、宅老所エプロン（後ろ二つは認知症に対応したデイホーム）などがこのアスムスと連携している。連携病院もあり、生協コープ栃木ケアセンター、アビリティーズ、マイコープも関連。医師や訪問看護婦の巡回場面が映されている。

「オーストラリアの場合」

バララット・ヘルス・サービスは医療、福祉に関するサービスの地域センターとして、人口二五万人、面積四万八千平方キロをカバーしている。バララット総合病院は急性期病院、外来診察、二四時間救急センター、在宅医療のサービスを行う。クイーンエリザベスセンター（サンビレッジの理事長がめざした施設）は長期施設ケアとしてナーシングホーム、ホステルとなり、非急性期ケアとしてリハビリ、アセスメント、緩和ケアを行い、地域サービスとして地域、在宅での生活を支える様々なケアサービスを行う。

グランビア精神サービスは地域、施設、病院での様々な精神科サービスを行う。総合病院の周りやちょっと離れた町には小さなクリニックがたくさんあり。小さな入院できる病院もあり、医師はその病院にも行く。ホスピスナースも同じ患者を訪問看護し、自宅で医師看護師に見守られて死ぬことも出来る。

「スウェーデンの場合」

ストックホルムシックホームは元慢性病患者のための長期療養病院であったが、今は居住性の高い緩和ケア病棟（一六〇床のベッド）である。美しい部屋、赤い服を着た末期癌の老女が一週間ここで過ごしました自宅へ帰ると話す。認知症でグループホームで暮らせない人も入っている。病院内には教会もある。

ストールトルプ老人センターは元尼僧協会の財団が始めた老人の病人の施設であったが、市が購入し、自宅での生活が難しい人、認知症も含めた病気の人二五〇人が入居している。廊下にスタッフの写真パネルが貼ってある。患者と家族に知ってもらうため。病人は平服を着ている。家にいる時より元気だそうだ。スウェーデンでは医療は基本的には税金で賄われる。個人負担もあるが、上限額が医療九〇〇クローネ（約一万六〇〇〇円）／年、医薬品一八〇〇クローネ（約三万二〇〇〇円）／年であり、個人が支払う額は僅かである。老人センターの裏は美しい湖である。患者の家族は高い税金を払っているのだからこれは当然の権利という。

アシー「ＡＳＨＩ」というのが発足する。組織図は在宅緩和チーム・緩和ケア病棟・一般医療チーム・老人施設チーム・在宅基礎医療応援チームからできている。この組織はストックホルム県全体をカバーしている。このアシーから多くの医師が在宅だけでなく老人施設にも派遣され、医師のオフィスには医師はいない。それぞれ出かけている。訪問ナースの部屋には二、三人いて、これから緩和ケアチームの訪問に出かける。一般の病気の訪問看護もする。例えば閉塞性の肺疾患、タバコの吸いすぎ、アシーの前は発作が起きると救急車で病院に連れて行った。今は定期的に来てもらって安心。ヘルパー（トルコ人）も来ている。「老人施設」もアシーの医師の派遣先、認知症の人が入っている。認知症への対応の仕方を医師が職員に話している。スウェーデンは国を挙げて医療と福祉の提供に努め、人生の終わりを自宅で安らかに迎える体制を作ろうとしている。

日本の医療はといえば延命を施さない病院が五六％になっている。厚生労働省は終末期の患者に対する『治療を中止する際のガイドライン』の原案をはじめて纏める段階である。

「年七二万円の負担増」これは小泉政権の六年間の税制改革と介護・医療保険の改革で高齢者世帯に増える医療関連の額である。

日本の医療制度の改革は、地域医療制度が整わない段階で、病院から追い出し、家族介護に変えようというもので、老人にも家族にも負担である。

現代の先進的医療施設でも、日本の施設は入らない人から見ると良さそうに見えるが、水上勉の体験からみると、高齢であっても心身に問題がない人が入ると、大変な思いをしそうである。病気になっても病院に頼れない時代になっているので、自宅にいるか施設に入るか選ばなければならない。在宅医療は家族がいなくては日本ではまだ無理である。オーストラリア、スウェーデンのシステムを見ると、充実していて、高齢者の尊厳も出来るだけ守り理想的に思える。しかしそれだけではない、このシステムは老人の一人ひとりが自立していないと機能しないのである、そこが日本とは違う。国民の成長と、医療のあり方は密接に結びついている。日本では、国民の自立については目を塞ごうとしている。女性の自立を妨げるシステムが相変わらず機能しているし、それは結局男性の自立の妨げにもなっている。心身共に健康で、一人前の大人が、扶養家族でいることに何の抵抗も覚えない、税金も払わないし、自分の年金の負担分も出さないで、結局貧しい老後を迎える。

明るい未来というのは、高齢になっても尊厳のおかされない社会である。尊敬されるとか丁寧に扱われるとか、敬老の精神で接してもらえるのではなく、同じ人間として、自立した人間として社会の構成員でありたいのだ。それには経済的安定が必要だ、今の年金制度で大丈夫なのか。仕事だって出来るものはやりたい。生き甲斐も欲しい。身体的にかけるところは補う制度が居る。病気に対する対応もそうだ同じにしてもらいたい。

国民の自立を目指さない日本は、オーストラリアや、スウェーデンの反対、「姥捨」の方向に舵を切っているとしか考えられない。

おわりに

「一〇〇歳以上の女性三万人を突破！」という見出しが、二〇〇八年の敬老の日を前に新聞に躍っていた。男性は五〇六三人、女性は三万一一三人で八六％を女性が占める。一〇〇歳以上の高齢者は調査を始めた一九六三年には一五三人だった。四五年で二三七倍の勢いで増加し、二〇五〇年には一〇万人を超えるという予想である。さすがに一〇〇歳となれば、一人の力では生活出来ないであろうし、子どもの負担になりたくないので、そこまで長生きしたくはないと考えている。六〇歳代の友人知人はだいたい同意見である。

しかし八〇歳を過ぎると違う。『現代姥捨考』の中で新藤兼人は、「人は生きているかぎり生きぬきたい、これが八十の坂を越えた偽らざる心境ですのう」と語っているし、『植木鉢の土』で水上勉も、「一分一秒でも長く生きていたい。死にたくはない。生きたい。生きて、生きて、生き抜きたい。泰然と死に支度をすることよりも、わたしは生きる、生き続けるために心を砕きたい」と言っている。六〇歳代は現代ではまだ死から遠いところにいるから、長生きしたくないなどと言えるのだ。

このように人間は死に近づけば、死をまぬがれたいと思う。しかし死に近いものを遠ざけたい、死から遠ざかりたいのである。食べる物が足りない、移動の邪魔、怖ろしげに見える、などの理由を付けて役に立たなくなった老人を捨てる。これが姥捨、棄老である。姥捨て・棄老があるところには、子殺し・病弱者殺しもある。こうなれば国は栄えない、そこで、親孝行・敬老・子は宝などと宗教を通して、庶民を慰撫し支配していたのである。

棄老の説話は親孝行・敬老を説くものとして、大多数は僧の書いたものである。

古典説話で語られる時代は子どもを育てるのは女であった。女は子どもに老後の補償を求めて育てている。それを反故にするのが「姨捨」である。

男はそこに楽しみを加えた。和歌、謡曲で月の観賞に、捨てられた姨の姿を添えたのだ。これが広く江戸時代の庶民にまで俳句として浸透した。俳句を詠もうという人々には「姨捨」は月の枕詞のようになじみ深い言葉となった。

一方で、農村の女や子どもたちには、昔話・昔語りとして、棄老説話、姨捨山の話が拡がった。これも仏教を通して拡がったと考えられるが、親孝行・敬老を説くものである。しかし楽しみの要素も多い。さらに地域に残る棄老の伝説、習俗も加えられて語り継がれている。この昔話は北海道を除く日本中に拡がっている。荒唐無稽の話であれば、各地域にこのように残らない、具体的な方法は違っても、老人を捨てるということがあったから語り継がれていると考える。それ故、飢饉や戦乱のとき、事実として棄老や殺老が起きる。昔話にあればやむ負えない場合は仕方がないという免罪符の役割をしただろう。それがまた次の世代に語り継がれた。

「姥捨山」と名を変えたのは、家父長制の下で婆の立場はさらに悪化したからである。子は婆のものではなく、家のもの家父長のものになった。それ故、役に立たなくなった婆にはなんの権利もなく、邪魔者となり捨てられる立場にいたと考えられる。

姥捨で棄てられる前も、女は様々な場面で捨てられる。「姑の毒殺」は、嫁いじめの話だが、家父長制の同居でなければ起きない問題である。これも全国的に拡がっている、日本中の女が苦しんでいたのである。

近現代作品では、古典文学から引き継がれた姨捨山の心情が、自分の生活圏で起きた問題に反映されて語られる小説がある。また、リアルに棄老・姥捨を描いた小説や映画がある。さらに高齢化社会を反映して、超高齢者を抱える家族や社会が主題になっている作品も多い。これらは高齢化社会をどうするのかという問題提起の作品群である。

人間は死ぬまで人間であるのだが、近現代社会になって超高齢者が出てくると、徐々に知的能力も含め、身体機能を失ってもさらに生きる。共に暮らしている家族には化け物のように映っているか、同情すべき存在として生きているか。どちらにしても老人に経済的保証があれば扱いは変わる。施設に入れることも、補助してくれる人を頼むことも出来る。近現代小説の中の老女は、殆ど自立の生活が出来ない。それもこれらの小説の主題である。国家が手当をするオーストラリアやスウェーデンのようになっていない我が国では、そのような政策を求めることが第一である。しかし自分自身でその経済力を若いうちから付けておくべきだとも考える。特に女性に訴えたい、夫や子に頼らないで、死ぬまで精神的、経済的、身体能力的に、自分の力で生きる力をつけて欲しいと。

日本は、少子化も進んでいる。高齢者を支える土台が緩んでいる。働ける人に働く職場や保育所・学童保育所など働ける環境を整えて欲しい。

また、不況の嵐が非正規雇用の人々を襲っている。結婚も出来ないだろうし、年金どころではないかもしれない。労働者の三分の一が非正規雇用といわれている現在、税金も入ってこない厳しい社会だ。民主主義というのは、弱肉強食ではないはずだ、不平等は許されないのだから、原点に戻ってやり直すべきである。

これらのことが解決しない間は、老人は放置される。すなわち姥捨・棄老である。後期高齢者医療制度、年金の不正、振り込め詐欺など、棄老・姥捨に通じるものは排撃するしかない。

サラリーマンの妻が税金や年金を納めない「配偶者控除制度」が、夫の扶養家族であることに慣らされ、女性の自立の妨げになり、結果として「姥捨」を助長している。これも排撃するべきである。女性は一人の人間として税金も納め、年金も払うべきである。そして正々堂々と高齢者になって、姥捨を許さない豊かな老後を過ごすべきである。

この論文は、万葉集の竹取の翁が若い娘に囲まれて、大らかに楽しんでいるところから始まり、スウェーデンの老人の尊厳を守る終末医療の試みで終わった。明るい未来も築くことは出来る思う。

とりあえず、老人排除に関わる表現作品を出来るだけ集めようと始めたが、筆者の能力からすれば多く集まりすぎた。その結果広く浅いものになっている。

今後は、現実の高齢者の実態を調査し、高齢化社会について考えていきたい。同時に、人間の尊厳とは何か、人間を差別し排除する心の問題、それらを克服するものは何かについても追求していきたい。

追記

この作品は　二〇〇九年に私が城西国際大学　大学院に修士論文として提出したものである。論文は長谷川啓先生の指導を受けた。

今回著作として発行する（二〇二二年）までに一三年経過している。

私は修士修了後博士課程に進学し、研究を進めていたが研究対象が拡散した。同時に眼疾が思わしくなくなり、数回にわたる手術と治療に時間を奪われ研究活動は停滞した。そうした中でも修士時代の同期生たちとの自主ゼミが続けられ、そこで仲間たちにこの論文を本にすることをすすめられた。

年齢的に考えても次の研究の目途が立つのを待つのは難しいので、ここで本にすることにした。

参考文献

『萬葉集四』新日本古典文学大系四　校注者・佐竹昭広他　岩波書店　二〇〇三年一〇月
『今昔物語集二』新日本古典文学大系三四　校注者・小峯和明　岩波書店　一九九九年三月
『沙石集』日本古典文学大系八五　校注者・渡邊綱也　岩波書店　一九八三年四月（一九六九年）
『私聚百因縁集　中』古典文庫第二六七冊　編集発行・吉田幸一　一九六九年九月
『枕草子』新日本古典文学大系二五　校注者・渡辺実　岩波書店　二〇〇三年五月（一九九一年）
『仏教文学集』中国古典文学大系第六〇巻　編者・入矢義高　平凡社　一九八三年五月（一九七五年）
『今昔物語集一』新日本古典文学大系三三　校注者・今野達　岩波書店　一九九九年七月
『神道集』東洋文庫九四　訳者・貴志正造　平凡社　一九八三年五月（一九六七年）
『神道集』（河野本）編者・渡邊國雄他　角川書店　一九六二年五月
『群書類従巻第二四七』（塙保己一編）紀貫之集　第二四番日本文化資料センター　一九九四年七月
『室町時代物語大成　第二』編者・横山重他　角川書店　一九七四年二月
『歌論集』日本古典文学全集五〇　校注・訳者・橋本不美男　小学館　一九七六年一二月（一九七五年）
『謡曲大観第一巻』佐成謙太郎著　明治書院　一九八三年四月（一九三〇年）
『大鏡』日本古典文学全集二〇　校注・訳者橘健二　小学館　一九八二年一〇月（一九七四年）
『日本霊異記』新日本古典文学大系三〇　校注者・出雲路修　岩波書店　一九九六年一二月
『今昔物語集四』新日本古典文学大系三六　校注者・小峯和明　岩波書店　一九九四年一一月
『言泉集』古典文庫第六三九冊　編者・畑中栄　古典文庫　二〇〇〇年二月
『宝物集他』新日本古典文学大系四〇　校注者・小泉弘他　岩波書店　一九九三年一一月

『真名本蘇我物語一』東洋文庫四六八　編者青・木晃他　平凡社　一九八七年四月
『今昔物語集五』新日本古典文学大系三七　校注者・森正人　岩波書店　一九九六年一月
『古今和歌集』新日本古典文学大系五　校注者・小島憲之　岩波書店　一九八九年二月
『大和物語他』日本古典文学大系九　校注者・阪倉篤義他　岩波書店　一九八二年一二月（一九五七年）
『更級日記他』日本古典文学大系二〇　校注者・鈴木知太郎他　岩波書店　一九六五年一月（一九五七年）
『歌学文庫〔第一—八〕一』編集者・室松岩雄　一致堂書店　一九一〇年九月
『歌学文庫四』編集者・室松岩雄　一致堂書店　一九一一年五月
『謡曲大観第五巻』佐成謙太郎著　明治書院　一九八三年一〇月（一九三一年）
『校本　芭蕉全集　第六巻』校注者・井本農一他　富士見書房　一九八九年六月
『律令』日本思想体系三　校注者・井上光貞他　岩波書店　一九八二年一二月（一九七六年）
『日本女性史一　原始・古代』女性史総合研究会編　東京大学出版会　一九九〇年四月（一九八二年）
『姨捨山新考』西澤茂二郎著　信濃郷土誌刊行会　一九三七年一月（一九三六年）
『姨捨山の文学』矢羽勝幸著　信濃毎日新聞社　一九八八年一一月
『隠居論』穂積陳重著　日本経済評論社　一九七八年八月復刻版（一九一五年）
『日本残酷物語一　貧しき人々のむれ』宮本常一他監修　平凡社　二〇〇三年五月（一九九五年）
『日本人物語五　秘められた世界』関敬吾編　毎日新聞社　一九六二年三月
『犯罪の民俗学二』礫川全次他著　批評社　一九九六年五月
『民衆の古代史』吉田一彦著　風媒社　二〇〇六年四月
『講座日本歴史一　原始・古代一』歴史学研究会他編　東京大学出版会　一九八六年三月（一九八四年）
『日本お伽集二』撰者森林太郎他　平凡社　一九八二年一〇月（一九七三年）
『信州姨捨山縁起』併境内碑文集　月の名所信州姨捨山長楽寺　二〇〇八年八月購入冊子

『日本女性生活史一　原始・古代』女性史総合研究会編　東京大学出版会　一九九一年八月（一九九〇年）
『新更科紀行』田中欣一著　信濃毎日新聞社　二〇〇八年二月
『姨捨の系譜』工藤茂著　おうふう　二〇〇五年二月
『日本古典文学大事典』編者・大曽根章介他　明治書院　一九九八年六月
『日本「神話・伝説」総覧』宮田登他著　新人物往来社　一九九三年四月
『日本昔話通観』第一巻～第二八巻　責任編集・稲田浩二他　同朋舎出版
　出版年　第一四巻京都一九七七年一〇月～第一巻北海道（アイヌ民族）一九八九年一〇月
『遠野物語』柳田国男著　角川書店　一九七四年一二月（一九五五年）
『柳田國男全集』第一四巻　柳田国男著　筑摩書房　一九九八年七月
『日本昔話大成』第八巻　関敬吾著　角川書店　一九八五年六月（一九七九年）
　第九巻一九八七年八月（一九七九年）
『日本伝説大系』第四巻（北関東編）渡邊昭五編　みずうみ書房　一九八六年一一月
　第八巻（北近畿編）福田晃編　みずうみ書房　一九八八年一一月
　第一二巻（四国編）福田晃編　みずうみ書房　一九八二年九月
『日本お伽噺　第九編「姨捨産」』大江小波編　博文館　一九一〇年二月（一八九七年）
『日本お伽集一』東洋文庫二二〇　撰者・森林太郎他　平凡社　一九八二年一〇月（一九七二年）
『新版　日本のむかし話七』坪田譲治著　偕成社文庫　二〇〇八年一月
『新釈信濃の民話―民話を読みかえす―』藤岡改造著　ほおずき書籍　二〇〇七年一二月
『聴耳草子』佐々木喜善著　筑摩書房　二〇〇七年九月（一九九三年）
『遠野の昔話一』佐藤誠輔他編　ＮＰＯ遠野物語研究所　二〇〇七年九月（一九九七年）
『日本昔話百選　改訂新版』稲田浩二他編　三省堂　二〇〇六年五月（二〇〇三年）

参考文献

『ガイドブック日本の民話』日本民話の会編　講談社　一九九一年一一月
『日本「神話・伝説」総覧』宮田登他　新人物往来社　一九九三年四月
『遠野物語小辞典』編著野村純一他　ぎょうせい　一九九二年三月
『オルドス口碑集』東洋文庫59　訳者・磯野富士子　一九七九年一二月（一九六六年）
『新書・江戸時代　貧農史観を見直す』佐藤常雄他著　講談社現代新書　一九九五年八月
『良妻賢母という規範』小山静子著　勁草書房　二〇〇七年二月（一九九一年）
『日本お伽集二』東洋文庫二三三　撰者・森林太郎他　一九八二年一〇月（一九七三年）
『楢山節考』深沢七郎著　新潮社　一九七九年六月（一九六四年）
『蕨野行』村田喜代子著　文藝春秋　一九九四年六月（同四月）
『井上靖集』井上靖著　筑摩現代文学大系七〇　一九八四年一一月（一九七五年）
『姥捨』里見弴著　東京出版　一九四八年四月
『堀辰雄他』堀辰雄他著　現代日本文學大系六四　筑摩書房　一九六九年八月
『太宰治全集二』太宰治著　筑摩書房　一九六七年五月
『丹羽文雄集』丹羽文雄著　筑摩現代文学大系四八　筑摩書房　一九八四年一〇月（一九七七年）
『大田洋子集』第三巻　大田洋子著　三一書房　一九八二年九月
『円地文子全集』第五巻　円地文子著　新潮社　一九七八年七月
『デンデラ野』山本昌代著　河出書房新社　一九八九年三月
『危険な食卓』小池真理子著　集英社　一九九四年一月
『三条木屋町通り』水上勉著　中央公論社　一九六四年七月
『現代姥捨考』同時代ライブラリー二九一　新藤兼人著　岩波書店　一九九七年一月
『鬼女誕生』大原富枝著　中央公論社　一九七〇年一二月

『母のいる場所　シルバーヴィラ向山物語』久田恵著　文藝春秋　二〇〇四年九月（映画槙坪多津子監督）
『終わりよければすべてよし』映画（羽田澄子監督）　参考 EQUIPE DE CINEMA No.161　編集・岩波律子
　岩波ホール　二〇〇七年六月
『姨捨の系譜』工藤茂著　おうふう　二〇〇五年二月
『太宰治研究』奥野健男編　筑摩書房　一九六八年四月
『高齢社会と男女共同参画資料』袖井孝子著　二〇〇八年二月（JIU連続講座資料）
『植木鉢の土』水上勉著　小学館　二〇〇三年一一月
『女性作家シリーズ一九』「作家ガイド・村田喜代子」近藤裕子著　角川書店　一九九八年五月
『「不老学」のすすめ』後藤眞著　二〇〇一年三月二日付朝日新聞夕刊（インターネットから入手）

著者略歴

若菜信子（わかな・のぶこ）

学歴

都立深川高校（定）卒業

中央大学理工学部数学科卒業

城西国際大学大学院修士　女性学専攻修了

同大学博士課程比較文化満期退学

職歴

沖電気工業株式会社

高等学校事務職員

都立高校　数学科教員（５校　36年）

表現の中の「うばすて」

――〈姥捨・姨捨・棄老・親（姑）殺し〉

2023 年 1 月 10 日　　初版第 1 刷発行

著　者　　若菜信子

発行者　　川上　隆

発行所　　株式会社同時代社

〒 101-0065　東京都千代田区西神田 2-7-6

電話 03(3261)3149　FAX 03(3261)3237

装　丁　　クリエイティブ・コンセプト

制　作　　い り す

印　刷　　中央精版印刷株式会社

ISBN978-4-88683-936-7